GUNNAR GUNNARSSON

VIKIVAKI

Roman

Aus dem Dänischen von Helmut de Boor,
durchgesehen und überprüft von
Karl-Ludwig Wetzig

Mit einem Nachwort von
Jörg Sundermeier

VERBRECHER VERLAG

Trotz intensiver Suche nach den Rechteinhabern konnten nicht alle Rechte an dieser Ausgabe endgültig geklärt werden. Etwaige Rechteinhaber melden sich bitte beim Verlag, wir werden ihre Ansprüche selbstverständlich nach den handelsüblichen Sätzen abgleichen.

Erste Auflage
Verbrecher Verlag Berlin 2011
www.verbrecherei.de

Einbandentwurf: Sarah Lamparter
Lektorat: Jan Jenrich
Satz: Christian Walter
ISBN: 978-3-943167-00-9

Printed in Germany

Der Verlag dankt Stefanie Quakernack und Yulian Ide

EINE NOTWENDIGE VORREDE

Die seltsam tragischen, um nicht zu sagen, tragikomischen Ereignisse, die zu dem merkwürdigen Ende meines Freundes Jaki Sonarson geführt haben – der Schreiber dieser Zeilen gelangte bei der Gelegenheit in den Besitz der hier herausgegebenen Papiere –, wage ich nicht mit einem Wort anzudeuten, ja, nicht einmal mit der Spitze eines meiner profanen zehn Finger zu berühren. Ich überlasse sie ganz Jakis eigener, vielleicht mehr unglaublicher als unglaubwürdiger, jedenfalls aber überraschend ernster und offensichtlich überzeugter Darstellung.

Ebensowenig will ich mich bei dem einzigartigen Ausgang des Fokstadmysteriums aufhalten. Ich denke, das ist überflüssig, denn gerade – man behalte den Ausdruck für später im Gedächtnis – auf diese oder eine ähnliche Lösung ins Blaue hinein strebt die ganze Geschichte mit der widersinnigen und nie völlig erfaßten Selbstverständlichkeit des Lebens zu; ohne klare Richtung, wie ein Bach zwischen rauhen Bergen, doch mit der gleichen zähen und sanften Ausdauer. Und sie löst sich darin auf, gerade wie sich der Gebirgsbach, wenn er endlich einen Felssturz findet, im Fall einfach auflöst und zu einem Nichts zerstiebt. Um sich am Fuß des Felsens doch wiederzufinden und, wenn auch anfangs noch verzagt und verwirrt, seine mühselige Wanderung fortzusetzen, als wäre ihm nichts Besonderes widerfahren.

Vielleicht hätte ich ebensogut das Bild unserer isländischen Vikivaki-Tanzlieder wählen können, die sich an der Strickleiter der Reime und des unbeirrbaren Kehrreims fortflechten oder – noch besser – daran emporklettern, um schließlich in die dünne Luft der Dichtung zu entschwinden, während das Blut den Takt des Tanzes schlägt.

Damit wird man zugleich zu ahnen beginnen, warum ich den Papieren meines Freundes diesen Namen gegeben habe, die er selber nur mit dem Titel: »Eine merkwürdige, aber wahre Geschichte«, versehen hat. Ein höchst ungeeigneter Buchtitel; zudem … Nun ja, merkwürdig genug ist die Geschichte, darin werden mir alle recht geben. Was hingegen die Glaubwürdigkeit betrifft … Ja, ob meine lieben Landsleute die hier geschilderten Ereignisse für echt und in Island möglich halten, darin will ich meinen Scharfsinn lieber nicht üben. Daß aber mein unglücklicher Freund selbst von der Wirklichkeit seiner »Erlebnisse« fest überzeugt war, daß sie für ihn wirklichst denkbare Wirklichkeit waren, daran kann und darf man nicht zweifeln. Doch eine menschliche, geschweige denn juristische Mitverantwortung für das hier Erzählte wünsche ich ausdrücklich nicht zu übernehmen. Darum habe ich das Buch eigenmächtig »Vikivaki« getauft und, um noch sicherer zu gehen, die Bezeichnung »Roman« hinzugefügt. Der Name Vikivaki stammt von den altisländischen Tänzen her, die im 18. Jahrhundert von unseren allzu moralischen Machthabern verboten und in sämtlichen kalten, öden Kirchen des Landes in Acht und Bann erklärt wurden.

Auf Jaki Sonarsons Person und Lebenslauf einzugehen, halte ich für mein Teil für unangebracht. Nicht allein bearbeite ich nur höchst ungern die Felder anderer Disziplinen, insbesondere die der literaturwissenschaftlichen Totengräber. Zudem, nicht wahr, wird man ihn durch seine eigenen Aufzeichnungen am besten kennenlernen. Oder etwa nicht? Oh doch, das möchte ich schon annehmen. Der denkwürdige Mark Twain hat recht: Es ist ganz gleichgültig, wie ein Mann auch von sich schreiben und sich selbst darstellen mag, der Leser wird die angestrebte Gestalt unweigerlich durchschauen und trotz aller erdenklichen Mühe das wahre Bild des Schreibers erkennen und ihn genau so vor sich sehen, wie er wirklich ging und stand.

Ehe man sich indessen an eine Lektüre macht, die sich verblüffender und verwirrender nicht denken läßt, dürfen einige sachliche Mitteilungen am Platz sein, ein paar, ich möchte sagen, zuverlässige Nachrichten über das Leben meines Freundes Jaki Sonarson dort drinnen in den Bergen – seinen geliebten Bergen. Denn hier war er gelandet, tief in der isländischen Wildnis, auf einer Wüstung in einem weltvergessenen Bergdistrikt. Was er in diesem starren Frieden der Bergwelt suchte, ist schwer zu sagen; wenn es Einsamkeit war, so konnte er sie hier finden. Aber – er fand sie ja gerade nicht, das war das Unglück oder Glück, was weiß ich. Ich will nicht leugnen, daß ich mich wieder und wieder gefragt habe, wie es so hat kommen können. Ein Mann wie Jaki Sonarson, der auf unserem Planeten weit herumgekommen war und den größten Teil seines Lebens in fernen, reichen Ländern verbracht hatte, plötzlich als Einsiedler in dieser öden – und man wird den tieferen Sinn dieses Wortes später verstehen –, himmelschreienden Berggegend. Ja, wie das gekommen sein mochte. Alles, was man darüber weiß, ist, daß er schon früh begann, verlassene, verschüttete Wüsthöfe auf den Hochlandflächen aufzukaufen. Was er damit wollte, konnten wir alle nicht begreifen, aber schließlich gab es ja dort Bergvögel und Einsamkeit und massenhaft Forellen. Vielleicht hatte er im Sinn, sich hier bei Gelegenheit ein Sommerhäuschen einzurichten. Das hätten wir vernünftig, ja, ganz in Ordnung gefunden, oder wollte der verrückte Kerl tatsächlich Gold gegen taube Steine tauschen, nur um mit seinen »Quadratmeilen« zu prahlen? Er konnte doch wohl nicht vorhaben, sich inmitten dieser Steinmassen anzusiedeln? Fragte ihn einer der Freunde danach, dann antwortete er: »Aber gewiß«, lächelte – und man war so klug wie zuvor. War das Ganze etwa von Anfang an eine Komödie? Wer weiß? War alles, was mein Freund in seinen Bergen erlebte, vielleicht nur die ungeheuerliche Fortsetzung eines Gaukelspiels der Phantasie im Geist der Schöpfung, ein Spiel, das nicht in der Zeitlichkeit abbricht, sondern – hier kann man es wohl einmal zu sagen wagen – fromm zu Ende geführt wird? Um bündig darauf antworten zu können, müßte man wissen, wo im Leben das wahre Leben, das ungeteilte Gefühl, das unverfälschte Schicksal aufhört, wo jene Komödie anfängt, die sich mehr oder minder in alles Tun und Treiben, in Leben und Lob der Menschheit einflicht. Ich bekenne bereitwillig mein Unvermögen, darüber zu urteilen. Ich weiß nur, daß man nicht mit dem Feuer spielen soll. Ja, nicht mit der goldenen, süß verzehrenden Götterflamme spielen, die den allzu entzündlichen Sinn des Menschen durchglüht und sein williges Fleisch in den lebenslänglich züngelnden Lohen des Blutes brennt und verbrennt. Viele freilich tun es dennoch, die meisten aber reißen vor der lohenden Flamme aus, und nur die wenigsten tragen ihre Brandwunden mit Würde – was man Jaki Sonarson immerhin bis zu einem gewissen Grad zugestehen muß. Begann es nun als eine der mannigfachen Komödien des Lebens oder nicht: eines schönen Tages war er jedenfalls in seine Berge hinaufgezogen und hatte zu bauen angefangen. Diese Tatsache als solche verblüffte uns, seine Freunde, am meisten; weniger verwunderte uns dagegen, daß er trotz schwieriger Transportverhältnisse, so groß, teuer, und unvernünftig wie nur möglich baute: Eisenbeton, Stahlfenster, einen eckigen Kasten im Bauhausstil, einen Felsklotz zwischen Felsen – soweit war Sinn in der Sache. Dazu selbstverständlich Treibhaus, Garage samt Flugzeugschuppen am Wasser – ja, Hangar am Wasser. Jaki Sonarson hatte sich angewöhnt, beschwingt zu reisen, und wenn man die Wegeverhältnisse um den Fokstadhof bedenkt, dann war dies vielleicht noch sein geringster Luxus. Im übrigen war der Baustil und das Übermaß an Gebäuden und allem anderen gerade das, was von Jaki Sonarson zu erwarten stand. So war er eben, der sonderbare Kerl, und obgleich man der Meinung sein sollte, dort im Säulental gäbe es schon Steine genug, so war Jakis Block doch im angenehmen Gegensatz zu denen des lieben Gotts inwendig hohl und bewohnbar, durch die heißen Quelladern der Erde erwärmt und durch kluge Ausnutzung der Kraft des Wasserfalls strahlend erleuchtet. Wenn alle Lichter brannten, war sein Haus ein Firmament für sich, ein Lichtacker in dem winterreifen Dunkel der Herbstnächte – ich bin zu dieser Jahreszeit selber darauf zu geflogen, die Sterne über mir, die Wolken unter mir, und kann also mitreden.

Und hiermit gebe ich meinem toten Freund das Wort.

JAKI SONARSONS HINTERLASSENE PAPIERE

I

Was ich in den ersten Wochen dieses unseligen Jahres durchgemacht habe und noch immer durchmache, ohne heute, im Februar, einen Ausweg aus den Schwierigkeiten zu sehen, kann sich ein Mensch kaum vorstellen. Zudem liegt mein Erlebnis der Silvesternacht auf diesem einsamen Hof und alles, was sich daran knüpft, zu weit von der breiten Straße des Lebens und unseren täglichen, allgemeinen Erfahrungen ab. Ich habe eigentlich keine große Hoffnung, daß es mir gelingen wird, meine Seelennot zu erklären und ganz ins rechte Licht zu rücken. Wie sollte man auch das in Worte fassen können, was hier auf dem Fokstadhof geschehen ist und noch geschieht? Wer würde mir glauben? Es sei denn, daß mich der unbarmherzige Lauf der Dinge zwingt »abzudanken«, wie so mancher Große unserer Zeit; mich zwingt, von meiner unfreiwilligen, nur mit äußerster Anstrengung aufrechterhaltenen »Göttlichkeit« abzustehen und meine armen »Auserwählten« nicht – wie es mein Wunsch und Wille und einziges Bestreben ist – Gott zu übergeben, sondern Menschen, und dadurch vielleicht ewiges Leben mit zeitlichem zu vermischen, samt aller Verwirrung, die daraus entspringen müßte.

Nein – und wieder nein. Ich habe den Weg nicht gewählt, er wurde mir gewiesen. Jetzt gehe ich ihn – geschehe, was wolle. Ich meine: Dein Wille geschehe!

Hätte ich doch nur einen einzigen Menschen, dem ich mich anvertrauen, bei dem ich Rat suchen könnte. Aber das habe ich nicht. Und was könnte er mir auch nützen? Was in der Neujahrsnacht hier auf dem Hof geschah und was daraus erwuchs, davon kann sich niemand, der es nicht selbst erlebt hat, eine Vorstellung machen. Und nur ich habe es erlebt, ich ganz allein. Trotzdem will ich versuchen, es diesen Blättern anzuvertrauen. Finde ich hernach, daß es nicht geglückt ist – dann haben mir meine Romane, mein Lebenswerk den Weg gezeigt: ins Feuer damit. Sollten aber diese Papiere jemandem vor die Augen kommen, dann bitte ich ihn, sie achtsam zu lesen und still beiseite zu legen; das ist alles, worum ich bitte.

Die erste der zahllosen Schwierigkeiten – wenn ich nun darangehen will, diesen nicht alltäglichen Geschehnissen eine feste Form zu geben –, ist: Wo soll ich anfangen, wo beginnen? Gar nicht auszudenken, wie es mir überhaupt gelingen soll, in meinen wenigen freien Stunden einen Bericht der Ereignisse zustande zu bringen, so wie sie, wohl durch einen zufälligen Bruch der Gesetze von Zeit und Leben, geschehen sind und wie sie sich jetzt, dank der wiederum unverbrüchlich waltenden Gesetze von Zeit und Leben, unaufhaltsam weiterentwickeln, von Tag zu Tag, von Stunde zu Stunde, ja von Augenblick zu Augenblick. Wird es gelingen, diese übernatürlichen Gegebenheiten mit dem erdgesponnenen Stoff des Wortes zu umkleiden? Was wäre nicht möglich? Wenn Tote aus dem Grabe erstehen können ... Doch das würde dem Gang der Ereignisse vorgreifen.

Ein paar Worte über den Fokstadhof:

Ich habe Fokstad gekauft – ja wann? Auf Jahr und Tag kann ich es nicht mehr sagen, alles geht mir in der letzten Zeit so wunderlich durcheinander, aber es muß ungefähr ein Vierteljahrhundert zurückliegen. Sie wurden damals noch bewirtschaftet, Fokstad und eine zweite ähnliche Siedlung im Hochland – »Höfe« wäre für diese Hütten im Bergland eine irreführende Bezeichnung. Später raffte unsere größte Epidemie seit dem Schwarzen Tod, die Landflucht aus dem reinen, prachtvollen Inneren des Landes nach den stinkenden Hafenstädtchen, auch diese letzten Vorposten dahin, und die mageren, steinigen Hofwiesen, die vereinzelten, dürftigen Weiden wurden wieder ungeteiltes Eigen von Gottes Vögeln und den grasenden Lämmern des Bezirks. Öde wurde es hier, öde und leer, aber mit heiligem Licht über dem Hochland. Berge und Felsen spähten herüber, denn sie lieben den Menschen mit der bitteren, schamhaft brennenden Leidenschaft der Unerlösten; sie geben seinem Fuß gern eine Stütze, seinen Schafen Futter und vermissen ihn, wenn er fort ist. Aber viele Jahre lang bekamen unsere Berge nur die Menschen zu Gesicht, die zu kurzem Besuch auf zufälliger Wanderung oder beim Schaftrieb im Herbst über das Hochland kamen – wohnen wollte niemand mehr bei ihnen. Bis Ann und ich die Zeit gekommen fanden, den Fokstadhof zu bauen und hierher überzusiedeln.

Das Land hier war mein, lange, ehe ich es als Eigentümer mit Steuern und Abgaben besaß, mein, seit den Wanderungen meiner Kindheit, ja, wie sich später erwies, seit noch früherer Zeit. In all den Jahren, die ich außerhalb Islands wohnte, lebte es in mir; jeden Morgen bin ich, wo ich auch war, zu meinem Hochland erwacht, zum Spiel der Wolken über spiegelnden Seen, zu düstren oder blauduftigen Bergen. Das ist kein Wunder; merkwürdiger ist meine Entdeckung, als ich endlich im Ernst daranging, meinen Stammbaum zu erstellen. In der elften Generation verschwinden meine Vorväter hier oben im Dunkel des Hochlands. Ältere Kirchenbücher sind aus dieser Gegend nicht bewahrt; nur durch Seitenlinien ließ sich die Familie bis in die Landnahmezeit zurückführen.

Es war mir ergangen wie dem jungen Bergvogel, der wieder zu seinem Nest findet, ohne es wohl eigentlich zu »kennen«. Aber nicht nur ich fühlte mich zu diesen Stätten heimlich hingezogen, wo meine Vorväter, ohne daß ich davon wußte, die Last der Tage getragen und sich an ihrem Licht erquickt hatten. Auch Ann war hier »zu Hause«, lange ehe wir herzogen, ja, sie fühlte sich in der Gegend sicher und vertraut, lange bevor sie sie mit eigenen Augen gesehen hatte. Was wohl nur die verstehen werden, die Ann gekannt haben.

Etwas Verschiedeneres als die Insel Seeland und das Säulental – es hat seinen Namen von den steilen Bergzinken hier drinnen, den »Säulen«, – ist schwer vorstellbar. Wenn freilich der Landwind die Luft diesig macht, bis sie wie ein Perlenmeer Berg und Tal in paradiesischer Unwahrscheinlichkeit umspült, so daß nur die Konturen zu ahnen sind, wenn die Felsenketten wie blaue Waldränder wirken – und wann hätte sich nicht das menschliche Gemüt selig in diesen Steinwäldern verloren –, wenn sich die sonnengedörrten und sturmgeschüttelten Sande wie durchwärmte Äcker dehnen, dann dampft das Land von einer Märchensaat, die das Gemüt mehr sättigt als Korn und die Seele mehr erquickt als Buchenwälder.

Niemals vergesse ich jenen ersten Tag, an dem wir zusammen hierher ritten, Ann und ich, quer über die Moore und Geröllhalden, auf Pfaden, die eigentlich keine Pfade waren und nur die Richtung andeuteten, im festen Vertrauen auf unsere sumpfgewohnten, trittsicheren Pferde. Es war ein milder, sonniger Septembertag, ganz und gar nicht diesig wie die Tage, von denen ich soeben sprach; alles, was das Auge sah, trat in voller, ruhiger Klarheit hervor, jede Kontur zeichnete sich deutlich mit einer frischen, naiven Ursprünglichkeit ab; die Steine waren nur Steine und standen da, ohne sich wie in jenen Nebel- und Sonnendunsttagen in Häuser, Pferde und Trolle verwandeln zu wollen, um ihre armselige Formlosigkeit zu verbergen, – es war ein durch und durch kindlicher, ganz und gar undichterischer Tag. Und doch wie ein Gedicht. Auf kleinen blanken Tümpeln schwammen Schwanenpärchen. Vergeblich suchten sie bei unserer Annäherung sich und ihre taubenblauen Jungen im Schilf zu verstecken. Wir eilten vorüber, um sie nicht mehr als nötig zu erschrecken, Ann und ich, und beachteten alles übrige gar nicht allzu sehr; beide hatten wir nur den einen Gedanken, so schnell wie möglich nach Fokstad zu kommen.

An Anns Wangen und Augen konnte ich sehen, wie ihr Herz schlug. Und war das so verwunderlich? Hier ritt sie nach der Stätte, wo sie künftig wohnen sollte und von der sie noch keine Vorstellung hatte. Und ich selber – welche Unrast trieb mich, die Pferde anzuspornen, als lauerten Sturmgeister unsichtbar in diesem stillen Tag? Wer weiß? Nun, ich war wohl nur begierig, Ann zu zeigen – ja, was zu zeigen? Nicht eigentlich den »Hof«, dessen Häuser die Schultern hängen ließen wie klapperdürre Pferde, soweit sie überhaupt noch etwas hängen lassen konnten. Nein, nicht den Hof; wohl aber das Wasser zu seinen Füßen, den runden, breitströmenden Quell, der neben den Gebäuden aus der Erde sprudelt, den mit Storchschnabel bewachsenen Hang, die Wiesenzüge mit dem geschlängelten Bachlauf und üppigem, feuchtem Gras; »unsere Berge« – und was es sonst zu zeigen gab. Insoweit ist er ja kein armer Hof, der Fokstadhof, und ist es nie gewesen; er ist reich an Bächen, Seen und Bergen; und auf diesem Überfluß an rauhem und größtenteils unnützem Land – unnütz, außer für Sommerweide – grasen im Sommer große Herden von Schafen und wohnen Füchse vergnüglich rings in den Hügeln.

Als Ann und ich uns dem Flüßchen näherten, das sich aus dem See in die Heide hineinschlängelt, und den ersten Blick auf die neue Heimat warfen, schreckten wir eine Schar Wildgänse auf, die dort mit den Jungen des letzten Sommers nach den Flugübungen Rast hielten;

im nächsten Augenblick war die Luft um uns in sausender Bewegung, gesprenkelt wie von einem ungeheuren Mückenschwarm, ein Geflimmer von jagenden, florleichten Schatten. Es war wie ein Segen in diesen schlagenden Schwingen: ein Segen für Leben und Tod. Etwas Reines, Unberührtes, Fremdes hatte uns umschwebt und, wie der Sturm ein Stäubchen, alle jene Lasten, an denen Städte und dicht besiedelte Gegenden so reich sind – das gewohnte Joch des Alltags fortgeweht. Als wir bald danach auf dem Hof abstiegen, vor den verfallenden und verfallenen Rasenhütten, da flog eine Drossel aus der Tür, eine Singdrossel. Unbewohnt war unser Haus also nicht gewesen. Und jetzt waren wir daheim. Hier, wo wir standen, sollten wir nicht nur unsere Lebensbahn zu Ende wandern, hier sollten auch unsere »Gebeine ruhen«. Wir wußten und fühlten es, unser Einzug auf dem Hof war gut gewesen. Unser Hochland hatte uns willkommen geheißen.

Aber ach, hier sitze ich und verliere mich in ferne, selige Erinnerungen, vergesse ganz meine furchtbare, mit jedem Tag, jeder Stunde schwierigere Lage, vergesse auch, daß ich mich vorläufig nur hingesetzt habe, um ein wenig von Fokstad zu berichten. Wollte ich von Anns und meinem Leben zu erzählen anfangen, wo sollte das enden!

Übrigens – dieser Versuch ist schon gemacht; just hiervon handelte eine meiner in Rauch aufgegangenen Schriften.

Der Name des Hofs ist nach allem, was ich darüber gehört habe, etwas zweifelhaft: Fokstad, »Gestöberstätte«, so habe der Hof zuletzt geheißen, »seit Menschengedenken und länger«, wie man so sagt. Es gab aber auch welche, die behaupteten, das sei nicht sein ursprünglicher Name gewesen, sondern Feykistad, was ja ungefähr dasselbe bedeutet, oder gar einfach Feykir, »der Feger«. Die Leute grinsten so komisch, wenn sie den Namen nannten – wußten sie mehr, als sie erzählen wollten? Ich achtete nicht darauf – damals nicht. Außerdem kam es mir unwahrscheinlich vor, daß sich ein kürzerer Name in einen längeren verwandelt haben sollte. Wieder andere behaupteten mit dem Nachdruck der Überzeugung, der Hof hieße »von alters her« gar nicht so und habe nie so geheißen. Fokstad, Feykir, Feykisstad – lauter neumodische Erfindungen und Verdrehungen. Feiknstad, das sei der wahre Name des Hofes. Und das mit gutem Grund ... Feiknstad, das heißt Wunderhof, Zauberhof oder dergleichen – oder nicht? fragte ich. Das würde es etwa bedeuten. Aber es half wenig, weiter zu forschen. Der »gute Grund« schien in Vergessenheit geraten – jedenfalls wollte sich keiner, den ich fragte, darauf besinnen oder zugeben, daß er sich erinnern könne. Selbst Tryggve Skeß schob es beiseite: »Wozu willst du dich um solches Altweibergeschwätz kümmern, mein Lieber?«

Er irrte sich, mein guter, mein alter, mein erprobter Freund. Nichts lag mir ferner, als mich das mindeste um die Geschichten zu »kümmern«, die Fokstad zu umschwirren schienen. Mein Interesse für den Namen war lediglich historisch-topographischer Natur. Doch da die alten Kirchenbücher der Gemeindekirche im Tal verloren waren und kein anderes Dokument auch nur einigermaßen ehrwürdigen Alters aufzutreiben, schwand mein Interesse allmählich, und der Hof behielt seinen Namen Fokstad.

Was der Name nun auch bedeuten mochte – daß es hier in Fokstad, milde gesagt, wehen kann, erfuhren wir bald genug, Ann und ich. Wir erfuhren es bereits im ersten Herbst, als ein gewaltiger Orkan den halben See aus seinem Bett blies und betäubte Forellen in der Gischt hier unten am Hofzaun zappelten. Bei der gleichen Gelegenheit wurden Flügeltüren des Flugzeugschuppens aus den Angeln gerissen und wie trockne Blätter im Wind umher gewirbelt, während die »Fliege« aus ihrem Nest gesaugt und in die Luft geschraubt wurde, dort ein paar Volten schlug und recht nett und unbeschädigt irgendwo weit draußen auf der Landspitze landete. Es war hoffnungslos, sie bergen zu wollen; wie ein übermütiges Riesenkind warf sich der Sturm wieder auf sie, wälzte sie hin und her – und der Versuch, in dieses Spiel einzugreifen, hätte den sicheren Tod bedeutet.

Nach dem Unwetter konnten wir die Trümmer unserer armen Fliege zwischen toten Fischen und ertrunkenen Seevögeln aufsammeln. Von dem Tag an wußten wir, Ann und ich, daß Fokstad – oder auch »der Wirbler« – ein Name war, der auf unsere Wohnstatt paßte. Wenn sie wirklich so hieß. Was wir nicht wußten oder nicht wissen konnten, da es uns niemand auch nur je angedeutet hatte, wohl aus dem einfachen Grund, daß kaum auf einem geschriebenen Blatt eine Erinnerung daran bewahrt war, und was ich erst nach Anns Hinscheiden, ja in seiner vollen Bedeutung erst in der letzten Neujahrsnacht erfuhr, – das war, daß hier auf Fokstad seinerzeit eine Filialkirche stand, ein »Bethaus«, aus Grassoden gebaut und gegen einen Erdwall gelehnt, der die Einhegung eines kleinen Kirchhofs für die armen Berghöfe dieser Gegend bildete. Wie sollten wir das wissen können? Als wir hinkamen, stand ein alter Schafstall auf dem Platz der Kapelle. Der Hauptteil der Wände war wohl noch unverändert, und auf der Mauer um den kleinen Friedhof war weitergebaut und ein Dach aufgesetzt worden; es war jetzt eine Scheune. Schafsglöckchen läuteten dort statt der Betglocke der Kapelle.

Ann und ich ließen sowohl Schafstall wie Scheune abreißen, um freien Blick auf den See zu haben, – auch das wohl ein Ausdruck einer neuen Zeit. Auf der Tenne fanden wir einen großen, länglichen, von vielen Tritten glattgeschliffenen Stein. Wir ließen ihn liegen, wie er war, und säten Gras darum. Nein, von der Kapelle und dem Kirchhof konnten wir unmöglich auch nur die leiseste Ahnung haben. Selbst als wir bei den Behörden Erlaubnis nachsuchten und erhielten, eine Grabstätte für Ann und mich und andere, die hier bei uns zu ruhen wünschten, einzuhegen, und den niedrigen Hügel ummauern und mit Erde decken ließen, in dem jetzt Ann darauf wartet, daß ich den Tod mit ihr teile, wie ich das Leben mit ihr geteilt habe, – selbst da fiel weder von weltlicher noch von geistlicher Seite auch nur ein andeutendes Wort, daß es hier auf Fokstad schon einen alten, geweihten »Gottesacker« gab.

Ahnungslos hatten wir unser Haus unmittelbar neben dem alten Kirchhof angelegt; einen Meter weiter südlich und näher am Hang – und wir wären beim Ausschachten der Grundmauern auf Knochen und Sargreste gestoßen. Auch als Ugle, unser jüngster Sohn, dessen scharfen, zwölfjährigen Augen so leicht nichts Sichtbares entgeht, unten am Abhang einen Menschenschädel fand und nach Hause brachte – nicht einmal da streifte mich auch nur der Gedanke, es könne draußen gleich vor meiner Schwelle eine kleine Schar von Mitbrüdern und -schwestern liegen und unter den Tritten von Mensch und Hund ihren letzten, ihren längsten Schlaf schlafen.

So wenig ahnten wir hiervon, Ann und ich, daß wir, wenn das Wetter danach war, unseren Tisch auf dem so trefflich geeigneten Stein vor unseren Fenstern zu dekken und unsere einfachen Mahlzeiten im Gras liegend zu verzehren pflegten; kein einziger Nerv unseres Körpers hat uns je kundgetan, daß unsere Tischplatte ein Grabstein war.

Nicht einmal, als ich einen immerhin sehr einfachen und deutlichen Wink von … ja, sozusagen von »jenseits« bekam, begriff ich, worum es sich handelte. Eines Tages hatte ich mich über irgend etwas geärgert und daher beim Frühstück den Mund zu anderem benutzt als zum Essen, hatte, an unserem Steintisch liegend, wohl geradezu ein wenig geflucht. In der folgenden Nacht hatte ich einen Traum. Ein großer, schwerer Mann in schwarzem Gewand kam zu mir ins Zimmer gestapft; Séra Sigvald – den ich damals noch nicht kannte – wandelte bis nahe an mein Bett, so daß ich die Decken unwillkürlich enger um mich zog, blieb aber gottlob! stehen, ohne mir etwas zu tun, sah mich nur mit finsteren Brauen an und sprach mit grabesheiserer Stimme den Vers:

Geiferwort an Grabespfort
Gellt wie Mord zum Ruheort.
Sanft hinfort nur Segenswort
Säusle den Toten am geweihten Ort.

Darauf entfernte sich mein würdiger, schwarzrockiger Besucher schweren Schrittes wie ein Mann, der an einer reichlichen Fleischeslast zu schleppen hat.

Das war sicherlich deutlich. Aber auch hier gilt das alte Wort: Sie haben Augen und sehen nicht. Ich erzählte Ann meinen Traum und muß gestehen: wir machten uns über den feierlichen Warnvers ein wenig lustig. Eine Grabespforte also? Dann hatte ich wohl gar den Eigentümer des Schädels zu Besuch gehabt? Wir schauderten – und lachten. Immerhin, von diesem Tag an hielt ich bei Tisch meine Zunge im Zaum. Sonst änderten wir an unseren Lebensgewohnheiten nichts und nahmen unsere Mahlzeiten bei gutem Wetter nach wie vor an dem Stein ein. Unbekümmert lebten wir weiter – unser arbeitsames, unser unnützes Leben. Ach, jene seligen Tage … Jene seligen, seligen geschwundenen Tage!

Daß der Schädelfund jedoch zu allerhand Vermutungen Anlaß gab, brauche ich kaum zu erwähnen. Man findet nicht alle Tage einen Menschenschädel. Die einfachste

Erklärung, nämlich daß er aus einem gewöhnlichen Grab stammen könne, fiel merkwürdigerweise keinem von uns ein. Ohne kleinliche Bedenken gaben wir uns dem Rätselhaften des Fundes hin, jeder auf seine Art. Mit Ausnahme von Ann übrigens, die sich überhaupt nicht zur Sache äußerte und den Schädel nur hier und da betrachtete, sehr genau und mit gerunzelten Brauen, als gefiele ihr dies und jenes daran nicht. Wie es möglich sei, daß man hier, mitten im Hochland, einen Menschenschädel fand, und zwar nur den Schädel, das war dagegen eine Frage, auf die wir andern oft zu sprechen kamen. Ugle und ein Freund, der bei uns zu Besuch war, mutmaßten Mord oder mindestens Totschlag, irgendeine dunkle, verdächtige Tat. Ich neckte meinen Freund, einen Mann der Feder; er würde zweifellos noch vor Jahresende einen Roman über den Fund fertig haben: »Der Fokstadschädel« – wäre das nicht ein guter Titel unter dem Weihnachtsbaum? Im übrigen lehnte ich jeden Gedanken an eine Gewalttat auf das bestimmteste ab. »So sind wir nicht, wir hier im Hochland«, sagte ich und weiß noch genau, in welch überwältigendem und mir selbst bisher unbewußtem Maß ich mich plötzlich mit allen Bewohnern und Besuchern unserer Gegend in Nähen und Fernen der Zeiten verbunden und für sie verantwortlich fühlte. Überaus eifrig, ja geradezu hitzig verteidigte ich meinen Standpunkt: die Fundstelle am Fuß eines Hangs und der Umstand, daß der Schädel über dem Erdboden lag, deuteten unbedingt darauf hin, daß er samt Schultern und dem übrigen Körper, der von ihm abgetrennt war, einem der vielen Unglücklichen gehört hatte, die sich im Mittwinterdunkel und Schneesturm hier im Hochland verirrt und hinter einer Schneewehe Schutz gesucht hatten, die dann entweder willig in den Tod hinübergeschlummert oder doch endlich vor Hunger und Entbehrung der Verlockung unterlegen waren, in die liebevoll geöffneten Arme des Frostes zu sinken. Ugle und mein anderer mißtrauischer Gegner gaben sich indessen noch nicht geschlagen: Wenn der Schädelbesitzer hier unten am Hang erfroren war, wo denn dann die Knochen der übrigen Körper geblieben seien? »Von Füchsen verschleppt!« antwortete ich und glich meine innere Unsicherheit durch Nachdruck in der Stimme aus. »Und die Kleider?« – »Verrottet und zu Gras geworden!« – »Und das Messer und was der Mann sonst in den Taschen gehabt haben mochte?«

Ob ich verhört werden solle, übernahm nun ich die Rolle des Fragers; ob sie mich vielleicht im Verdacht hätten, den Mann umgebracht zu haben? Er traue mir schon zu, daß ich in meiner Jugend einen Mord aus Eifersucht begangen hätte, antwortete mein Freund – ob im Ernst oder Scherz, wage ich nicht zu entscheiden – und in diesem Fall stimme ja sogar die alte Theorie von Täter und Tatort, und dies sei dann eine gewisse Erklärung für meine Ansiedlung in dieser unmenschlichen Einöde. – Aber – um bei der Sache zu bleiben – daß der Körper von Raubtieren verschleppt sein könne, wie ich annähme, halte er für ausgeschlossen; dagegen sei es wohl denkbar, daß der Schädel von der Stelle entfernt worden sei, wo der Mann den Tod gefunden habe. Das leuchtete mir ein.

Doch als Ugle und sein Mitverschworener verlangten, der gefundene Schädel solle auf meinem Schreibtisch Platz finden – beide meinten, dort gehöre er hin –, da ging der Streit von neuem los.

Es ist mir nie möglich gewesen, Menschenknochen wie andere Knochen zu betrachten. Oder besser: Diese Überreste dahingegangener Brüder und Schwestern bringen mir das Leben in seinem gesetzmäßigen Kreislauf – von unbekannten Daseinsformen bis zu solchen, die unseren Sinnen zugänglich sind – allzu deutlich zu Bewußtsein, als daß ich sie gern ununterbrochen vor Augen hätte. Niemals habe ich mich von dem Gefühl frei machen können, daß selbst ein altersgebräuntes, vertrocknetes Skelett noch ein wesentlicher und insgeheim eigenes Leben bergender Teil eines Menschen ist. Mich packt der Gedanke an das feine Geflecht der Nerven, an das zarte Stromnetz des Blutes in Adern und Venen, an die reifen Früchte der Muskeln und an die scheue, bebende Wärme der Haut, der Gedanke an die ganze unendliche Buntheit des Lebens, unfaßbar für uns in all ihren Tiefen zwischen dem unausdenkbar Großen und dem unausdenkbar Kleinen, zwischen dem Kern der Gegenwart und der Schale der Ewigkeit, worin Vergangenheit und Zukunft eine keimträchtige, gärende Welt bilden. Mich packt der Gedanke an das unglaubliche, unfaßliche Märchen von Klang – auch unhörbarem Sang – und Schau – auch blinder Schau –, in das jedes erdgeborene Wesen von der Wiege bis zum Grabe eingesponnen ist. Der Gedanke an den strömenden Quell von Eisblumen, Erd- und Flammenrosen in einem jeden schlagenden Herzen, an die Giftsümpfe und Ölbaumhaine der Leiden, an die verzehrenden Leidenschaften und das kühle Glück sommerlichen Gleichmuts. Der Gedanke an alles, was Mensch und Menschenlos ist, packt mich mit den glühenden Zangen ohnmächtigen Mitwissens und Mitleidens, wenn ich nur vor dem kleinsten Rest eines »erloschenen« Lebens stehe.

Solche Gefühle sind sehr häufig, obwohl die meisten dagegen abstumpfen, wenn sie älter werden. Uns Menschen geht es wie dem Falken, der ein Schneehuhn schlägt und das Fleisch in sich schlingt. Erst wenn er den Körper zerrissen hat und den Schnabel in das Herzblut taucht, spürt er: dies ist meine verzauberte Schwester, fiederbeinig wie ich selbst, meine fromme Schwester, die durch ihr Leiden meine böse Tat sühnt. Und er stößt mitten im Fressen eine laute, weithin tönende Klage aus – dann aber besinnt er sich und frißt weiter.

Anstatt Ugle und meinem Freund dies alles zu erklären, gab ich ihnen kurz und bündig zu verstehen, ich wünsche mein Haus nicht mit Menschenresten zu möblieren. »Bist du so altmodisch, Vater?«, lachte mein Sohn, »Ärzte und Studenten stellen gern einen Schädel auf oder gar ein ganzes Skelett.« – »Ich bin weder Arzt noch Student«, antwortete ich, »und keins von beiden je gewesen; und so altmodisch, mein Sohn, daß ich finde, du solltest den Schädel zur Kirche bringen und dafür sorgen, daß er in geweihte Erde kommt.« Aber hier begegnete ich entschiedenem Widerstand und der strengen Geltendmachung des Eigentumsrechts. Das schmähliche Ende der Sache war, daß Ugle und sein Mitverschworener um den Schädel geradezu feilschten; der Finder bekam ein paar Briefmarken, und ich weiß nicht, was sonst noch; und ich ließ es geschehen ... Weswegen der Schädel eines Hochlandmannes – damals konnte ich ihn getrost noch für brav halten, und vielleicht ist er es bei lebendigem und unverkürztem Leib auch gewesen – außer Landes gebracht wurde, zu späterer großer Last und Mühe für mich und andere. Aber ich ließ es geschehen.

Ich halte mich so lang und breit bei dieser Geschichte auf, weil sie noch schicksalsschwere Bedeutung bekommen sollte. Eine erschütternde, furchtbare Bedeutung. Wie so vieles, was wir leichtsinnig geschehen lassen, weil es uns im Augenblick klein und nichtssagend vorkommt. Vielleicht verweile ich auch so ausführlich bei der Vorgeschichte, um mich solange wie möglich vor dem Eigentlichen zu drücken; denn noch ahne ich wirklich nicht, wie ich es fertig bringen soll, es zu erzählen; woher ich die Worte für etwas so Unwahrscheinliches nehmen soll; Oder läßt es sich vielleicht gerade ganz einfach und ohne Umschweife berichten? Das wird sich zeigen.

Indessen: wie ich hier so sitze, um meinen Bericht über das Geschehene niederzuschreiben, ertappe ich mich dabei, daß ich selber an seiner Wirklichkeit zweifle. Obwohl ich mitten drin sitze ... Ratlos und alles eigenen Wollens und Wissens beraubt – in einer wahnwitzigen, verzerrten, unseligen Wirklichkeit.

Und nur die Tür zu öffnen brauche ...

2

Aber ich öffne die Tür nicht. Nicht gleich. Noch halte ich sie ein wenig geschlossen und wende mich den Begebenheiten jener Neujahrsnacht zu. »Jener« Neujahrsnacht, sage ich. Und sie liegt doch erst ein paar Monate zurück. Nur ein paar kurze Monate. Mir kommt es vor, als seien es mehrere Menschenalter.

Die Tage gehen hin, als sei nichts Besonderes geschehen. Unter dem Druck eines unmenschlichen Schicksals rollen sie bedächtig vorwärts, Tag auf Tag, Nacht auf Nacht, in der Zeit und außerhalb der Zeit zugleich – ganz wie in einem Irrenhaus. Und ist denn mein Haus etwas anderes? Was soll aus alledem werden? Wohin treiben wir, meine armen Schutzbefohlenen und ich, ihr hoffnungsloser Herr? Welchen neuen Bruch der Naturgesetze müssen wir über uns ergehen lassen, ehe wir wieder in ihren – wie ich jetzt fühle, ach so beruhigend sicheren – täglichen Gang hineingleiten?

Ja, was daraus werden soll, wird die Zeit lehren. Insoweit habe ich noch einiges Zutrauen zu ihr. Wirklich? Ich weiß es nicht. Gleichviel, an diesen Glauben muß ich mich klammern. Es war also in jener Neujahrsnacht, in der letzten Neujahrsnacht …

Um neun Uhr war ich zu Bett gegangen wie gewöhnlich. Da ich damals ganz allein auf dem Hof war, hatte ich genug zu tun, selbst wenn ich sein ließ, was ich sein lassen konnte, und zum Beispiel Putzen und Staubsaugen auf das mindest mögliche beschränkte. Ein vielbeschäftigter Mann, der in allem pünktlich ist, soll auch pünktlich zu Bett gehen. Ich hatte meine Kuh zu melken und zu versorgen, meine Pferde auf der Weide zu besuchen – der Winter war bis dahin so mild wie ein Sommer gewesen, der beste Winter seit fünfzig Jahren, so daß sie noch draußen weideten – und mein Dutzend Schafe zu füttern und zu tränken; essen muß man auch, und das Treibhaus gab mir um diese Jahreszeit bereits ebenfalls zu tun. Die Stunden, die ich ruhig und ohne etwas zu versäumen hier an meinem Schreibtisch verbringen konnte, waren schon damals selten und flüchtig genug. Aber ich hatte doch noch Frieden mit mir selber und allen Dingen, tiefen, beglückenden Frieden in mir und um mich. Jeden Morgen und jeden Abend ging ich zu dem Hügel an der Südseite – und nie hatte ich das Gefühl, einsam zu sein. Und wenn ich mich bei meiner Arbeit nicht übermüdet hatte, schlief ich jede Nacht wie ein Klotz. So ging die Zeit.

Seit Ann fort war, blieb ich am liebsten allein, wenigstens für den Teil des Jahres, wo meine Jungen ihre eigenen Dinge vor hatten, Jaki seine Arbeit, Ugle seine Schule. Und das war der größere Teil. Daher hatte ich mich so bequem und einfach wie möglich eingerichtet. Das große Haus brauchte ich eigentlich nicht mehr. Aber es bedrückte mich nicht. Ich fühlte mich immer noch sicher und beheimatet darin, wie in der eigenen Haut, die ja, wenn die schwellende Kraft und Muskelfülle der Jugend schwindet, auch Falten um einen schlägt und zu weit wird, ohne daß man darum den Drang verspürt, vor der Zeit herauszufahren.

Durch die Drähte des Fernsprechers und die Wellen des Rundfunks stand ich mehr als genug mit der Umwelt in Verbindung. Ich meine das ganz wörtlich: durch diese beiden Leitungen drang manches zu mir, was ich gern entbehrt hätte. Dazu noch die Post, die ich bekam, wenn ein Schiff den Hafenort im Fjord anlief; im Winter nur einmal in ein oder zwei Monaten. Ich vermißte nichts und war es zufrieden. Wenn das halbe Leben dahin war – und das in doppeltem Sinn –, dann könnte es einfach nicht besser sein, meinte ich damals. Wieviel mehr muß ich es heute meinen.

Am letzten Tag des alten Jahres hatte ich mich von morgens an auf das neue gefreut. Glomm eine Unruhe tief drinnen im Dämmer des dunklen Blutgezweigs? Vielleicht. Äußerlich war ich jedenfalls ruhig; ich wußte nur, daß ich für das vergangene Jahr dankbar war und dem kommenden mit Behagen entgegensah, wie es sich für einen Menschen ziemt. Ich war mir auch bewußt, daß es mancherlei Grund zur Freude gab: Paris würde meinem Sohn Jaki im Sommer wieder zu heiß werden, so daß ich einen, wenn auch kurzen Besuch von ihm erwarten durfte. Und Ugle – dem hatte ich längst versprechen müssen, ihn mit der »Fliege 2« abzuholen, und zwar an dem Tag, an dem er sein Examen bestanden hätte. Das Versprechen war keineswegs erpreßt, und ich hatte ihm auch gesagt, er könne vom Prüfungszimmer gleich zum Hafen hinuntergehen, wo er mich wie gewohnt an der Boje finden werde, sofern die »Fliege« und ich noch lebten und kein Orkan oder Schneetreiben herrschte; durch andere

Witterung gedächte ich mich nicht aufhalten zu lassen. Das war eine Abmachung, deren Änderung keiner der beiden Partner dulden würde; wir sind in so etwas genau, wir hier auf Fokstad. Für mich gibt es an dem Tag nichts als den Hafen von Reykjavik. – Aber heute nicht daran denken; viel kann noch geschehen, ehe dies Versprechen einzulösen ist. Noch habe ich zwei, drei Monate vor mir; und jetzt, wenn irgendwann, gilt das weise Wort, daß jeder Tag seine eigenen Plagen habe.

Wie gesagt: ich war zu Bett gegangen. Eine dunkelblau flammende Feierlichkeit, die ich von der Sternennacht draußen mit heimgebracht hatte, als ich von Anns Hügel kam, erfüllte noch mein Gemüt. Wieder war ein Abschnitt meines Lebens zu Ende gegangen. Ein Abschnitt, bestimmt durch die Bewegungen unseres Sterns, genau bemessen mit der lichten Elle der Tage und der dunklen der Nächte. Ein Abschnitt – ja, ein Schlag jenes Herzens, das die Welt mit Licht speist wie unser Herz den Leib mit Blut; jenes Herzens, das ein jedes Einzelwesen mit den Quellen des kosmischen Feuers, der Ewigkeit, der Unendlichkeit verbindet, wie die ununterbrochene Kette des Blutes uns mit unseren Vorfahren verbindet. Ein Jahr war verflossen, nein, zum Ring zusammengeflossen, einem neuen Glied in der zuverlässigen Kette der Zeit. Und wo stehst du nun, du Mensch? Hast du dem Licht gedient? Oder davon gezehrt? Es gefördert – oder verschwendet?

Ja, wo stand ich? … Im Lauf des Tages hatte ich meinen geringen Beitrag zur Ernte der Menschheit hervorgekramt und gebündelt auf den Schreibtisch gelegt, in diesem Jahr, dessen letzte, schwindende Stunden mich noch umwirbelten. Hand aufs Herz – ich hatte zugeben müssen, daß er schlecht war, nichts taugte. Hier lag ich und blickte auf mein Leben zurück. Auf mein Leben bis auf den heutigen Tag. Dieser Jahresabschluß war für mich ein genaues Gegenstück zu vielen früheren. Die Hoffnung ist immer mein bester, um nicht zu sagen, einziger Aktivposten gewesen. Soweit ich es beurteilen kann. Vielleicht geht es auch anderen so? Wie dem auch sei – mein Fall lag klar. Voller Hoffnung begann ich jedes Jahr, und bisher hatten alle mit einem unwiderruflichen Selbsturteil geendet, das aber niemals vollzogen wurde. Wie gewöhnlich spürte ich auch an diesem Abend mitten in meiner üblichen Neujahrsqual ein tröstliches, fernes Brausen und wußte, es waren die sausenden Schwingen wiedererstandener Hoffnung auf das Schaffen in einem neuen Jahr … Oh, diese ewige Hoffnung! Die man doch nie verleugnen kann. Vielleicht weil sie mit dem Leben eins ist?

So viel stand jedenfalls für mich fest: mit diesem neuen Jahr begann ernstlich und bestimmt ein neues, besseres Leben. Diesmal sollte es nicht bei dem bloßen Vorsatz bleiben. Bei meiner Arbeit wollte ich nach einem genauen Plan vorgehen, meinen Gedanken nie mehr erlauben, sich von den zufälligen Winden aller Gefühle und Hoffnungen treiben zu lassen, nie mehr in dem verlockenden, aber auch, ach, so dornigen Rosengestrüpp berauschender Eitelkeiten und süßer Flüchtigkeiten nachtzuwandeln … O diese guten Vorsätze! Ich durchschaute mich übrigens selbst völlig, überblickte ganz klar und unbefangen meine Lage und Möglichkeiten, meine Triebe und Triebfedern, meine Sehnsüchte und – meine Fesseln. »Dich schrecken vor allem die Dornen,« sagte ich mir, »du willst trinken, aber nicht bezahlen.« Nun, auch das war nicht mein letztes Wort, und ich wußte es sehr gut. Ich muß schon sagen, arg kränkend war diese Selbstbezichtigung denn doch. Von wenigem darf ich mich wohl so frei fühlen wie von dem Vorwurf, beim Bezahlen einen Unterschied zwischen den Schenken des Lebens und denen der Landstraße gemacht zu haben. Es war wohl alles nicht so ernst gemeint.

Und ohne mich durch die bitteren Wallungen meines Gemüts sonderlich verstimmen zu lassen, blieb ich auf dem Rücken liegen, ausgestreckt unter dem Sternendach, das ich nicht vergessen konnte – so wie ich dereinst im Grabe liegen werde. Lag da und suchte in kindlichem Leichtsinn Trost und Vergessen in dem tätigen Jahr, das nun endlich beginnen würde.

Erst als ich das Licht löschte, entdeckte ich, daß ich vergessen hatte, die Läden vorzulegen und die Vorhänge vorzuziehen. Ich war wohl den ganzen Tag in Neujahrsgedanken gewesen. Nun, das bißchen Sternenschein würde mich nicht am Schlafen hindern. Schlimmer war, daß ich auch vergessen hatte, die Heizung anzustellen. Da half nichts; ich sprang aus dem Bett. Wie ich durchs Zimmer ging, wurde es hell, lichter und immer lichter. Ein silberklarer Schein flickerte durch die kleinen Scheiben der Fenster, deren eiserne Umrahmungen sich wie Maschen eines Netzes gegen eine tauschwere, unruhige, sozusagen unterseeische Macht abzeichneten. Dieser Quell schwankenden Lichts, der mir aus der Tiefe der Nacht entgegenströmte – daß er das Dunkel zerriß, kann man nicht sagen; es blieb dunkel und wich nicht einen Finger breit. Er vermischte es jedoch mit einer seltsamen Helligkeit, die weder vom Tag noch von der Nacht kam, weder von Sonne, Mond noch Sternen – ein Licht, das stieg und sank, blendend aufstrahlte und wieder verflakkerte, wogend und unberechenbar, wie heimliche Flammen des Herzens.

Ich ärgerte mich recht über mich selber. So geht es einem, wenn man seine Pflichten versäumt; plötzlich ist man nur noch ein Würfel im Spiel des Zufalls, und was man anfaßt, geht verquer. Anstatt sich zu dem verheißenen Tag durchzuschlafen, der jeden wahrhaft Schlafenden nach dem Grab des Bettes erwartet, wird man plötzlich von einer Nacht überrumpelt, die einen eigentlich gar nichts angeht, die vielleicht sogar nirgends hingehört und außerhalb der Läden und anständigen Gardinen gehalten werden sollte. Und jetzt war ich in ihrer Gewalt und kam für die nächsten Stunden sicherlich zu keinem Schlaf. Halb verdrossen, insgeheim jedoch halb befriedigt, zog ich den Bademantel über das Nachthemd, ging in das Nebenzimmer, setzte mich an meinen Schreibtisch – setzte mich und lauschte in widerstrebendem Entzücken der spielenden, lautlosen Musik des Nordlichts.

Unter Nordlichtern ist man niemals ganz einsam, niemals so einsam wie wohl manchmal im allzu klaren Strahl der Sonne, ja selbst unter den nachbarschaftlich freundlichen Sternen der Nacht. Bei Nordlicht hat man Besuch bekommen, vornehmen Besuch – so hatten Ann und ich es immer empfunden. Gott selbst spricht zu uns mit Flammenzungen, vertraut uns seinen geheimen Kummer an, wenn man ihn nur verstehen will, sendet uns sichtbar seinen Trost zum Sieg über das Dunkel der Sorgen, spricht zu uns in Zeichen – die sich vielleicht deuten lassen. Warum sie aber deuten? Sie sind da – ist das nicht genug?

»Wenn du einmal nicht mehr da bist und ich allein bleibe,« sagte Ann einmal zu mir in einer längst versunkenen Nordlichtnacht, »wird es mein bester Trost sein, daß all das Ungesagte – daß du es gewußt hast – und ich es gewußt habe.« Das sagte sie ... und ich blieb übrig. Und sitze hier. Schon mehrere Jahre allein unter dem Nordlicht.

»Wurm, erhebe dich aus dem Staub und bereite deinem Herrn einen höflichen Empfang!« sagte ich zu mir selbst – und stand auf, sehr bereitwillig, mir etwas vorzunehmen, irgend etwas. Aber wie bezeigt man seinem Herrgott Höflichkeit? Ja, was tun wir Menschen zur Ehre Gottes? Ohne weiter darüber nachzudenken, begann ich den Tisch zu decken – den großen Tisch im Eßzimmer.

Es kommt nicht oft vor, daß ich den Tisch ordentlich decke; ich bin doch kein steifer Engländer, der aus seinem Dinnerdreßwechsel einen Ritus macht. Nicht einmal zu Weihnachten hatte ich den Tisch gedeckt. Warum auch? Ich war ja allein. Ich wußte genau, daß Ugle geschwankt hatte, ob er Weihnachten lieber bei einem Kameraden oder bei mir zu Hause verbringen wollte. Und da ich nicht gewagt hatte, ihn in meine Einsamkeit herauf zu holen und selber keine Neigung verspürte, Weihnachten unter Menschen zu feiern, die müde waren von lauter Essen, Rauchen, Trinken, gegenseitigem Übertäuben und anderen normalen Arten des Lebensgenusses, gab ich vor, die »Fliege« sei unpäßlich. Das würde jeder glauben und noch eine gewisse Befriedigung daraus saugen – denn wenige Freuden sind heutzutage so ergiebig wie die Motorschäden des lieben Nächsten. Als dann Weihnachten kam, hatte ich meinen einsamen Baum angezündet, mich in meinen Stuhl gesetzt, Nüsse, getrocknetes und frisches Obst aus der Schale gegessen und in Gedanken bei guten, ach, jetzt so fernen Tagen verweilt: bei Ann, bei unserem Leben in all den Jahren, bei den Söhnen, für die das Dasein nun allmählich Form gewinnt, Inhalt erhält, eigene Erlebnisse bringt. Die ganze Geschichte von vorn. Saß seit jenem Abend vielleicht eine Spur von schlechtem Gewissen in mir? Dann war dies wohl der geheime Grund dafür, daß ich jetzt plötzlich, geistesabwesend wie ein Nachtwandler, ohne irgendwelchen Anlaß den Tisch im Eßzimmer deckte, das seit Anns Tode nur im Sommer benutzt wird, wenn ich meine Jungen zu Hause habe und wir einen richtigen Haushalt mit Gästen führen –, daß ich den Tisch deckte mit einem großen weißen Tischtuch, ja eine spinnwebzarte Spitzendecke über die schneeweiße Linnenfläche breitete, Schalen mit Obst und Brot holte, die elektrischen Leuchter vom Wandbrett auf den Tisch stellte und zuletzt sogar Wein aufsetzte, Champagner und süßen Portwein. Ich, über dessen Lippen seit Jahren keine geistigen Getränke mehr gekommen waren!

Es war auch gar nicht meine Absicht, den Wein zu trinken, den ich so sorgfältig im Keller ausgesucht hatte; ich hatte nicht einmal im Sinn, die Flaschen zu öffnen, sondern wollte mich nur an den Farben und den runden Formen der Flaschen erfreuen, weiter nichts. Dann fiel mir ein, daß auf eine festliche Tafel Kristall gehört, und ich stellte Gläser hin, große und kleine, zwölf von jeder Sorte. Warum gerade zwölf? Ich weiß es nicht. Da nun schon so viele Gläser auf dem Tisch standen, holte ich auch mehr Wein und goß den Portwein in Karaffen. Und um nichts zu verschütten, nahm ich dazu einen kleinen silbernen Trichter, den ich Ann einst für diesen Zweck geschenkt hatte. Mein guter Portwein, dessen Blume sich wie gefährliche und verwirrende, aber zugleich verheißungsvoll süße Duftwogen in den leichten Blütenduft der Stube mischte, würde schal und schlecht werden. Das war traurig, aber was machte das? Ich wollte eben wieder einmal Wein in den Karaffen sehen. Ein einziges Mal durfte ich doch auch etwas von dem guten Wein für mich opfern, ohne gleich gezwungen zu sein, ihn zu trinken.

Das Ganze war wohl, recht besehen, ein Spiel: eines jener für den Außenstehenden etwas mitleiderweckenden Schauspiele, die man jedermann gibt, der nicht anwesend ist – oder vielleicht dem oder jenem Unsichtbaren oder vielleicht nur dem eigenen, unsichtbaren Selbst –

eines jener bittersüßen Spiele, die ein Einsamer zuweilen erfinden und spielen kann. War es das wirklich? Ich weiß nur, daß ich wie im Traum wandelte und während des Tischdeckens nicht den mindesten Drang spürte, mir klarzumachen, wozu ich dies alles tat. Trotz meines geistesabwesenden Zustands war ich mir doch im Innersten bewußt, daß ich damit aufhören würde, sobald ich nur eine Sekunde Nachdenken darauf verwendete. Oder wußte ich vielleicht doch ganz genau, was ich da tat? Mag sein. Denn ich deckte ja den Tisch, als hätte ich Freunde zu Gast geladen, sehr gute Freunde sogar; ich deckte mit allem, was ich besaß, trug auf, was von den eßbaren und trinkbaren Gütern der Erde gerade mein war, und sparte wohl an nichts. Vielleicht wußte ich, was ich tat – und war doch ahnungslos. Ahnungslos! Schließlich nahm ich Blumentöpfe und Vasen von den Fenstern und stellte sie auf den Tisch: einen stachligen Kaktus und ein paar gezogene Tulpen. In diesem Halbdunkel fiel mir die fromme Form der Tulpen noch mehr auf als sonst. Wie ein Gebet stiegen sie aus dem Glas auf, wie feine Händchen, deren Fingerspitzen sich schließen, ein kindliches Loblied aus dem Märchenreich des Blumenvolks. Ein dunkles Funkeln legte sich allmählich über meinen Tisch, als hätten sich die Dinge, die ich zufällig nebeneinander gestellt hatte, in stiller Anbetung zusammengefunden; als stände ich mitten in einer geheimen Messe. Jeder kennt diese Augenblicke, wo die sonst so scheuen und abschweifenden »toten« Dinge einen unerwartet mit einem plötzlichen, doch leider oft allzu kurzen Einblick in ihr wahres Wesen begnaden, in ihr geheimstes und tiefstes, von der Betrachtung und Umdeutung durch die Menschen ganz unabhängiges Leben. Leicht berauscht durch diese kurze Befreiung von menschlichem Hochmut und wohl ebenso in der heimlichen Absicht, die Wirkung noch zu erhöhen, brachte ich jetzt auch Gold und Silber herbei; liebe, halbwegs vergessene Gegenstände aus einem Leben, das im Grunde schon ins All-Leben zurückgeebbt war, abgesehen von dem Flammenrest, der noch in diesem Körper schwelt, der einst mein war. Schwelt und schwelt; mit der berechtigten Forderung der Lebensflamme, ihr Holz ganz zu Asche zu verbrennen.

Als ich nichts mehr auf den Tisch zu setzten fand, ging ich zum Fenster und öffnete es ... Oh, ich hatte es ja gewußt. Gewußt, daß das Wetter wieder umgeschlagen war, gewußt, daß der beißende Rauch des Morgens, die klamme Kühle des Tages wieder der milden Luft gewichen war, die diesen sonderbaren Winter von allen Wintern unterschied, an die ich zurückdenken konnte; gewußt, daß es draußen wieder so mild geworden war, so mild, daß die Erde mitten in der Winternacht aus ihrem Schlummer erwacht war; so mild, daß der vom Boden aufsteigende und von draußen hereindringende Dunst fast etwas Lebendiges hatte; wie ein mächtiges Tier war er, gewaltig und freundlich und doch so jammervoll hilflos und so zerstückt in Brocken lose zusammenhängenden Lebens und unbändiger, unbezähmbarer Lebenslust, daß es in zärtlichem Mutwillen und verzweifelt klagender

Liebe wahrhaftig darauf verfallen könnte, einen zu fressen, was es denn auch eines schönen Tages tut.

Sei es nun mit dieser tödlichen Zärtlichkeit der Erde, wie es wolle, eine Winternacht ist und bleibt eine Winternacht, und selbst die mildeste wird auf die Dauer kalt, wenn man ihr im bloßen Nachthemd und Pantoffeln begegnet. Wieder wandte ich mich dem Tisch zu; noch hatte ich mir keine Zeit genommen, mein Werk richtig zu genießen. Doch da war es zu spät, die Zeit verpaßt, der Zauber vorbei. In dem launischen Schein der Nordlichtnacht sah ich nur einen öden, machtlosen Tisch, auf dem in stummer, widerspenstiger Feindlichkeit eine Reihe undeutlicher, halb eingeschlafener Gegenstände, versammelt war.

Ich stellte das Radio an, sicherlich nur, um irgend etwas zu tun. Musik. Wie gewöhnlich. Woher – das zu untersuchen oder festzustellen zögerte ich, denn sie störte mich eigentlich. Aber – es klang gar nicht so schlecht ... Diese Folge sanfter Töne erinnerte mich an einen Frühlingstag im Wald, an einen bestimmten Frühlingstag in einem bestimmten dänischen Wald, wo im Grunde nichts geschah, gar nichts, außer daß Ann und ich dort gingen, beide schon ein wenig angegraut und vorzeitig gealtert, und daß es ein Tag mit fein sprühendem Regen war. Einer jener Tage, wo der Duft dicht über der Erde liegen bleibt, ein vielfältiger Duft, süß und kühl. Die Erinnerung an jenen Tag im Wald, und plötzlich fing ich an, Licht zu machen ... Ich ging durchs ganze Haus und drehte alle Lichter an, die es gab, drinnen und draußen. Und es waren viele. Heute war Silvester – etwas mußte doch getan werden. Da war diese Illumination immer noch besser als nichts.

Mein bißchen Einfallsreichtum war bereits erschöpft, als die Lichter brannten; mir fiel nichts weiter ein, und ich sank müde in meinen Schreibtischstuhl. Todmüde. Auf gut Glück schlug ich ein altes, ledergebundenes Manuskript auf, ein dickleibiges Protokoll menschlicher Torheiten, »Das Buch des Lebens«. Ja, so hieß es. Ach, das war damals ... In jenen Tagen der Jugend und des Übermuts, da einem alles möglich und begreifbar schien und man nicht davor zurückscheute, das Leben wie ein besonders für einen bestimmtes und eigenhändig erlegtes Stück Wildbret zuzurichten und unserm Herrgott auf die Zähne zu sehen, wie einem Gaul auf dem Markt. Ein kostbares Buch, aber was hatte es mir jetzt noch zu sagen? Nichts. Jedenfalls nicht viel ... Über die Seiten waren verblaßte Schriftzüge verstreut, die mich an gebräunte Knochenreste gemahnten. Ein Beinhaus! Dies hier hatte ich also einst den Menschen vor Augen bringen wollen. Wozu? Kann das, womit ich selbst fertig war, anderen etwas zu sagen haben? Oder kann vielleicht gerade nur das, was man abgeschüttelt hat wie der Baum die Frucht, Nahrung für andere werden?

Die Ohnmacht des Zweifels, nächst dem Tod der verläßlichste Gesell des Menschen, überfiel mich, so daß ich nicht einmal Kraft und Fähigkeit aufbrachte, das Manuskript zuzuschlagen, sondern es offen liegen ließ, obwohl es mich quälte. Ich blickte mich hilfesuchend im Zimmer um. Die bekannten Dinge sahen mich nur scheel an, höchst unsicher und unbedenklich; keins von ihnen machte Miene, mir zur Erlösung auch nur den kleinen Finger zu reichen. Nicht einmal Anns Bild, das ihr so ähnlich ist, als hätte ich sie lebendig vor mir, schien diesen Abend bereit, mich zu schützen, wie doch sonst immer. Ann sah mir gerade ins Auge, daran hatte sich nichts geändert, sah mich an mit dem Lächeln, das noch lebendig war. Dort auf der Leinwand – und in meinem beklagenswerten Herzen. Ihr Blick aber schien heute abend abwesend oder von einem Vorbehalt beschattet. Nur das Lächeln war noch da.

Im innersten Herzen brannte das Gefühl, ich verriete Ann. Begann sie jetzt für mich zu sterben? Was sollte ich tun? Irgendwie mußte ich diesen Abend überstehen. Ein wenig Leben und Bewegung konnte ich in die Stube bringen, wenn ich ein Streichholz an den Holzstoß im Kamin hielt. Daß mir das noch nicht eher eingefallen war, solange ich noch Schwung hatte. Jetzt war es zu spät. Die Lust auf Feuer wich unmittelbar einer ebenso ausgemachten Unlust.

Am besten, ich gab zu, wie es war – wenigstens vor mir selber: armseliger denn je ging ich dem neuen Jahr entgegen. Wo war der Flug meines Geistes? Wo meine innere, meine unverlierbare Freiheit? Und damit nicht genug: war ich nicht irgendwo in meinem tiefsten Innern gehemmt, in jener tiefen inneren Macht, wo das Nordlicht der geheimen Gefühle flimmert und flackert, noch immer durch einen unklaren Hang zur »Welt«, zu ihrem

Gaukelspiel und leeren Land, ihren Launen und lächerlichen Träumen gehemmt? Mein vermeintlich so weises Herz – sprang es nicht immer noch den Totentanz der Begierde dort drinnen in der roten, dunklen Grotte des Brustkastens? Am Ende denselben Tanz, den ich selbst tanzte, wenn ich hier nächtlicherweile den Tisch deckte, Wein auftrug, alles erleuchtete und sogar zufällige Klangwellen anstellte, fremde Geistesstimulantien, die mich nichts angingen, statt in meinem Bett zu liegen, wie es sich gehörte, und es meinem Traum selber zu überlassen, »den Reigen zu springen«.

Aber nein, jetzt keine Neujahrssorgen. Ich hielt inne und malte mir aus, wie ich mich mit einem Ruck erheben würde – heutzutage ist jugendliche Frische ein Vorrecht des Alters –, mich aufrichtete gleich einem Jüngling in den Sechzigern, mich an den Tisch setzte, eine Champagnerflasche ergriff und sie zu entkorken begann. Wenn einen zum Jahreswechsel zufällig keine Geldschulden drücken, warum sich dann mit allerlei sonstigen Schulden belasten? Als sei das Leben ein Leihhaus und die Allmacht ein Wucherer, wozu sie die Zeitungschristen unserer Tage, die gegen Zeilenhonorar von Gottesfurcht reden, so gern stempeln möchten. Während mir diese Gedanken durch den Kopf schossen, malte ich mir mein weiteres Benehmen in der Stube nebenan aus: wie der Sektkorken mit einem Knall in die Luft fliegen würde, wie ich ein Glas schäumend bis an den Rand füllte, es erhob – und sang:

Es lodern die Flammenfahnen.
Laß lodern – nimm es mit Ruh!
Gottlob! daß die Flammenfahnen
Zuweilen lodernd uns mahnen –
Im Grabe euch dunklen Kumpanen
Trink den letzten Becher ich zu.

Darauf warf ich das geleerte Glas durch das offene Fenster in die Nacht, hörte das schwache Sausen des Kristalls durch die schweigende Stille singen, hörte es gegen einen Stein schlagen … gegen den Tischstein … Morgen früh mußte ich die Scherben aufsammeln. Aber, was fiel mir denn ein? Das Ganze war ja nur ein Gedankenspiel. Jetzt wollte ich also hinaus ins Nordlicht.

Ich stand auf und ging mit meinem trefflichen alten Hundefellmantel über den Schultern und einem Paar pelzgefütterter Schaftstiefel an den Füßen in die laue Nacht hinaus. Alle Stimmen in meinem Innern verstummten jäh, sobald ich aus der Tür trat. Das Flimmern des Nordlichts an einem gestirnten Nachthimmel, wenn kein Mond seinen feinen Glanz und seine Pracht mindert und es ungestört und unverdunkelt seine Farbenphantasien gegen das nahe Blau der Nacht entfalten kann – kein anderer Anblick besänftigt besser die Wogen des Gemüts und des Blutes. Bis tief in die innersten Fibern spürt man unter seinem schweigenden Spiel die Stille, die von den fernsten Räumen bis in den Kern unserer Erde herrscht. Und siehe: aus dieser Stille tritt wie mit einem Zauberschlag befreit die Seele – geht wie ein Kind auf leisen Sohlen über alle aufgewühlten Wasser dahin. Eine Weile ist man eins mit dem All, nein, man ist nicht mehr, man kostet die Seligkeit des langen Schlafs ... Eine Weile, nur eine kleine Weile.

Unten am Boden ist es dunkel und bleibt es dunkel: eine weiche, erderfüllte Dunkelheit. Eine Dunkelheit, in der man nicht watet, auf der man geht. Erde und Dunkel – unter Nordlichtschein sind sie eins, verschmolzen zu einer wachstumsträchtigen, keimenden Fläche, die schaukelt und wogt – aber trägt. Solange es dauert. Und darüber? Darüber Nordlicht, das senkrecht niederfährt und im Niederfahren schwindet; Nordlicht, das in flokkenleichtem Tanz von einem Sternbild zum anderen schwebt, Nordlicht, das sich wie ein Feuervorhang zwischen Himmel und Erde ausbreitet; im nächsten Augenblick aber sind von dem Feuervorhang nur noch flatternde Zipfel übrig, ein Nichts, weg. Unterdessen braust aus einer anderen Richtung neues Nordlicht heran, braust heran in blendendem Strom, kreist um den ganzen sichtbaren Himmelsraum, zieht sich wie zu einer einzigen Kerze am Bett eines kranken Kindes zusammen, und dann wieder Flammen, Flammen, Flammen – ununterscheidbar, und einen Augenblick später ist nichts mehr da.

Da stand ich allein unter dem Nordlicht, ein sehr kleiner, sehr einsamer Mensch. Ein Mensch, der sogar von sich selber verlassen war. Stand neben dem flachen Stein im Rasen, ein Stück der Nacht selbst, hineingeglitten in die überwältigende, jede Unruhe aufsaugende Nordlichtnacht. Und doch war ich so sehr bei mir oder nicht bei mir, daß ich mich bückte, ganz ins Dunkel hinuntertauchte und nach den Scherben des zerschlagenen Glases tastete. Einen Augenblick war ich verwundert, keine zu finden; aber sehr bald fiel mir ein, daß ja gar kein Glas zerbrochen war.

Aus dem Haus erklang eine Stimme, dunkel und weittragend, aber ich konnte die Worte nicht verstehen. Die Musik schien von einem Vortrag abgelöst worden zu sein. Richtig. Diese Stimme war mir doch erst kürzlich einmal aufgefallen, überlegte ich. Jetzt mußte ich warten, bis sie wieder schwieg. Denn plötzlich wurde ich von einer wilden Angst vor allem, was Mensch und Menschenwesen hieß, besessen. Ich wagte nicht, mich dieser fremden Stimme auch nur zu nähern. Ich schauderte bei dem bloßen Gedanken, hören zu müssen, was sie zu sagen hatte. Und nicht genug damit: mir war, als mache mich das tief und innerst Abstoßende in dieser fremden, selbstzufriedenen Stimme für eine Weile heimatlos in meinem eigenen Raubvogelnest. Dies strahlend beleuchtete Haus, gehörte es eigentlich mir? Dies Haus, das in vergänglichem Licht prangte wie das ganze Weltall, in einem Licht, das in dem Fall nicht nur von der stürzenden Kraft des Wasserfalls abhängig war, sondern sogar von der Pflege und Ölfütterung einer sinnreichen, armseligen Maschine – das im Irrlichtschein eines launischen Wassermanns prangte, den neckische Zwerge in ihrem Stahlgespinst gefangen hatten. Entsetzen ergriff mich vor dem ungeheuerlichen Abenteuer und der einsamen Kraft meiner eigenen Träume – nein, meines ganzen Lebens. Entsetzen, daß ich lebte, daß ich etwas besaß. Entsetzen vor diesem Felsblock in seinem Machtflor von flüchtigem, flackernden Licht.

Da schwieg die Stimme – und die Luren erklangen …

3

In meinen Ohren klang es wie ein Paar Luren. Ich glaubte sogar, zwei Töne unterscheiden zu können, die zwar nicht recht zusammengehen wollten – vielleicht hatten die Bläser nicht genügend geprobt.

Mit einer Art gruseliger Wonne spürte ich, wie mir das unheimliche Urzeitgebrüll der offenbar uralten Instrumente kalt den Rücken hinunterlief. Was war das wohl für ein Land, das Neujahr auf eine so barbarische, altnordische Weise verkündete? Dänemark konnte es doch wohl nicht sein, dies friedfertigste aller schönen Länder auf Erden? Und wenn, dann war es wohl nur eine Reklame für seine gefährdete Butterausfuhr. Aber der Wahrheit die Ehre: es klang unheimlich. So erbarmungslos-dreist und kratzbürstig. Ein plumper, knochiger Tönetanz, nichts weiter. Hatte es wirklich einmal Ohren gegeben, die solche Tonentfaltung genießen konnten und festlich entflammt wurden durch dieses grobe, grimme Erzgetöse – so schneidend und ohrenzerreißend – wie Nordlicht über dem Totenstrand der Edda, zuckende Blitze und zischende Flammen über des Totenreiches nachtumhüllter Küste?

Da zerriß die Nacht, und selbst die Lurenstöße wurden übertönt von einem Gebrüll: »Wo wird gefochten? Wer ficht? Wo sind meine Waffen? ... Wo ist mein Leib!« Ich fühlte, wie meine Kopfhaut in dem Feuer der Angst, das bei diesen Worten auf mich niedersank, schrumpfte, sich vom Schädel löste und in die leere Luft verschwand.

Eben noch hatte ich leichte, um nicht zu sagen, leichtfertige Gedanken gehegt, jetzt war ich einen Augenblick lang vor Schrecken wirklich von Sinnen. Kam ich wieder zu mir? Doch wohl, denn plötzlich stand ich an dem Stein und zerbrach mir den Kopf darüber, woher diese Stimme gekommen sein könne – wenn nicht aus dem Radio. Sie gehörte wohl zum Programm. Wahrscheinlich der Anfang eines Hörspiels. Eigentlich verdammt gut gemacht. Zum mindesten wirkungsvoll. Aber was sollte es, und vor allem: Kam nicht bald mehr?

Vorläufig nicht. Wenigstens nicht aus dem Radio. Nichts, als daß die Luren weiter tönten, dumpf und dröhnend. Einfältige Seelen konnten sich wohl irren, es für Posaunen halten und glauben, es gälte das Jüngste Gericht.

So weit war ich in meinen Überlegungen gekommen, die diese verschiedenen Laute ganz natürlich hervorriefen, da – was sehe ich? Was geht im Dunkel um mich vor? ... Ja, was ich sah – was geschah, das läßt sich schwer beschreiben. Das meiste muß zudem ungesagt bleiben, aus dem einfachen Grund, weil ich es nicht ertrage, es in der Erinnerung nochmals zu durchleben, geschweige denn die Gefühle wiederzugeben, die mich in diesem irrlichtglänzenden Augenblick des Mirakels erfüllten.

Erst glaubte ich, es wären kleine Nordlichtflocken zu mir heruntergefallen und schlängen jetzt einen stillen Reigen um mich. Nordlicht, das sich von der Erde nährte – wie die Flamme von Holz? Das war wohl nie zuvor gesehen worden und kaum denkbar. Was aber sonst? Nebelflocken konnten es auch nicht sein. So merkwürdig gebärdet sich kein Nebel. Nein – um Gottes willen: nein, das waren Menschen …

Ja, Menschen. Geradewegs aus der Erde aufgestiegen. Vor meinen Augen hervorgewachsen … Noch sah ich sie nur undeutlich. Denn trotz des flackernden Nordlichts, trotz des Lampenscheins aus dem blendend, bis zum Bersten mit Licht erfüllten Haus standen wir hier draußen gleichsam bis an den Hals in einem See von Dunkel. Aber Menschen waren es, so viel war sicher. Ob ich meinen Augen trauen wollte oder nicht: es waren Menschen.

Diese so merkwürdig zum Vorschein gekommenen Menschenwesen hatten sich allmählich in einen Haufen zusammengedrängt, in einen schlingernden Halbkreis, etwas abseits zu meiner Linken. Hier und da schimmerte ein Gesicht sehr weiß aus der Finsternis hervor.

Woher waren sie nur gekommen, diese Leute? fragte ich mich; denn daß sie geradewegs »aus der Erde auferstanden« waren, wollte mir nicht so ohne weiteres einleuchten. Diese Erkenntnis brauchte ihre Zeit. Ehrlich gestanden, mir war so übel zumute, daß sich mir die Kehle zusammenschnürte und ich kaum zu atmen vermochte.

Wie sonderbar sie waren, diese Leute der Finsternis.

Und vor allem, wie sonderbar still ... Vor meinen Füßen konnten sie nicht aus der Erde auferstanden sein, wie ich es zu sehen gemeint hatte; das war ja ganz undenkbar, beruhigte ich mich selber.

Sie mußten auf der Erde gelegen und geschlafen haben. Aber im Grunde wußte ich genau: das war ebenso undenkbar! Hier auf Fokstad pflegt jeder Wanderer frei und offen an die Tür zu kommen und anzuklopfen, welche Tageszeit es auch sei, in der sicheren Überzeugung, willkommen zu sein und freundlich empfangen zu werden. Aber was mir auch sonst einfiel, alles schien mir gleich unmöglich, gleich undenkbar. Ich sah mich hilfesuchend nach meinem Haus um. Es stand drohend da wie mit bösartig gesenkten Lichthörnern. Mein Leben – wie hatte es sich im Handumdrehen gewandelt! Raum und Zeit – wie unübersichtlich schienen sie mir plötzlich. Stand etwa auch ich hier als ein neuer oder doch anderer Mensch? ... Das einzig Unveränderte waren die Luren. Jetzt aber steigerten sie ihr Dröhnen und Gellen so fürchterlich, daß ich wirklich nicht aus noch ein wußte: war das noch eine Radiosendung? ... Oder die Posaune des Gerichts?

Da – jeder Irrtum war ausgeschlossen – bewegte sich der Stein neben mir, Anns und mein Sommertisch lokkerte sich an einer Kante, hob sich leicht – und sank wieder zurück ... In diesem kurzen Augenblick jedoch war unter ihm etwas aus der Erde hervorgekommen, ein Nordlichtzipfel, ein Nebelfetzen, nein, wahr und wahrhaftig eine schwarzgekleidete Gestalt, ein großer, stattlicher Kerl in einem weiten Gewand: ein Geistlicher!

»Er hat immer so fest geschlafen, unser Séra Sigvald«, ertönte plötzlich eine schüchterne Altfrauenstimme aus der kleinen Schar drüben.

Hätte ich nicht wie angenagelt dagestanden, unfähig, mir unter dem, was ich sah, etwas vorzustellen, unfähig, diese höchst merkwürdigen Vorgänge auch nur im geringsten zu beurteilen, so wäre ich jetzt wohl davongelaufen, hätte zu fliehen oder mich wenigstens hinter die steinernen, stahlgefütterten Wände meines Hauses zu retten versucht. Aber ich stand nicht nur wie gelähmt: ich war gelähmt.

Allmählich dämmerte es mir, daß dies hier Spuk sein mußte, regelrechter, handgreiflicher Spuk. Diese Menschen waren gar keine Menschen – waren Gespenster. Weit handgreiflichere als die des seligen Ibsen. Aber … aber … War es wirklich denkbar, daß ich hier inmitten einer Horde von Wiedergängern, von unverfälschten isländischen draugar stand? Dann mußte ich mir eingestehen, daß ich sie selber zu Tisch geladen hatte, wenn auch nur in Gedanken. Merkwürdig nur, daß sie sich nicht forscher benahmen, wenn sie solche Wesen waren. Ein frommer, friedlicher draugur, das war etwas Neues … Ach, wenn es doch nur so wäre!

Mein einziger, alles übertäubender Gedanke war, mich viele, viele Meilen weit fort zu wünschen. Konnte ich im Nu von hier fortversetzt werden – und das eine Wunder war wohl nicht undenkbarer als das andere –, dann war ich bereit, jede beliebige feierliche Verpflichtung auf mich zu nehmen: meinen Fuß niemals mehr nach Fokstad zu setzen, den Hof jedwedem Lebenden oder Toten, der Anspruch darauf erhöbe, zu überlassen und nie mehr mit einem Gedanken – oder Ton – diese mehr oder minder frommen Seelen in ihrer Ruhe zu stören. Ach, säße ich doch in meiner »Fliege«! Und dann am liebsten weit draußen auf See. Wie ein Schwan, leicht zischenden Schaum um unsere Füße, würden wir uns erheben und entschweben ... Fort, in Nacht und Nordlicht hinaus.

Lieber tot umsinken als hier noch einen Augenblick länger stehen! Was hätte ich nicht darum gegeben, dem Anblick dieser ängstlichen Gespenster zu entgehen. Ängstliche Gespenster – jawohl; denn merkwürdig genug: die Auferstandenen, die doch eine ganze Horde waren, schienen vor mir noch mehr Angst zu haben als ich vor ihnen. Und das will viel heißen. Trotz meines Schrekkens, so heftig und grenzenlos, daß er mich wie eine wollüstige Flamme verzehrte und nur eine leere Hülse übrig ließ – trotz oder wohl eher gerade wegen dieses Schrekkens blieb ich unbeweglich stehen. Nicht ich war es, der zurückwich, sondern die schwarze Gestalt, mein possierlicher Pfarrherr, »Séra Sigvald«, wie er genannt worden war. Plötzlich erkannte ich ihn wieder: den Mann aus meinem Traum. Damals war er bedeutend mehr obenauf gewesen. Ob auch er mich wiedererkannte? O Gott – ich hatte doch heute abend an seinem Stein ein Glas zerschlagen! Aber ... nein doch ... was für ein Unsinn!

Nein, Séra Sigvald schien mich nicht wiederzuerkennen. Langsam zog er sich zurück, bis er nur noch undeutlich aus der kleinen Gruppe aufragte, dieser leichten, schwach schimmernden und leise flüsternden Brandung dort hinten, der einzigen lebendigen Welle in dem jetzt so windstillen Meer der Dunkelheit. Erst als er diesen Abstand von mir erreicht hatte und sich nicht weiter entfernen konnte, ohne wieder leeren Raum um sich zu haben, erklang seine Stimme – eine jener etwas unsicheren Pastorenstimmen – und jetzt klapperte er auch noch mit den Zähnen, so daß er die Worte auseinanderriß und sie nur mit größter Mühe zu einem Satz zusammenbekam: »Bist du der Böse – oder der Allmächtige?« …

Ich verstand die Frage nicht sofort. Was meinte der Mann? »Der Böse? Der Allmächtige?« … Plötzlich ging mir ein Licht auf. Ach so … Welch ungeheuerlicher Irrtum! Und was für Hinterwäldler! Es tat mir aufrichtig weh, daß eine Schar alter Hochlandbewohner so hereinfallen konnte! Immerhin, da standen sie nun, in vollem Ernst zu Tod und Gericht, zu Erlösung oder Verdammnis erschienen. Aus purem Mißverständnis. Denn das mußte es ja sein.

Was um des Himmels willen sollte ich mit ihnen anfangen? Es war immerhin auf meinem Grund und Boden, wo ihnen dies Unglaubliche widerfahren war. Daß ich weder der war, den sie fürchteten, noch der, den sie vor sich zu haben hofften, war mir selbst ein Lichtpunkt in der Geschichte. Freilich auch der einzige. Die Frage war nur, ob mich dies ganz oder auch nur zum Teil von meiner Verantwortung entlastete. Trug ich gar keine Schuld an dem, was geschehen war? Und selbst wenn ich unschuldig war, trug ich damit gar keine Verantwortung?

Ich weiß wohl, Joseph Conrad, ein kluger, ja mehr als das: – ein erfahrener Mann, betrachtet rein theoretisch ein allzu ausgeprägtes Verantwortungs- und auch Ehrgefühl als eine Art verfeinerten Egoismus, einen Zweig am Weltenbaum der Eitelkeit, an der Weltesche der menschlichen Illusionen; nichts weiter. Aber was nützte es mir jetzt, dies zu wissen und daran zu denken? Auf dem Papier kommt man weit mit klugen Betrachtungen und gut gedrechselten Wendungen; aber hier ... hier hieß es handeln. Eine neue Bergpredigt, falls ich sie zustande brachte, würde sicherlich Eindruck machen, ja Wunder wirken. Auf die Dauer jedoch? Wo das Leben doch irgendwie weitergehen mußte? Wo sich Tag um Tag allmählich zu der Ewigkeit summierte, die diesen Auferstandenen im wahren Sinne des Wortes bevorstehen mußte?

Wenn die Leute wirklich darauf verfallen sollten, ihr Gastrecht geltend zu machen, und das stand zu befürchten, so konnte ich als Besitzer des Fokstadhofes mich keinesfalls davor drücken, sie aufzunehmen und zu bewirten, um so weniger, als mein Gewissen nicht ganz rein war. Denn wer anders als ich hatte das Fenster geöffnet und die verhängnisvollen Lurentöne in die hellhörige Nacht hinausgelassen?

Aber gleichviel: War es nicht einfach lächerlich von mir, hier zu stehen und zu überlegen, wieweit ich in diesem besonderen Fall zu Gastfreundschaft verpflichtet sei, und was der Hof dazu hergeben könne? Das Geschehene mußte selbstverständlich so schnell wie möglich auf irgendeine Art rückgängig gemacht werden. Selbstverständlich! Daß mir das auch nicht früher eingefallen war. Mein Herz stieg mir erleichtert bis in den Hals, als sich mir damit eine Möglichkeit eröffnete, die unwillkommene Bürde der Verantwortung abzuwälzen. Jetzt sah ich, was zu tun war: ich mußte Séra Sigvald, der hier der führende Mann zu sein schien, unverzüglich erklären, daß ... Ja, was? ... Nun, daß es noch zu früh war; daß ich für mein Teil selbst nur ein Mensch war, ein richtiger, noch nicht gestorbener Mensch, und meines Wissens weder ein Gott noch ein Teufel, weder der Böse noch der Allmächtige; daß es bis zum Jüngsten Tag noch lange hin war – wahrscheinlich wenigstens – und was man sonst noch so sagen konnte. Aber ach, die Zunge lag mir trokken und ungelenk wie ein Stück Holz im Munde; von dem ganzen Redestrom kam nicht ein Hauch aus dem Gehege meiner Zähne. Vorläufig blieb mir nichts anderes übrig, als die Arme abwehrend und ermahnend auszustrecken, was ich denn auch tat, indem ich zugleich meine Hände beruhigend gegen die kleine Schar erhob. Aber schon bei dieser so harmlosen Bewegung sank sie schon in sich zusammen und verschwand im Dunkeln: alle fielen auf die Knie.

Selten war ich so verblüfft. Diese Entwicklung der Dinge kam mir gänzlich unerwartet. Es war mir ein wenig schmerzlich gewesen, ihre keimende Hoffnung vernichten zu müssen; andrerseits dachte ich, es werde sie beruhigen, wenn sie wahrheitsgemäß erführen, daß sie jedenfalls nicht unmittelbar vor den Pforten der Hölle standen. Für keinen von ihnen konnte doch die vergebliche Hoffnung, jetzt alles überstanden zu haben, erlöst und endgültig versorgt zu sein, die erste Enttäuschung bedeuten, sie alle hatten ja einmal als Menschen auf Erden gelebt. Als ich jetzt sah, welchen Eindruck meine stumme Gebärde auf sie machte, war meine aufkeimende Fürsorglichkeit wie weggeblasen. Selbstsucht bemächtigte sich flugs meines Herzens: eine Weile blieb ich so stehen, die Arme unbeweglich in derselben Stellung erhoben. Wenn dies eine so kräftige Beschwörung wäre, daß sie mich wirklich und für immer von diesen lebendigen Schatten in der dunklen Nacht befreite? ...

Aber nein, das tat sie nicht. Sie waren nur in die Knie gesunken, das war alles. Und was nun? Es ließ sich kaum leugnen – ihr Kniefall galt mir. Was sollte ich Ärmster tun? Die Sache wurde ja mit jedem Augenblick schlimmer. Wenn ich meine Sehnerven auf das äußerste anstrengte, konnte ich soeben ahnen, wie sie da zusammengesunken lagen, die Hände vorm Gesicht. Nur allzu deutlich hören konnte ich indessen, wie sie weinten und flehten; ja, ihr Jammern und Beten steigerte sich zu einer Klage, die ich mit Worten nicht zu beschreiben vermag. So jammervoll, so trostlos und verlassen klang es, wie nur die hochmütigste aller irdischen Kreaturen, der qualengesegnete Mensch, Furcht und Leben äußern kann. So einsam, trostlos und verlassen, daß selbst mein altes, granitnes Herz ein menschliches Rühren fühlte, ja, daß mir die Augen feucht wurden.

Ach, was nützten hier Tränen? Ließ ich mich einmal

rühren, so hatte ich jegliche Folge zu tragen. Hier mußte etwas geschehen. Unmöglich, auszudenken, wie ich diesen armen, aus der Zeit geratenen Wesen helfen könnte, die durch einen unglücklichen Zufall, ein unzulässiges Leck in unserem sonst so stabil streifenden Sternenschiff in eine Daseinsform zurückgekehrt waren, mit der sie doch längst fertig waren oder sein sollten, zurückgekehrt zur Erde, während sie sich im Himmel oder doch ihm nahe wähnten. Im Himmel oder auch in der Hölle, wo man ja das Quälen noch besser verstehen soll als auf unserer Erde.

Ihr Weinen und groteskes Jammern hielt unvermindert an. Ja, es wuchs und wuchs zu einem furchtbaren Heulen – es überläuft mich noch kalt, wenn ich daran denke.

Doch ich konnte ja nicht immer so stehen bleiben und mich anbeten lassen. Daran ließ sich nämlich nicht mehr zweifeln: nach meiner hilflosen Armbewegung hatten Séra Sigvald und seine bäurische Gemeinde jeden Gedanken an den »Bösen« fallen lassen und meinten ganz einfach, so unglaublich einfältig es auch scheinen mag, wenn nicht vor dem Allmächtigen selbst, so doch vor einem seiner Sendboten zu stehen.

Sicherlich hätte ich noch lange so verharren können, abwechselnd von den Flutwellen des Schreckens überspült und durch die kleine Ebbe wieder befreit, die ein mondscheinbleicher Hoffnungsschimmer meinem zerrissenen Herzen hin und wieder gönnte, wenn nicht zwei kleine Hände plötzlich meine Rechte ergriffen hätten, zwei lebendige, hingebungsvolle Kinderhände. Es durchzuckte mich, und in diesem Augenblick meinte ich zu sterben. Und doch – welche Linderung strömte mir aus dieser reinen Lebenswärme entgegen, die geradewegs aus meinem steinigen Grund und Boden aufgestiegen war, mir unvergeßlich und unverlierbar für alle Zeiten. Ich betrachtete das Kind, so gut es ging, genauer. Ein kleines Ding mit blondem Haar. Im Schimmer des Lichts, das vom Haus herüberdrang, unterschied ich blühende Wangen und zwei schillernde Blauaugen, und ich ahnte mehr, als daß ich es sah, ein Blau, gemischt aus dem des Himmels, der himmelspiegelnden Seen und der schönsten, süßesten Blumen. Nichts Böses ahnend oder fürchtend, blickten diese neuaufstrahlenden Sterne vergnügt und zutraulich in meine getrübten, brillenbewehrten Augen.

Daß ein Kind inmitten der Schar stand und sich den Schlaf aus den Augen rieb, hatte ich wohl gesehen. Gesehen, ja, aber nicht daran gedacht, ihm Beachtung oder Gedanken zu schenken. Jetzt stand es neben mir. Und lebte ... Daran war nicht zu zweifeln: ich hatte es dicht vor mir, ein schmächtiges Persönchen von zehn, zwölf Jahren. Verlegen war die Kleine nicht und hatte offenbar mancherlei zu bitten und zu fragen.

»Gottvater ...«, fing sie an, aber ich beugte mich eilig über sie und schloß ihren Kindermund mit einem Kuß. Und als sei dies Antwort genug, begann sie umher zu springen und ihren frohen, wiedergewonnenen Körper hin und her zu wiegen, ohne doch meine Hand los zu lassen.

Ich stand noch, halb betäubt von der endgültigen Erkenntnis, daß ich wirkliches, wahrhaftiges Leben um mich hatte, da leckte eine warme Zunge meine linke Hand. Ich fuhr zusammen – es war nur ein Hund. Er hatte sich wohl herangewagt, als er sah, wie gut es mit der Kleinen abgelaufen war. Ein auferstandener Hund? ... Ich kannte ihn nicht, ein schwarzes, zutrauliches Tier; aber meine kleine Freundin schien ihn zu kennen.

»Vigi!« mahnte sie, »schäm dich! ... Leg dich!«

Und Vigi wedelte mit dem Schwanz und legte sich, halb und halb. Das Mädchen auf der einen, den Hund auf der anderen Seite – jetzt war ich neugierig, was noch an lebenden Wesen da war. Daß ich plötzlich und unversehens in ein richtiges altmodisches Paradies geraten sein sollte, fand ich wenig glaubhaft; dazu waren vor allem die Landschafts- und Witterungsverhältnisse hier oben auf dem Hochland nicht recht geeignet. Aber, wer weiß, vielleicht war auch hierin eine Veränderung eingetreten? Das ließ sich indessen erst feststellen, wenn sich das unheilsdunkle Meer der Macht zurückzog und – oh – der Tag mit seiner Fülle über das alpdruckgequälte, wunderschwangere Land strömte. Und wenn es wirklich ein hoffentlich beständiges tausendjähriges Reich war, in das ich mitten hineingeraten war, dann umso besser. Es würde für mich die Lage ungeheuer vereinfachen, ja eigentlich alles aufheben. Wie leicht würde es sein. Wie leicht, nicht mehr Mensch sein zu brauchen. Nur noch ein frommer, versorgungsberechtigter, verantwortungsloser Geist. Eine bessere Lösung meiner augenblicklichen Schwierigkeit konnte ich mir überhaupt nicht denken oder wünschen. Aber ... aber ... So einfach ging das wohl nicht. Wenn der Schöpfer und das Schicksal uns so leicht davonkommen ließen, das wäre etwas ganz Neues. Lieber keine allzu klaren Wunschbilder hervorrufen – und doch hoffen. Und die Hoffnung erhält man sich am besten, wenn man nicht nachdenkt.

Am unangenehmsten war mir eigentlich in diesem Augenblick das Radio. Als die Luren oder Posaunen oder was es nun war, endlich verstummten, ging es in einen Ohrenschmaus über, der kaum von einem Engelschor stammen konnte, ja, der in seiner schwülen Formlosigkeit, in seiner dennoch raffinierten und zugleich infantil-verhunzten und unverhüllten Wollüstigkeit kaum aus einer anderen Quelle fließen konnte als aus den so appetitlich hergerichteten Tanz und Eßhöhlen unserer Hauptstädte, die den Gemeinschaftsgeist ihrer Essen und Trinken huldigenden Gemeinden gern in einer schwarzen Jazzband verkörpern. Ich wußte nicht mehr, auf welcher Wellenlänge das Ohr des Fokstadhofes in die Welt hinauslauschte, aber diesmal hatte ich, offen gestanden, Old England in Verdacht, eingedenk des gottergebenen Stoßseufzers jenes isländischen Kaufherrn: »Ewig Jazz in Daventry«. Übrigens war es gleichgültig, woher die Töne kamen, denn daß Vergnügungsstätten mit so durch und durch irdischer Musik von der Verwaltung eines überirdischen Reiches unverändert übernommen sein sollten, war jedenfalls höchst unwahrscheinlich. Also rollte unsere alte Erdkugel trotz möglicher wunderbarer Begebenheiten hier auf Fokstad doch wohl unangefochten und mit der alten Sicherheit weiter ihre Bahn durch den

Raum, unbekümmert um die sonderbaren Schicksale und Geschöpfe ihrer Luft-, Meeres- und Traumtiefen.

Wie es aber auch um den übrigen Erdball stehen mochte, ich tat wohl besser, mir darüber den Kopf nicht zu zerbrechen, sondern meine unseligen »Seligen« ein wenig näher anzusehen. Stand da nicht ein Pferd? Tatsächlich. Dieses auferstandene Roß näherte sich mir sogar zögernd, als es sich beachtet fühlte, kam vorsichtig Schritt für Schritt heran, mit langer Bedenkzeit zwischen jedem; gleichsam versuchsweise ließ es ein kleines Wiehern hören, eine Frage in aller Freundschaft. Doch hatte ich im Augenblick keine Zeit, mich um das Tier zu kümmern – denn was gab es da sonst noch?

Ohne mich der Schar mehr als höchstens einige Meter zu nähern, zählte ich, so gut es ging, die knienden Gestalten. Mit dem kleinen Mädchen schienen es zehn zu sein. War ich am Ende gar enttäuscht, daß es nicht mehr waren? Möglich. Aber gleichzeitig doch ungemein erleichtert. So viele konnte ich in meinem Hause schon unterbringen. Ich war meiner Sache übrigens nicht ganz sicher; der Lichtschein vom Haus drang nur schwach bis zu uns, und das Nordlicht kam und ging, mehr ein Choral auf einer unhörbaren Orgel als zu besserer Sicht beitragend. Das Dunkel wie einen reißenden Bach durchwatend, trat ich noch ein paar Schritte näher. Waren es nicht doch elf Gestalten? Wenn das dort ein Mensch war – das dort, das aussah wie ein Mann ohne Kopf? Ohne Kopf – ja, ich konnte es mir nicht länger verhehlen. Ich hatte es schon vor einer ganzen Weile bemerkt. Jetzt stand es fest.

Nicht zu leugnen. Da man die Erscheinung nicht aus der Welt schaffen konnte, mußte man sich auch an dieses Gebilde gewöhnen.

Gleich darauf entdeckte ich etwas, das mich für einige Sekunden alles andere um mich vergessen ließ, sogar das Herzklopfen. Zunächst konnte man nicht eigentlich von einem »Anblick« reden, eher von einem unklaren Eindruck. Denn was lag dort auf der Erde? Tief im Dunkel, wie eine rötliche Qualle im schwankenden Wasser? Dort – etwas rechts von dem Kreis der Knieenden? ... Vor lauter Neugier vergaß ich alle Furcht, alles Grauen und durchmaß gedankenlos die letzten Schritte. Ich bemerkte dabei, wie die Knieenden hin und wieder durch die Finger nach dem seltsamen Gegenstand schielten. Gegenstand? Ein Menschenhaupt! Ein Haupt ohne Körper – aber lebendig ... Ja, jeder Irrtum war ausgeschlossen: es war das Haupt eines Mannes, und was für ein Haupt!

Wie ich da stand, meinen Blick wie gebannt in seinen dunklen, kühnen Augen, die nicht wichen, wußte ich plötzlich, woher die Stimme gekommen war, die bei dem Dröhnen der Luren – Heerhörner, wie er wohl gemeint hatte, so dröhnend nach den Kämpfern, nach seinen Waffen, nach seinem Körper gerufen hatte. Da saß ich schön in der Patsche! War es schon schlimm mit den Wiedererwachten, die Leib und Leben unverkürzt beisammen hatten – viel schlimmer war es mit dem kopflosen Körper und besonders mit diesem in Not befindlichen und nach dem ersten, markerschütternden Schrei so totenstillen Haupt. Was um des Himmels Willen sollte ich, ein armer

Einsiedler und kaum ein Vorschüler der Feder, mit diesen Ereignissen anfangen, die so ganz sinnlos völlig außer aller, außer der geringsten Wahrscheinlichkeit lagen? Ein kopfloser Rumpf hier, ein rumpfloses Haupt dort! War ich unversehens einem verrückten Hexenmeister in die Hände geraten? Ich, der ich zeit meines Lebens jedes Blendwerk verabscheut habe. War ich dem bewußten Betrug irgendeiner ungeheuerlichen Macht zum Opfer gefallen, die alle Sinne und Sinneswahrnehmungen zunichte machen wollte? Oder war dies Erlebnis vielleicht gar nicht so viel sinnloser als mein übriges Leben, wenn man es bei Licht besah?

Hier mußte etwas geschehen. Hoffentlich gehörten wenigstens Haupt und Körper zusammen? Ließen sich vielleicht gar zusammenfügen? Besonders, wenn man es möglichst bald versuchte ... Und doch, wenn ich ehrlich sein soll, muß ich bekennen: nicht einmal in diesem Augenblick der Erleichterung war die in meinem Hirn aufdämmernde Hoffnung auf ein Zusammenfügen ganz echt. Immerhin, versucht mußte es werden, und zwar sofort! Wäre es auch nur um des Bewußtseins willen, nichts unversucht gelassen, sondern alles, was in meiner Hand stand, getan zu haben, um mir und anderen den dauernden Anblick solcher Mißgeschöpfe zu ersparen.

Hier spielte indessen ein neuer, folgenschwerer Zufall ein, bei dem ich mich nicht aufhalten, den ich nur anführen will. Ein etwaiger Beurteiler dieser Seiten mag ihn nach eigenem Ermessen einschätzen: War es mein Glück oder gerade der eigentliche Anfang meines Unglücks, daß mir Séra Sigvald hier diensteifrig zuvorkam? Er mußte wohl denselben Gedanken gehabt haben, denn er näherte sich demütig, aber entschlossen, betrachtete einen Augenblick Seite an Seite mit mir – übrigens ist »Seite an Seite« zuviel gesagt, er stellte sich in einem höchst ehrerbietigen Abstand zu mir auf – das herrenlose Haupt, hatte wahrscheinlich ein ähnliches, wenn nicht stärkeres Grauen zu überwinden, nahm sich aber überaus pastoral und fachmännisch zusammen, bückte sich nicht ohne Mühe, hob – mit einem einzigen Griff an den Ohren, Haar und Bart das Haupt mit seinen großen, starken Händen auf, trug es zum »Rumpf« hin – so hieß der Kopflose später bei uns, weil niemand seinen Namen kannte –, setzte es mit viel Frömmigkeit und offensichtlich unbedingtem Glauben an die Stelle, wo es sitzen sollte, und wandte mir sein fülliges, unbefangenes Gesicht zu ... mir, der nun offenbar den Rest zu besorgen hatte.

Die Qual, die meine Brust in diesem Augenblick erfüllte – werde ich sie erklären können? Wird man sie verstehen – und recht verstehen? Verstehe denn ich selber sie? Warum brannte mich plötzlich der Gedanke so schmerzlich, meine Ohnmacht könne entlarvt werden? Meine doch nur menschliche, ja selbstverständliche Ohnmacht? Warum hatte ich größere Angst, sie vor anderen als vor mir selber zu gestehen? Warum verbrämen wir mit allerhand Künsten und Kunstgriffen unsere innerste Wahrheit und Schwäche?

Ganz unvermutet war es das Haupt selbst, das mir zu Hilfe kam. Wenigstens insofern, als meine endgültige Entlarvung hinausgeschoben wurde. Wie lange? Noch weiß es niemand … Die schroffe, feste Stimme, die sogar das Gellen der Luren übertönt hatte, ließ sich erneut vernehmen, nicht so dröhnend, aber noch verbissener als zuvor.

»Übel stehn einem Edeling des Elenden Glieder. Verschont mich wenigstens mit dem da!«

»Dem da«, das galt dem Rumpf, und die Worte erklangen mit einem so ungemeinen Gewicht, einer so archaischen Verachtung, daß Séra Sigvald ganz beklommen zumute wurde. Er ließ das Haupt los und schwenkte seine Hände, als habe er sich verbrannt. Ja, er sprang umher wie ein Junge, der eine Nessel angefaßt hat, und brauchte eine ganze Zeit, um seine Ruhe und geistliche Würde wiederzufinden. Das Haupt wäre mit einem Plumps zur Erde gefallen, wenn nicht eine füllige, handfeste, ältere Frauensperson in blitzschneller Überlegung es im Fallen aufgefangen hätte – in ihrer Schürze.

Da – ich sage es, wie es ist – da gab ich es auf … und wandte der ganzen ungehörigen Geschichte, in die ich so unverdient hineingeraten war, den Rücken. Wandte meinen Gästen, mochten es nun Gespenster, Erweckte oder sogar eine Art Mitmenschen sein, den Rücken und ging heim, meinem Hause zu, fest entschlossen, Stein und Holz und Stahl zwischen mich und diese nirgends, keinesfalls aber hier nach Fokstad gehörenden Geschöpfe oder besser Mißgeschöpfe zu legen.

Es kam jedoch anders, ganz anders. Schon als ich mich dem Haus zuwandte, ging es mir auf, wie fest und sicher es dastand. Die schweren Lichtbalken aus den Fenstern standen schräg in den Boden gerammt wie goldene Strebepfeiler. Das Gewimmel der äußeren Lampen blinkte verheißungsvoll, wie des Himmels Sterne, nur unvergleichlich näher. Unruhvoll ergriff mich dieser Anblick und dies Gefühl meiner eigenen sicheren Behaustheit gerade jetzt und hier. Und mit einem Mal spürte ich im Innern einen Jammer, eine Trauer aufquellen, der ich keinen Ausdruck mehr zu geben vermag. Ja, ja, es ist wahr und gewiß: nicht einmal, als Ann starb, hatte ich mich so arm gefühlt wie jetzt, da ich der kleinen, wenn auch noch so unheimlichen Schar meinen breiten Buckel zuwandte. Und was half es auch? Unverzüglich und wie selbstverständlich folgten sie mir auf den Fersen. Fromm und zuversichtlich wie ein Pferd, das seines Bissens Brot gewiß ist, folgten sie mir, in gebührendem, allzu gebührlichen oder vielmehr ungebührlichem Abstand, zu meinem so verheißungsvoll erleuchteten Haus hinüber. Größeres Zutrauen, als aus ihrem ganzen Gehaben leuchtete, läßt sich schwerlich vorstellen; und plötzlich sah ich das strahlend erleuchtete Haus – mit ihren Augen. Ihren just wiedergeöffneten Grabesaugen ... kein Wunder, daß sie einherstolperten, blinzelnd, gesenkten Hauptes ... Und nicht nur, daß ich das taghell erleuchtete Haus mit den herrlichkeitsgläubigen Augen meiner Abgeschiedenen sah: mit neuen, lange nicht mehr benutzten Ohren hörte ich auch die betäubende, jeden Nerv durchzitternde »himmlische« Musik ... Und ich schüttelte das Haupt – schüttelte das Haupt – schüttelte das Haupt. Und trat in meine Tür.

Aber ich schloß sie nicht hinter mir.

4

Selbstverständlich schloß ich die Tür nicht hinter mir, wie ich es doch gekonnt und auch gesollt hätte. Vielleicht ... Was wäre dann geschehen? Wären dann meine schattenentsprossenen Gäste etwa doch wieder in die Erde gesunken? Wäre ich sie mit einem mal los gewesen, wie ich es so von Herzen wünschte? Aber wünschte ich es denn überhaupt noch? Hatte ich nicht schon jetzt zuviel für sie übrig, um sie wieder fortzudenken, ohne sie zu entbehren? Und konnte ich anders handeln, als sie mir so treulich folgten, die Stufen hinauf, zur Tür hinein, in den Flur – wie ein Fischschwarm ins Netz des Fischers, schoß es mir durch den Kopf.

Während ich meinen Hundefellmantel auf einen Bügel hängte und mir lange damit zu schaffen machte, teils um den anderen Zeit zu lassen, teils um meiner eigenen Unsicherheit Herr zu werden, füllten meine grabentstiegenen Gäste den Flur. Séra Sigvald trug wiederum das »Haupt«, das ihm die rundliche, behäbige Matrone gereicht hatte, um sich des nicht ganz so hilflosen, aber um so schwierigeren »Rumpfes« anzunehmen. Die anderen trippelten hinterdrein und hielten sich, so gut es ging, hintereinander versteckt, außer meiner kleinen Freundin, die mit großen, seligen Augen alles um sich her überwältigt anstarrte. Dort im Flur bekam ich alsbald den ersten Einblick in den wahren Charakter jedes einzelnen Gastes; nichts verrät nämlich deutlicher das Innere eines Menschen als der Blick, mit dem er etwas Unbekanntem,

Überraschendem begegnet. Die einzigen Augen – außer denen des Kindes –, die mich unverwandt betrachteten, waren die großen, grünlichen, ernsthaften des Hauptes; ja, sie sahen mich nicht nur ohne Wimpernzucken, sondern mit unverhohlenem Mißtrauen an. Es war ein rothaariges Haupt, sommersprossig und wetterhart, mit lokkigem Bartgewirr. Trotz der abweisenden, ja feindseligen Blicke, die mich trafen, hatte ich sofort das Gefühl, dieses Haupt sei das einzige wirklich, ich will nicht sagen, menschliche, aber ausgereifte in der ganzen Schar. Dies Haupt werde ich noch gut brauchen können, dachte ich. Unmittelbares Zutrauen faßte ich dagegen sogleich zu der würdigen, und wie sich jetzt zeigte, gut gekleideten Madame, die sich ruhig und mit forschem Blick umsah, im übrigen aber genug mit dem »Rumpf« zu tun hatte. Dieser tastete mit den blinden Händen überall umher, schwankte und stolperte über Dinge, die ihm in den Weg kamen, oder über seine eigenen Beine und stieß ununterbrochen kleine verblüffte, aber keineswegs unzufriedene: Öhö! Öhö! … aus. Während ich mit einem Gemisch von Abscheu und Mitleid seinem wißbegierigen Tasten zusah, wurde mir plötzlich klar, daß jener Schädel, der sich unten am Hang gefunden und den Ugle in kindlichem Leichtsinn außer Landes verkauft hatte, niemand anderem als dem »Rumpf« gehörte. Aber – aber … Wo war dann der Leib zu dem überzähligen Kopf? Diesem mächtigen kupfernen Haupt? Wer hatte ihn entfernt? Nutzlos, darüber zu grübeln … Am besten, ich tat vorläufig so, als ginge mich alles nichts an, oder vielmehr, als sei alles klar und in Ordnung. Solange mir niemand auf den Leib rückte und Rechenschaft verlangte, war es nicht das Dümmste. Was den fehlenden Körper betraf, so war ich übrigens gar nicht so unzufrieden. Wäre er vorhanden gewesen, hätten sich die Dinge wohl wesentlich glatter und einfacher entwickelt: ich läge leblos draußen, vor die Stirn geschlagen von einer Faust, die meine Hirnschale wie ein Ei zerschmettern konnte, wenn sie dieses Hauptes würdig war. Und die lebenden Toten hätten unter einem starken Anführer Haus und Hof in Besitz genommen.

Aus diesem Gedanken wurde ich durch die wehleidige Stimme aufgestört, die sich draußen im Dunkel ebenso vorwurfsvoll wie bewundernd über Séra Sigvalds guten Schlaf hatte vernehmen lassen. Sie kam von einer Frau unbestimmten Alters, die gebückt und in einen Schal gewickelt dastand, dessen Zipfel wie eine etwas zerzauste, dürftige Schleppe auf dem Boden hinter ihr herschleiften. »Wahr hast du gesprochen, Séra Sigvald, unser gesegneter Pfarrer!« zirpte sie. »In unseres Vaters Haus sind viele Wohnungen ...!«

»Schweig doch, Gudda,« duckte die Matrone das Weiblein, aber Gudda hatte offenbar in ihrem Erdendasein bestimmte Teile der Schrift mit besonderer Begier in sich aufgenommen. An diese hielt sie sich jetzt, keineswegs bereit, sich länger unterdrücken zu lassen. »Hier wird es aus sein mit deiner Macht als Frau des Hauses, Torgerd!« schluchzte sie, denn es war doch immer am sichersten, sich wenigstens vorläufig hinter Weinen und Jammern zu verschanzen. »Hier, wo die Letzten die Ersten werden sollen, und ...« – »Jetzt hältst du den Mund, Gudrid ... du Schaf ... sonst ...«

Wenn auch deutlich vernehmbar, so verlief dieses Gespräch doch so leise, daß ich beschloß, es zu überhören, um mich nicht darum kümmern zu müssen. Ich sah mich um: die offenen Türen, die breite Treppe, über der man die Türen im ersten Stock sehen konnte – diese Gudrid hatte wirklich recht, hier waren »viele Wohnungen«. Im Haus war Platz genug. Haperte es vielleicht mit dem Platz im Herzen?

Wie die Dinge lagen, blieb mir jedenfalls nichts anderes übrig, als meine Gäste so gut wie möglich zu empfangen und zu bewirten, und dann in Vernunft und aller Einmütigkeit mit ihnen zu beraten, wie sich ihr so zur Unzeit wieder aufgenommenes Erdenleben ohne allzu viele Nachwehen rechtsgültig machen, regeln und weiterführen ließ. Wenn es eine solche Möglichkeit überhaupt gab.

Ich sah den Gemeinderat von Klettafjord vor mir, sah die bekümmerten Gesichter unseres Armenvogts und Gemeindevorstands, und der Schweiß brach mir aus bei dem Gedanken, eines Tages mit meiner kleinen Schar vor ihnen stehen zu müssen. Und das war noch das wenigste. Denn wenn sich die Wellenkreise dieser Begebenheiten über Klettafjord und Umgebung hinauszogen ...

Kommt Zeit, kommt Rat. Nur nicht denken, redete ich mir zu. Nur nicht denken ... Es gehe, wie es gehe, so schlimm, wie es kommt, kannst du es dir überhaupt nicht vorstellen ... Diese Ahnung macht meinem Instinkt

Ehre. Sie hat sich bisher als stichhaltig erwiesen. Nur nicht denken – nur nicht denken …

Und ohne einen Gedanken im Hirn führte ich meine Gäste nicht ins Eßzimmer, wie beabsichtigt, sondern – äußerst vernünftig – in den Keller hinunter, in unser »Schwimmbad«, wie Ugle und ich ein wenig großartig den Teil getauft haben, wo der Baderaum liegt. »Auch gut – dann können sie sich ja die Hände waschen!« sagte ich zu mir, als mir klar wurde, wo wir uns befanden. Und da ich nicht annehmen konnte, daß sie mit der Einrichtung vertraut waren oder sie von selbst begreifen würden, begann ich Wasser in die Becken laufen zu lassen. Aber – das Bassin stand ja immer bereit, randvoll mit lauem, fließenden Wasser, und meine Grabgäste schienen es für selbstverständlich zu halten, daß sie ins Bad sollten. Schön, warum auch nicht. Es war vielleicht sehr gut so … Jedenfalls gewann ich Zeit.

Das war ein Anblick, wie sie die Kleider abwarfen! Ein Anblick, der ein unverdorbenes Gemüt rühren, wenn nicht zerknirschen mußte. Nicht nur, daß die meisten angezogen, ja verpackt waren, als sollten sie um die ganze Welt geschickt werden – sie schienen alle in den zuletzt getragenen Kleidern erwacht zu sein, wie man sich das auch erklären mochte. – Nein, es war die Art, wie diese Erdentschlüpften Stück für Stück fallen ließen, unschuldig und unverzüglich wie Kinder; so, als hätten sie nie etwas anderes getan, als in ein paradiesisches Familienbad zu steigen. Es war ihr ganzes Gehaben, das so rührend wirkte und mich zwang, meine irdischen Augen verwirrt von ihnen zu wenden, doch nur, um ihrem vervielfachten Bild in den Wandspiegeln zu begegnen. Sie standen darin wie eine Art Kunstwerk, ein lebendiges Bild, eine sonnige, völlig freimütige und verblüffend kühn hingeworfene Farbenschau.

Dort in der Tiefe des Wandspiegels wartete eine neue Erschütterung auf mich, die mich sogar einen Augenblick die Badenden vergessen ließ: Wo war ich selbst? ... Im Spiegel sah ich eine Schar unbekannter Menschen und Menschenteile, nirgends aber den Herrn des Hauses. Alles Entsetzen, alles Unglück schien mir ein Nichts gegen den Schrecken, daß ich selbst verschwunden war. Mir selbst entschwunden. Mit fieberndem Puls starrte ich und starrte ... Ich schien jedoch wirklich nicht da zu sein. Gab es mich überhaupt noch? Nein, es sah nicht so aus. Der Alte dort? – mit weißem Haar und Bart? War ich das? ...

Schwankenden Schrittes ging ich zur Spiegelwand hinüber, Schritt um Schritt, bis ich an das Glas stieß. Verwirrt ließ ich meinen Finger über die glatte Fläche gleiten. Der alte Mann – – ich war es. Mußte es sein. Als ich mich allmählich an den Anblick gewöhnte, erkannte ich auch einzelne Züge wieder, trotz des fremdartigen Scheins, den das weiße Haar darüber breitete. Meine Augen dagegen – meine Augen wagte ich nicht zu prüfen, ob ich auch sie wiedererkannte? Meinen Augen wagte ich an diesem Abend nicht zu begegnen.

Mit einem Gefühl unsäglicher Befreiung wandte ich mich meinen Gästen wieder zu. Die ältere Frau – Torgerd hieß sie, wie ich jetzt wußte – entkleidete mit fester, sicherer Hand den ungeschickten, schwankenden Rumpf. Mit seinen kurzen, keilförmigen Schenkeln, dem üppig aufgeschwellten Bauch und einem Paar Oberarme, die an gebratene Hahnenflügel erinnerten, war er alles andere als ein erhebender Anblick. Engel hatte ich mir immer in Gewändern und mit einem anderen Flügelpaar als dem des »Rumpfes« vorgestellt. Wenn das hier Engel, Auferstandene waren und noch dazu für ein ewiges Leben, dann – ja dann war dies wirklich eine sehr mangelhafte Auferstehung.

Allein schon den Rumpf splitternackt vor Augen zu haben und sich doch als Mensch, nur Mensch zu fühlen, war nicht so leicht. Wieweit reicht unsere Fähigkeit, »Bruder« zu sein, ohne daß die Grundlage zerbricht? Zerbricht unter dem tödlichen Gewicht der Erniedrigung. Und ohne daß man in den bodenlosen Abgrund des Todes versinkt, rettungslos verloren in die »äußere Finsternis« der Fleischlichkeit. Oh, nicht nur der Rumpf, nein, alles war so ungeheuerlich. Falls es ein Traum war – dann wäre ich nur zu gern erwacht.

Aber es war kein Traum. Und meine Stimmung schlug wieder um: das Ganze war in seiner Art recht einfach, wenigstens für mich, der zugesehen hatte, wie es geschah. Sehr einfach, glatt und einfältig, sobald man sich klarmachte, daß man nun einmal mittendrin steckte und es eben nehmen mußte, wie es kam, sich nicht davor drükken konnte. Was in aller Welt wird unter solchen Umständen nicht einfach? Vielleicht sind es gar nicht die

Möglichkeiten, die unsere Sinne ihrer Natur nach doch nicht fassen können, und wohl noch weniger ihre mannigfachen Hilfsquellen und wunderbaren Reserven, vielleicht ist es allein die Notwendigkeit der Entwicklung, die uns etwas angeht? Die Notwendigkeit der Entwicklung und der richtige Weg?

Traum? ... Das hier war kein Traum, wenigstens kein anderer als unser ganzes Leben überhaupt. Dort stand in greifbar schwellender Leibesfülle Séra Sigvald mit seinem grauen, listig-vergnügten Walroßbart und seifte, schon entkleidet, bis an die Brustwarzen in Wasser, das »Haupt«, das er auf dem Rande des Bassins auf einer Badematte vor sich stehen hatte. Torgerd hatte ihre Augen auch dort gehabt und dafür gesorgt, daß dem Leiblosen diese Erfrischung zuteil wurde. Es strömte mir warm zu Herzen; mit einem solchen Prachtweib im Hause brauchte ich mich nicht mehr auf mich allein angewiesen zu fühlen. Todmüde, wie ich war, ließ ich mich gegen einen Pfeiler sinken und betrachtete eine Weile gemächlich meine ungebetenen, unerwarteten, zuerst so herzlich unwillkommenen Gäste. Schon jetzt war es nicht mehr nur das Gastrecht, das mich mit ihnen verband. Während ich ihnen zuschaute, wie sie den Schweiß jahrhundertelangen Schlafes von den leuchtenden Gliedern wuschen, versuchte ich, einen endgültigen Überblick über sie zu bekommen; ich zählte sie geradezu, wenn auch etwas beschämt. Außer Séra Sigvald, Frau Torgerd, dem kleinen Mädchen, Gudrid, dem roten Haupt und dem Rumpf waren es sechs Personen: ein junges Weib in den Zwanzigern, ein junger Mann, ein kleinwüchsiges Paar, gebeugt und ziemlich ausgemergelt, der Mann mit struppigen Bartzotteln, die Frau nicht ganz ohne solche, offensichtlich ein Ehepaar; ferner war da eine Frauensperson mit gekreuzten Armen und verlorenem Blick, die Frau Torgerd hin und wieder mit den Ellenbogen anstoßen mußte, um sie wieder zu sich zu bringen; endlich ein Mann in den Vierzigern, sehr ruhig, ein förmlicher Klotz, unbeweglich, aber ununterbrochen kauend.

Das also waren meine gesamten Toten ... Das alte Paar, das ohne Kleider an zwei große, vom Rost zerfressene Nägel erinnerte, wankte Seite an Seite in einen Schimmer von Überirdischkeit gehüllt umher. Freilich schien er nur äußerlich über sie ausgegossen, indem sie allen Ausdruck aus ihren verschlagenen kleinen Fratzen gestrichen hatten und nur heimlich auf alles und alle schielten, besonders auf mich. Sie hatten beide einen Blick, der sich wie eine Fliege irgendwo niedersetzt, sich festsaugt, mit dem Rüssel ein wenig umhertastet, in kleinen Sätzen krabbelt und sich plötzlich ganz woanders befindet. Über die beiden konnte man nicht im Zweifel sein: ein paar fixe Spitzbuben, weiter nichts. Mehr Kopfzerbrechen machte mir von vornherein der junge Mann. Es war einer jener Jünglinge, denen simple, unbeherrschte Leidenschaften offen auf dem Gesicht – oder mitunter nur einer Maske – geschrieben stehen, das kein Gesicht, sondern nur kantige Außenfläche einer nackten Seele, eines formlosen Gemüts und eines Schicksals ist, das einem geradezu entgegenschreit. Schicksal und schneidendes Grauen. Die Besitzer solcher Gesichter pflegen selten lange frei umher zu laufen; sie verschwinden meist bald hinter einer Pforte, bestenfalls hinter der des Selbstmords. Sogar jetzt, wo er so aussah, als sei er zur eigenen grenzenlosen Überraschung zum siebten Himmel auferstanden, während er und die junge Frau sich gegenseitig beim Abseifen halfen – die beiden schienen gleichzeitig gelebt zu haben und einander zu kennen –, sogar jetzt war in seinem Blick ein schwelendes und doch träges Glimmen, das Unheil ahnen ließ. Es war mir recht unangenehm, daß die junge Frau meine eigene Badebürste für ihren grobgliedrigen Zeitgenossen benutzte.

Sie selbst: erst jetzt, wo sie die Kleider abgeworfen hatte, die so nett und selbstverständlich an ihr gesessen hatten, sah man, mit welch sicherer Hand sie geformt war vom Scheitel bis zur Sohle. Es ist nicht leicht, einen Begriff von ihrem Liebreiz zu geben; denn er baute sich aus lauter Kleinigkeiten auf, deren keine anders sein durfte, ohne das Ganze zu zerstören, und die doch, jede für sich, kaum auffielen. Für Frauen, die wie Sonnentage strahlen oder über denen ein Schatten von Finsternis ruht oder die lockend sind wie Sternennächte, für sie genügen einige andeutende Worte, und jeder kann sie sich vorstellen. Aber ein junges, blondes Geschöpf, wie ein Regentag, an dem es doch nicht regnet – wie ein Dunst im Tal, wie sanfte, ferne Schauer über weitem, duftigem Land, wie soll man sie lebendig auf die Beine stellen? Und doch stand sie darauf. Leibhaftig – schritt mit schmalen Knöcheln so sicher einher. Mit einer Spannkraft, die dem jungen, dem ewigen Leben gehört, beugte und streckte sie ihren Körper mit den leichten runden Gliedern, den erfüllungsreifen Brüsten und dem ruhenden Rund des Leibes, so unbeschwert und voll so unerwachter Zärtlichkeit in jeder Bewegung; jedem Ansatz zur Bewegung, daß man von ihrem Körper Klänge, Rhythmen, Ringe von rieselnder Anmut ausgehen fühlte.

Neben ihr entdeckte ich meine kleine Freundin. Sie war die Stufen im Bassin so weit hinunter gestiegen, wie sie Grund fand. Das Haar flutete ihr um Kinn und Ohren, und da stand sie und mußte nur immer das Wasser ausspucken, das ihr hin und wieder bei den Bewegungen der anderen in den Mund spülte, mußte sich die kleinen Spritzer aus den Augen reiben, unaufhörlich zwinkernd, ein himmlisch blaues Flimmern, das einzige ausgesprochen Himmlische hier auf Fokstad. Zugleich mit mir wurde die junge Frau auf sie aufmerksam. Sie sah, wie allein und hilflos sie dastand, lächelte ihr zu und begann sie zu waschen. »Wie heißt du, Kleine?« hörte ich sie flüstern. Das Kind drückte ihr den Mund ans Ohr, ich konnte die Antwort nicht erhaschen.

Meine übrigen Badenden hatten das Bassin bereit verlassen oder stiegen auf den Stufen hinaus. Wieder regte sich mein alter Verdacht, mit meiner Sehkraft müsse etwas nicht in Ordnung sein, mit der äußeren oder der inneren. Wie oft hat es mich nicht schon beunruhigt, ja gequält, daß ich Menschen und Dinge nur aus der Ferne sehen, auffassen und begreifen kann. Komme ich ihnen nahe, so verlieren sie für mich einen wesentlichen Teil ihres

Daseinskernes; ihre innerste Wirklichkeit schwindet. Nicht davon zu reden, wenn ich die Hände ausstrecke: ich ziehe sie leer zurück. Ist vielleicht aller Wert nur Einbildung, auch der seelische? Das habe ich mich oft gefragt. Oder liegt etwa das Göttliche in der Seele, unser Anspruch auf den Himmel – und auch die Hölle – gerade darin, daß man sie nicht greifen und daß sie nichts ergreifen, sich nichts aneignen kann? Ist eben dies Gott? Oder unterliegt man bei solcher Fragestellung nur der ganz gewöhnlichen Neigung, eine private Schwäche, einen persönlichen Mangel zur Regel zu machen? Jedenfalls konnte nicht einmal dieses Lebensmysterium in zweiter Potenz, das ich hier vor Augen hatte, meinem mangelhaften Blick auf Dauer die Kraft der Schau verleihen. Das Ganze war eben nur ein Haufen von Körpern. Gewiss sehr verschieden in ihrem unmittelbaren Eindruck, eine Stufenfolge von blühender Anmut bis zum eklen Abscheu des Todes, aber eben doch nur Körper, nur Lehm.

In Geweben und Säften eines jeden Leibes sind dunkle Mächte gestapelt, die blenden und verblenden. Einem anderen Menschen begegnen – heißt das nicht, in den bindenden Schatten eines fremden Blutes treten? Ich wußte wohl, daß es so ist. Und doch folgte ich meinen Gästen, wie sie da die Treppen das Bassins hinaufstiegen mit Blicken, die zu sehen, zu erfassen versuchten. Vergebens – sie glitten nur umher, wie jedes beliebige Leben an jedem beliebigen Abend. Und ohne mir etwas dabei zu denken, ohne die mindeste Absicht, sie zu erschrecken oder ihnen Unangenehmes anzutun, setzte ich die große Brause in Gang.

Wie sich da das kleine Mädchen an seine Wäscherin klammerte! Ganz unwillkürlich griffen die Erwachsenen nacheinander, man hörte sie vor Angst stöhnen, selbst unterdrückte Schreie wurden laut. Aber Torgerd – Frau Torgerd – wurde auch mit dieser Überraschung fertig. Ein wenig bleich zwar in dem vollen Gesicht, hielt sie die anderen doch mit ihrem bloßen Blick in Zucht und verlieh ihnen allen Mut, wobei ihr diesmal Séra Sigvald treulich beistand und erbaulich tröstende Worte fallen ließ; von des Himmels reinen Wasser, von der Gnade der Reinigung und weiß Gott, was noch. Diese beiden – die fraulichst üppige Eva und der männlichste Adam, die mir je zu Gesicht gekommen sind – gingen in den Duschraum voran, mitten hinein unter die Brause, wobei Frau Torgerd mild, aber bestimmt mit dem einen Arm die fleischigen Schultern des Rumpfes umfaßte. Mit nie versagender Überlegung und Geschicklichkeit hatte sie im Vorbeigehen ein Stück Wachstuch ergriffen, das sie mit der freien Hand über die Halsöffnung hielt, damit der Kopflose das fallende Wasser nicht gerade in die Lungen bekam. Séra Sigvald seinerseits hatte das Haupt mitgenommen, ja, er trug es, als halte er es über die Taufe, ob aus Fürsorglichkeit oder anderen Gefühlen, kann ich nicht sagen. Doch das friedliche, in seiner Weise sogar erhebende Bild wurde bald jäh zerstört. War der Rumpf schon vorher widerspenstig gewesen, so wurde er jetzt völlig unmöglich; er sprang umher und fauchte, lag mit einem Platsch da und wälzte sich in dem spritzenden Wasser. Séra Sigvald gab das Haupt eilig an Torgerd ab, fischte mit einem Arm den Rumpf aus dem Sturzbad und hielt ihn, der sich jetzt beruhigte, fest. Zuletzt von allen entschloß sich das alte Ehepaar, unter die Brause zu treten; vor den sausenden Hieben des peitschenden Wassers drohte ihre Einigkeit fast in die Brüche zu gehen, denn jeder wollte den anderen vorschieben. Als jedoch der Alte meinen Blick auf sich ruhen fühlte, lachte er oder tat, als lache er. »Als ob man noch keinen isländischen Regen gesehen hätte!« rief er in verbissenem Scherz und stürzte in den Brauseraum, geradewegs in eine Ecke, wohin sicherlich nicht allzu viel Tropfen kamen; das hatte er sich ausgerechnet, der alte Gauner, mitten in all seinem Schreck und seiner zur Schau getragenen Paradiesesentzückung. Und das muß man schon sagen: sein verschrumpeltes Gespons folgte ihm, wie eine Frau ihrem Manne folgen soll; unverzüglich drückte sie sich in die andere Ecke des Raumes.

Die übrigen standen fromm unter der Brause, in einem Klumpen zusammengedrängt. Und blieben dort stehen. Glücklicherweise fiel es mir ein, den Wasserhahn abzudrehen, ehe sie ganz zu Eis erstarrt waren. Aber es war doch offenbar eine kalte, unerwartete Abwechslung für sie gewesen, und als sie aus dem Duschraum kamen, hatten sie einen ganz anderen Blick. Ihre Zuversicht zu dem Lenker der Dinge war zwar unerschüttert, doch ganz so furchtlos wie noch kurz zuvor waren sie nicht mehr. Ein Schatten jener Angst, die sie so jammervoll über ihren

Gräbern ausgeweint hatten, schien von neuem auf sie zu fallen.

Sobald Séja Sigvald den widerborstigen Rumpf zu Ruhe gebracht hatte, machte sich Frau Torgerd daran, ihn anständig anzuziehen, was ihr auch wirklich gelang. Und dann setzte sie ihn an der einen Wand des Baderaumes auf den Fußboden. Da saß er nun, die Beine weit von sich gestreckt, fuhr mit den wißbegierigen Fingern tastend über das Mosaik des Fußbodens und über die Wände und stieß in kurzen Pausen sein schon unglaublich modulationsfähiges »Öhö, öhö« aus – das abenteuerliche Selbstgespräch eines tauben, blinden und stummen Mannes. Eigentümlich, wie sehr ihm die bald nachdenklich gekrümmten, bald neugierig gespreizten Finger bereits Auge und Ohr zu ersetzen schienen. Gewissermaßen an sie und sie allein wurde das »Wort« gerichtet, dieses einzige Wort, das mit der Zeit alle zungenfertigere Rede überflüssig machen und um das er zweifellos aus dem Tasten seiner Finger eine Lebensauffassung aufbauen würde, ja, eine Philosophie, um nicht zu sagen, eine Religion, kurz, eine eigene kosmische »Anschauung«. Nur gut, daß man nicht in dieser Welt zu leben brauchte – wo es natürlich Weltanschauungszwang geben würde wie in jeder geordneten Gesellschaft.

Die Matrone! ... Diese mütterliche Leibesfülle hat nicht ihresgleichen. Als habe sich ein Brocken der Erde selbst, ein unverächtlicher Teil unserer metallgemischten Kugel, emporgerichtet und wandele sprühend einher. Oh, von einem gefährlichen Leben erfüllt! Einem unauslöschlichen, einem unberechenbaren, fürwahr einem herrlichen Leben, so herzhaft in all seinen Äußerungen, daß nicht einmal der Tod es hatte brechen können. Und doch, in seiner enormen Unbedingtheit und Einsgerichtetheit höchst abschreckend, abstoßend, um nicht zu sagen widerwärtig. Eine eigentümlich strenge und füllige Wohlgestalt konnte man Frau Torgerd nicht absprechen, keineswegs, etwas in der Art Séra Sigvalds, der in jeder Hinsicht ein stattlicher Mann war; aber er hatte doch kein so kraftstrotzendes Fleisch wie die Matrone und schien es nie gehabt zu haben. Woher nimmt nur ein Mensch die Kraft, solche Lasten lebendigen Gewebes auf den Knochen zu tragen, ein ganzes Leben lang? Lasten! Ganz so leicht wie das junge Weib kam Frau Torgerd freilich nicht in ihre Kleider, aber sie schlüpfte doch schnell genug hinein, ja, mit einer gewissen schwerfälligen Geschmeidigkeit, voller Schwung und unbeugsamen Willens. Bloß das Mieder mußte ihr Séra Sigvald im Rücken zuknöpfen helfen. Als er nicht gleich dazu bereit schien, sagte sie nur: »Es ist doch nicht das erste Mal, Séra Sigvald!« Da ging ein Beben durch Hochwürdens buschige Brauen und Schnurrbart, und mit einem raschen, nicht gerade forschen Blick nach dem Hausherrn machte er sich eilig daran, ihre Bitte zu erfüllen.

Das kleine Mädchen – wo war es geblieben? Da stand es ja – und hatte die Hand in der meinen. Der blauweiß gestreifte, hausgewebte Rock saß ihm so nett und zierlich; man sah, dies Kind war geliebt worden. Als ich dem leuchtenden Blick begegnete und das liebe Kinderlächeln erwiderte, faßte sie sich ein Herz, und die Lippen an meinem Ohr, aber doch nach jedem Satz den Kopf zurückbiegend und mir in die Augen blickend, flüsterte sie mir zu: »Was sind das alles für fremde Leute, lieber Gott? Kennst du sie? ... Warum hat der eine keinen Kopf? Und der andere keinen Leib? Findest du das nicht auch komisch? ... Und wo sind Vater und Mutter hin? Warum sind sie nicht auch hier? Sind sie zu Hause in Urdarbö? ... Oder nicht? ... Und die Jungfrau Maria? ... Mutter sagte, ich solle sie grüßen; sie möchte auf mich aufpassen, bis sie selber nachkäme – wo ist sie? Die mich gewaschen hat, die wars doch nicht? Nein?« ... Viele Fragen auf einmal, und nicht alle gleich leicht zu beantworten. Ich legte die Hand auf ihr helles Haar, dessen Locken sich in seidenweichem Gespinst ringelten, und sah ihr schweigend und zerstreut in die freundlichen, zutraulichen Blauaugen. Das Blau des Himmels ist ja nur ein Sinnentrug; und somit wohl auch diese blauen Augen? Aber immerhin, welch reizender Trug. Solange er dauert ... Ich fühlte meine Augen feucht werden, und meine kleine Freundin fuhr zögernd fort: »Mutter hatte draußen auf der Hauswiese Blumen gepflückt, als ich im Frühjahr so schrecklich krank wurde, und sie mir für die Jungfrau Maria mitgegeben ... Habe ich sie etwa verloren? ...« Und dann in hellem Jubel: »Nein, hier sind sie!« Und wirklich – in der dünnen, schmalen Kinderhand hielt sie ein paar gelbe Blumen, Löwenzahn und Ranunkeln, diese Kinder- und Bauernblumen, erdentsprossene Sonnen, der erste Quellsprung des Frühlings zur Erquickung der Armen und Winterbelasteten.

Ich sah die Blumen an, ohne mich zu wundern, daß sie plötzlich damit dastand – mich wunderte nichts mehr –, und als ich sie einen Augenblick angesehen hatte, beugte ich mich über sie und flüsterte: »Die Jungfrau Maria ist nicht hier ...« Ich wollte mehr sagen, fand aber keine Worte. Außerdem waren meine Gäste jetzt mit Baden und Anziehen fertig und warteten darauf, was weiter mit ihnen geschehen sollte. Frau Torgerd hatte den Rumpf untergefaßt und auf die Beine gestellt. Séra Sigvald ließ seine großen Augensterne verständnislos über dem rothaarigen Haupt leuchten, das er wieder in seiner Obhut hatte. Die anderen glichen jetzt mehr und mehr einer Koppel Pferde im Unwetter. Ich selber wußte im Grunde weder aus noch ein. Was nun? Warmes Essen, wie sie es wohl benötigten, konnte ich ihnen nicht bieten, und mein Brotvorrat – wie lange würde der vorhalten? Für alle diese Münder! Am schlimmsten war aber doch, daß soviel Wein auf dem Tisch stand ...

Da war es Gudrid, die alte Gudda in ihrem Schal, mit ihrer gottsjämmerlichen Stimme, die meiner Ratlosigkeit vorläufig ein Ende machte. Mitten in einer Reihe sehr deutlich hörbarer Gebete und sehr deutlich sichtbarer Kreuzeszeichen hörte ich sie murmeln: »Nach dem Tod kommt das Gericht! ...«

Vielleicht gar nicht dumm, dies und jenes über sie zu erfahren, solange noch alles ruhig und anständig zuging, dachte ich. Wichtige Dinge verschiebt man nicht gern bis nach Tisch.

Und so führte ich meine Gäste aus dem Baderaum in

mein Arbeitszimmer, in meine Werkstatt – »das Kontor« nennt es Tryggve Skeß in unverbesserlichem Stolz auf seine fremdsprachlichen Fähigkeiten – und nicht ins Eßzimmer.

5

Wenn ich jetzt an dieses improvisierte »Jüngste Gericht« zurückdenke, das freilich eher zu einem Gericht über mich selbst als über meine Schar wurde – und erginge es unserem Herrgott dereinst nicht ebenso? –, ergreift mich gleichsam wieder Andacht vor der allgültigen Macht der Wahrheit, vor ihrer alles verzehrenden, alles reinigenden Feuerkraft. Wüßte man es nicht besser, dann fühlte man sich zuweilen zu glauben versucht, die Menschen mit ihrer Urwaldflora von Lüge und Verstellung seien eine Art Forst, einzig zu dem Zweck, dem flammenden Feuer der Wahrheit Nahrung zu liefern – und darin zugrunde zu gehen. Welche Werte und Energien sollen sich dabei entwickeln? Niemand weiß es. Oder ist auch die Wahrheit nur eine Art fressender Schwamm, eine der unzähligen Zerstörungsmethoden der Natur? Ein Tor wer fragt. Und ach, man kann auch unter der Maske redlichen Forschens lügen.

Wie gesagt, Gudrids Ausruf war es, der mich bestimmte: ich mußte sehen, mit meinen Gästen ins reine zu kommen, ehe ich sie zu Tisch bat. Als wir aus dem Keller wieder heraufgekommen waren, öffnete ich daher die Tür zum Arbeitszimmer und machte wortlos, wie bisher, nur eine einladende Handbewegung. Ich wollte sie, wie andere Gäste zuerst eintreten lassen. Wir blieben eine Weile stehen, denn sie rührten sich nicht von der Stelle. Hatten sie Angst vor dem, was sie in dieser buch- und bildgepolsterten Stube erwartete, dergleichen sie wohl noch nie gesehen hatten? Fürchteten sie etwa, ich könne, wenn ich sie erst richtig drin hätte, die Tür zuschlagen und sie ihrem Schicksal überlassen? Oder wollten sie aus lauter Ehrerbietung nicht vorangehen, nicht einmal hier in meinem eigenen Haus? Jedenfalls hatte es keinen Sinn, so stehen zu bleiben, und da die Zeit hinging und niemand Miene machte, meiner stummen Aufforderung nachzukommen, nahm ich das kleine Mädchen bei der Hand und schritt voraus. Müde und völlig fertig schleppte ich mich zu meinem Schreibtischstuhl und ließ mich gegen alle Regeln des Anstands hineinfallen. Aber eben so schnell sprang ich wieder auf, ging mit raschen Schritten ins Eßzimmer, dessen Schiebetüren offenstanden, und stellte das Radio ab, das gerade einen donnernden Tango, Jazz, Rumba oder, was weiß ich, von sich gab. Zugleich schaltete ich das Licht aus und schob die Türen zu.

Als ich wieder in meinem Stuhl saß, sah ich, daß meine Gäste steif und bleich an die Wand gedrückt standen, als wären sie eben aus dem Grab gekommen – und das waren sie ja auch. Sollte die plötzliche Stille sie erschreckt haben? Die Stille, verstärkt durch das blitzschnell hereinbrechende Dunkel, das sie gesehen hatten, als ich das

Licht löschte? Hatten sie vielleicht geglaubt, allem Dunkel bereits für immer entronnen zu sein? Es war wohl vor allem die Stille, dieses brütende Schweigen, das wie ein formloser, aber um so furchtbarerer Dämon aus der unheilschwangeren Nacht auftauchte und sich über alle elf legte – nein, zwölf, nein, dreizehn. Dreizehn, sofern man das Haupt und den Rumpf mitrechnete; dreizehn war schon immer meine Glückszahl.

Wie verfahren und in jeder Hinsicht unhaltbar meine Lage war, das wurde mir eigentlich erst jetzt klar, als ich von meinem Stuhl aus diese bangenden Gäste betrachtete. Eine Welle blutroten Zorns bemächtigte sich meines Körpers und verfinsterte mein Denken, ja, drohte mich mit grausamen Griff um meine Kehle zu ersticken. Diese Stümper und Schlucker, diese stummen, dummen Schafsköpfe, die noch nicht einmal zu ahnen schienen, welch törichtes, albernes Mißverständnis ihre unzeitige und jetzt vielleicht nicht wieder gut zu machende Auferstehung verschuldet hatte – was erwarteten sie eigentlich von mir? Ja – was konnten sie erwarten? Schön, sie hatten jedenfalls einen gewissen Anspruch darauf, daß ich ihre Glieder nicht leichthin außer Landes schickte. Mir fiel ein, daß es hier sicherlich noch nicht Mitternacht war, wenn auch dieser Wendepunkt an dem unbekannten östlicheren Ort bereits eingetreten war, von dem aus die Luren wie zu mitternächtlicher Neujahrsfeier getönt haben mochten. Ich griff zum Telephon; und alsbald hatte ich unser Telephonfräulein in Klettafjord erreicht und ihre freundliche Stimme im Ohr – endlich eine echte, unverfälschte

Menschenstimme, nur allzufern: »Ich wollte Sie gerade anrufen, Jaki Sonarson. Ein ganzes Bündel Telegramme. Ich will sie gleich ...« – »Oh no, my dear!« lehnte ich ab und führte ganz unbewußt das Gespräch auf englisch; die Telegramme könne Tryggve Skeß mit der nächsten Briefpost bringen – das werde wohl etwas dauern? Etwa einen Monat? Gut. Ausgezeichnet. »Haben Sie Neujahrsbesuch?« fragte das Fräulein plötzlich und hatte den unsicheren Klang unangebrachter Neugier in der Stimme. Aber ich überhörte ihre Frage und bat sie, ein sehr wichtiges Telegramm aufzunehmen und es möglichst noch heute nacht außer Landes zu schicken. »Es muß morgen früh in Dänemark sein. Es gilt ...« Ich brach ab; ich wollte sagen »das Leben«. Aber entweder galt es mehr als das – oder gar nichts. »Das Telegramm wird besorgt, wenn ich die Stationen noch bekomme – es ist schon nach Dienstschluß«, teilte mir die freundliche Dame mit; »ich werde tun, was ich kann.« Ich bedankte mich und diktierte ihr ein Telegramm an meinen zuvor erwähnten Freund; ich bat ihn inständig, den von Ugle verhökerten Schädel mit dem Schiff von Kopenhagen am 2. Januar morgens postlagernd Reykjavik zurückzuschicken; nun, es war eine ganze Epistel, den genauen Wortlaut brauche ich wohl nicht auszuführen. Als das Fräulein in Klettafjord das Telegramm Satz für Satz wiederholt hatte, bedankte ich mich, wünschte gute Nacht und ein glückliches neues Jahr und legte den Hörer auf. Ihr ausgiebiges Abklingeln schrillte durch das totenstille Haus, so daß selbst ich zusammenfuhr.

Für den Schrecken meiner Gäste, der sich auf ihren hilflosen Gesichtern abmalte, jeden anderen Ausdruck fortwischte und sie halb oder ganz ohnmächtig auf die nächsten Stühle und Sofas sinken ließ, sofern sie sich nicht, wie das alte Paar, einfach hinwarfen und hinter die Möbel verkrochen – für diesen Schrecken ist »zusammenfahren« ein viel zu gelindes Wort. Als sie mein Telephongeklingel gehört hatten, war von ihrer, wenn nicht mit auferstandenen, so doch nach dem Erwachen langsam erworbenen Zuversicht nicht mehr viel übrig. Sogar meine kleine Freundin, die sich neben mir auf die Stuhllehne stützte, starrte mich an, und das Blau ihrer Augen ward dunkel und blank vor der Nacht der Angst, die sie rings überschattete. Der einzig völlig Unverzagte im Zimmer war das Haupt, das Séra Sigvald auf einer Ecke meines Schreibtischs abgestellt hatte, auf der linken Seite. Dort stand es wie eine lebende Skulptur, ein merkwürdiges Gegenstück zum Telephon auf der anderen Tischecke. Es ließ mich nicht aus den Augen, und jetzt sprach es – jetzt sprach er – wieder, mein sonst so stummer Unbekannter: »Bist du ein Zauberer?« fragte er spitz und fügte nach einer kleinen Pause verächtlich hinzu: »Das dünkte mich immer das schlimmste von allem schlimmen Tun«.

Diesmal sprach der brennend rote Mund in dem wie aus goldenem Metall gehämmerten Haupt leise. Meine übrigen Gäste hatten die Worte sicherlich nicht verstanden, mich jedoch trafen sie hart und ohne Gnade. Ein Zauberer – war ich das wirklich? Oder hatte es werden wollen? Ist nicht alle Dichtung, ja alle Kunst, Zauberei?

Verdrehung der Dinge? Verzerrung? Entstellung? Wenn Zauberer und Hexenweiber verschwundener Zeiten sich mit der Ausübung ihrer Kunst zu Sklaven der niedersten Lüste aufstachelten – wer will leugnen, daß in den Jahrhunderten nach ihnen allerhand »Künstler« mit fachmännischer Treue das Erbe übernommen haben? Ach, selbst die allergrößte Kunst löst Lust aus. Ist zur Lust und mit Lust geschaffen. Nur die Kunst? ... Wie ist es mit allem anderen in der Welt? Wie mit dem Menschen? Entsteht nicht alles Leben aus einer Orgie von Lust?

Während mich diese Gedanken durchjagten, hatte ich meiner kleinen Freundin beruhigend die Hand auf die lämmerweichen Locken gelegt. Sonst aber saß ich Auge in Auge dem Haupt dort auf der Tischecke gegenüber, und selbst wenn ich ihm keine Antwort zu geben vermochte, schien allmählich eine gewisse zurückhaltende Freundlichkeit tief in dem unerschütterlichen Grau seiner Augen aufzudämmern und ihr steinharter Glanz einem milderen, verständnisvolleren Ausdruck zu weichen.

Erster Kommentar des Herausgebers

Ich muß um Entschuldigung bitten, daß ich unversehens mitten in ein Kapitel einbreche. Aber zum weiteren Verständnis von Jaki Sonarsons Niederschrift sind ein paar Worte eines Mannes, der außerhalb all dieser Mirakel und Merkwürdigkeiten steht, vielleicht doch vonnöten. Ich will nichts gegen meinen verstorbenen Freund sagen – Gott behüte! Aber wenn er es überflüssig nennt, sein Telegramm an mich im Wortlaut mitzuteilen, so kann ich ihm nicht ohne weiteres zustimmen. Hätte er geradeheraus gesagt, das hastig hingeworfene Telegramm könne nur störend wirken, oder gar, er bereue es und wolle es lieber der Vergessenheit überliefern, das wäre etwas anderes gewesen. Aber so etwas deutet er nicht einmal an. Doch will ich ihm den Gefallen tun und seinen Tagesbefehl nicht im vollen Umfang wiedergeben. Nur so viel: Er verlangte von mir, ich sollte – mitten im Winter! – mit dem vielerwähnten Schädel »samt aller Splitter und Zähne« auf dem Luftweg zu ihm kommen, falls die Sendung das Schiff vom 2. Januar nicht mehr erreiche. Und schloß mit den Worten: »Gutes Neujahr, wem Gott es beschert.« Ich möchte den Kopenhagener Villenbewohner sehen, der sich am frühen Neujahrsmorgen gern von einem gewaltigen Telephonklingeln wecken ließe, um Jakis »Epistel«, wie er es mit Recht genannt hat, von einer freundlichen Beamtenstimme vorgelesen zu bekommen. »Haben Sie das?« – »Ja, danke!« – »Dann schicken wir es morgen per Post.« – »Vielen Dank!«

Nun, ich stürzte augenblicklich zum Sonntagsschalter der Hauptpost – was ich unterwegs über meinen Freund dachte, sei vergessen und verschwiegen. Ich bekam den Schädel trotz Schererei mit Zoll und anderen Formalitäten noch rechtzeitig fort. Wie war ich erleichtert! Damals ahnte ich ja noch nichts von den tieferen Zusammenhängen, von dem tristen, nebeldüstern Hintergrund zu dem wunderlichen Telegramm meines Freundes mit dem merkwürdigen Anfang: »Unbedachtes Lurenblasen veranlaßte unabsehbares Unheil.« Wie die wohlgelungene Einweihung eines goldenen Lurenpaares, mit der die »Dänische Radiophonie« so passend Neujahr gefeiert hatte, Jaki derartig auf die Nerven gehen konnte, war mir ein Rätsel. Hierzulande war die Sache unbedingt ein Erfolg gewesen, und das mit Recht. Es war wirklich eine unvergleichliche Darbietung. Allein schon der einleitende Vortrag unseres wortgewaltigen Museumsdirektors hatte uns allen den Neujahrsabend unvergeßlich gemacht. Es war ein rhetorisches Meisterstück von europäischem Rang, und das will nachgerade etwas heißen

Kaum hatte er geschlossen, als die Luren erklangen. Die Wirkung war unbeschreiblich. In dem Restaurant, wo ich das neue Jahr begrüßte, saßen die Gruppen um die festlich gedeckten Tische jedenfalls wie versteinert. Und dann brach ein endloser Jubel los. So hatte wohl noch niemand von uns Neujahr gefeiert. Keiner konnte sich trennen, und so endete die Silvesternacht in wilder Harmonie, in ausgelassener Stimmung und Tanz bis in den hellen Morgen. Aber dann kam, wie gesagt, Jakis Telegramm. Die unfreiwillige Geschäftigkeit, in die es einen versetzte, machte weiß Gott Appetit auf ein Neujahrsfrühstück, bei dem man sich mit Jakis Worten zutrank: »Gutes Neujahr, wem Gott es beschert.«

Wir ahnten ja damals noch nicht, in welch verzweifelter Lage unser Freund sich befand.

Fortsetzung von Jaki Sonarsons Papieren

Zu einer Antwort an meinen rumpflosen Riesenfreund kam es damals nicht, denn während wir so Auge in Auge saßen, hatte sich Séra Sigvald erhoben und trat jetzt schwankenden Schrittes, die fleischigen Hände fromm unter dem Kinn gefaltet, an den Schreibtisch. Er warf einen ängstlichen Blick auf das Manuskript, das offen vor mir lag, fiel an der Tischkante auf die Knie und stöhnte mit reuevoller Stimme: »Gnade, Herr, Gnade! Daß unsere Taten im Buche des Lebens aufgezeichnet sind, wie geschrieben steht, das sehe ich jetzt, und wir wollen auch alle bekennen und alles bekennen, wenn es gefordert wird, wir armen Sünder alle! Und sollten wir etwas vergessen – denn des Menschen Armseligkeit ist groß, und vieles gibt es zu erinnern –, so steht es geschrieben und ...«

Während er redete, perlte der Schweiß so reichlich von seiner Stirn, daß er die Augen immer wieder trocknen mußte, damit ihn seine strömende Angst nicht ganz blind machte. Vielleicht waren sogar Tränen dabei, aber geradezu sympathisch, nein, das war er nicht, wie er da auf den Knien lag, ein lebendiger Quell des sauersten Nasses der Gewissensbisse. Und war doch in all seiner Jämmerlichkeit so sehr Mensch, so sehr Mitbruder, daß mir bei seinem Anblick ganz elend zumute wurde.

Frau Torgerd mochte wohl das, was er sich aus den Augen wischte, für reine Tränen halten; denn sie stand plötzlich auf und trat an seine Seite. »Ja, armselig«, griff sie sein Wort auf. »Darüber kannst du mitreden, Séra Sigvald – du und auch ich.« Sie faßte ihn unter die Arme, er war schließlich ein älterer Herr und bei weitem nicht so stramm wie sie. »Laß mich lieber zuerst dran,« bat sie, »dann ist es vorbei. Paß du solange auf den Rumpf auf!« Séra Sigvald ließ sich das nicht zweimal sagen. Mit einem Ruck kam er auf die Beine, setzte sich gehorsam, wie jemand, der einer großen Gefahr entronnen ist, neben den Kopflosen, tätschelte ihm beruhigend Hände und Schultern und suchte auf alle erdenkliche Weise und mit einem Eifer, der selbst den unfreundlichsten Sinn freundlich stimmen mußte, den armen, so unselig Gekappten zu Ruhe und Vernunft zu bringen und sein auf die Dauer nervenzerrüttendes ewiges »Öhö« etwas zu beschwichtigen.

Frau Torgerd blieb mitten im Zimmer stehen, was nicht sie, sondern den großen Raum kleiner wirken ließ; Dinge und Menschen schienen vor diesem Koloß von Frauenzimmer zusammenzuschrumpfen. Als ein Windstoß in diesem Augenblick das Haus wie mit gewaltigem Arm umfing und erzittern machte, durchschauerte es mich: welche Mächte tanzten ihren Wahnsinnstanz um mich? Frau Torgerd schien an plötzliche Windstöße gewöhnt zu sein und im übrigen ihre festen Vorstellungen zu besitzen, wie es beim Jüngsten Gericht zuzugehen habe. Denn sie begann unverzüglich:

»Mein Name ist Torgerd Arnardóttir. Ich war in meinem Erdendasein erst Tochter, dann Herrin hier auf Fokstad. Ja, auf Fokstad, als hier noch nicht das Himmelreich war. Himmelreich! Eher Hölle – wenigstens manchmal. Du brauchst nicht im Buch nachzuschlagen; Torgerd auf Fokstad macht keine Ausflüchte, das war nie ihre Art.«

Die letzte Bemerkung wurde durch eine unwillkürliche Bewegung von mir hervorgerufen. Wie man in Seenot einen Ankergrund sucht, hatte ich meinen Blick auf das Manuskript gesenkt und ein paar Zeilen zu lesen versucht, nur um dem Feuer des Bekenntnisses zu entgehen, das mir wie beißende Lohe aus den Augen des wahrheitsbesessenen Weibes entgegenschlug. Ich blickte also wieder zu ihr auf, da es denn so sein sollte; vielleicht flog bei dem Gedanken an meine Doppelstellung als Richter und Zurechtgewiesener ein Lächeln über mein Gesicht – sie stimmte den Ton herab und fuhr etwas weniger hitzig fort: »Nein, von dieser Sünde weiß ich mich frei. Oder ist auch das ein Fehler? Mag sein. Daß ich mit meiner unbändigen Offenherzigkeit für manche deiner Kinder ein Ärgernis gewesen bin, ist sehr wahrscheinlich. Um diesen Mühlstein komme ich wohl nicht herum. Aber ich bin nun einmal so geschaffen, Herr, das mußt du selbst am besten wissen.« Frau Torgerd schwieg und dachte eine Weile nach; dann fuhr sie fort: »Wenn ich bei meiner allerfrühesten Erinnerung anfange, so saß ich im hellen Sonnenschein, einem Sonnenschein, wie ich ihn nie im Leben wieder gesehen habe, jedenfalls nicht im Erdenleben und auch noch nicht hier in deinem Himmelsschloß. Ich saß neben dem Hügel gleich südlich vom Hof. Wie alt kann ich gewesen sein? Zwei, drei Jahre vermutlich. Ich muß allein dorthin gelaufen sein, mich hingelegt haben und eingeschlafen sein. Und dann bin ich plötzlich aufgewacht, aber auf eine ganz merkwürdige und besondere Art aufgewacht, denn seitdem habe ich immer das Gefühl gehabt, nicht von einem Weibe geboren, sondern geradewegs aus dem Hügel gekrochen zu sein. Als ich dort im Sonnenregen saß – denn es war, als riesle das Himmelslicht in langen, leuchtenden Tropfen auf mich hernieder –, kamen große und kleine Wesen geflogen und umschwärmten mich. Jetzt, hinterher, weiß ich natürlich oder kann es mir erklären, daß es Vögel und Schmetterlinge und Bienen und Fliegen und solches Getier gewesen sein müssen, obwohl ich es niemals so ganz habe glauben wollen. Aber damals kam mir der ganze Schwarm wie beflügelte Wesen meiner eigenen Art vor, und alle waren sie so freundlich, ließen sich bei mir nieder, redeten mit mir und antworteten mir auf alle meine Fragen. Eins aber weiß ich genau, wenn ich auch das Gespräch völlig vergessen habe: als ein paar von ihnen die Flügel ausbreiteten und davonflogen, weil Leute kamen und mich suchten, hob auch ich die Arme und versuchte zu fliegen wie sie. Ich wollte ihnen in die Luft folgen. Aber es ging nicht. Wie traurig ich da war! Nie wieder bin ich je so todbetrübt gewesen. Weißt du es noch, Herr? Du mußt mich doch gesehen haben und mir nahe gewesen sein? Oder hat man die Erinnerung an seine Freuden und Schmerzen ganz allein? Die Schmerzen, an die erinnert man sich am besten. So ist es ... Warum ließest du mir damals keine Flügel wachsen, um mit den anderen unschuldigen Wesen davonzufliegen? Viel Sorge wäre mir dadurch erspart geblieben, viel Sünde und schwere Not. Aber Fokstad brauchte wohl einen Bauern. Meine Mutter glaubte, ich weinte aus Angst und versuchte mich zu trösten. Sie wollte nicht begreifen, daß ich nicht bange, sondern nur untröstlich war, weil ich nicht fliegen konnte, weit fort von ihr und Fokstad und allem. Es war wohl auch eine sündige Sehnsucht. Doch das ist jetzt gleichgültig; als sie mich nicht verstehen wollte, wurde ich sehr zornig auf sie und schlug nach ihr. Nie vergesse ich ihre erschrockenen Augen, und wie still sie wurde.

›Togga, du wirst einmal nicht Gottes Liebling hier auf Fokstad,‹ sagte sie, ›und dabei gehört schon etwas dazu, diese Schweinehunde zu übertreffen, die hier gehaust haben und deren sündiges Blut du vom Vater her in den Adern hast.‹ Ich kümmerte mich nicht im geringsten um sie, um ihr Schweigen so wenig wie um ihre Ermahnungen. Von dem Tag an war sie mir fremd – so bin ich nun einmal. Eigentlich lag sie ja auch immer krank. Oft habe ich seitdem zu fliegen versucht wie die anderen Vögel. Ich erzählte es meinem Vater, und er ermunterte mich: ›Ja, übe du nur deine Flügel.‹ Das gefiel mir besser, als wenn Mutter sagte: ›Du bist doch kein Vogel, kleine Togga, und Flügel bekommst du erst im Himmel.‹ Ist es eine große Sünde, daß ich Vater lieber hatte als Mutter? Denn das hatte ich.«

Wie im Traum saß ich und hörte zu, bis alles vor mir versank und ich nicht einmal mehr die Worte unterschied. Der Hügel, von dem Torgerd sprach – es war ja der Hügel, in dem Ann ruhte. Ann … Ann, die noch schlief – – die nicht mit den anderen Toten auf Fokstad erwacht zu sein schien. Hatte der Klang der Luren ihre Grabkammer nicht erreicht, die doch gar nicht weit ablag? Oder wanderte sie einsam draußen durch die Nacht? Nein. Ann fürchtete sich nicht. Selbst wenn sie die seltsame Schar ganzer und halber Menschen hier gesehen hätte, sie hätte sich doch nach Hause getraut. Etwas anderes hätte nicht zu ihr gepaßt. Nein, Ann schlief selbstverständlich noch. Und es war gut so. Wie eine Linderung senkte sich die Gewißheit in mein Herz, daß Ann, die so viel Sorge und Qual durch mich erfahren hatte, wenigstens davon verschont blieb, mich so unziemlichen Mächten und Ereignissen preisgegeben zu sehen, verschont von der Schande, die hier meine einzige Ernte sein konnte. Gott hatte mich also noch nicht ganz verlassen, noch nicht ganz der Willkür seiner erdenen Mirakel überlassen. Ann, Ann. Daß ein Tag kommen würde, wo ich froh war, dich nicht bei mir zu haben, das hatte ich nicht zu erleben gedacht. Schlimm ist es, Ann – aber hier bin ich!

Als ich aus meinen Träumen zurückkehrte und wieder erfaßte, was Frau Torgerd erzählte, war sie auf Umwegen, über die ich keine Rechenschaft geben kann, wieder zu ihrer mangelnden Fähigkeit gelangt, ihr wahres Wesen zu verbergen. Das schien sie sehr zu beschäftigen, obwohl mir nicht klar wurde, ob sie es sich als Lob oder Tadel anrechnete. »Mich verkriechen, das konnte ich nicht!« sagte sie seufzend, »ich mußte ich selbst sein oder sterben. Und sterben – das paßte nun einmal nicht zu mir, wenigstens nicht, ehe ich gerufen wurde. Das einzige Mal, als ich mit Torunn, Bischof Jon Arasons Tochter, gesprochen habe – manche nannten sie auch Torunn, die Hausherrin –, da sagte die Gute zu mir: ›Liebe Torgerd, ein Mensch wie du hat nichts zu befürchten, hier nicht und auch im Jenseits nicht, aber schweige von deinen Gedanken und Werken – und gib den Armen. Meinem Vater hättest du beichten können wie unserem Vater im Himmel selber, und er hätte dir Vergebung der Sünden erteilt und den Segen Gottes und seinen eigenen obendrein; kleinlich war der Alte nie, jedenfalls nicht bei Leuten mit Verstand und Seele und Aufrichtigkeit in den Knochen. Und sein Haupt ließen sie rollen, diese …‹ Ich will die Worte lieber nicht wiederholen, die Torunn Bischofstochter von den Mördern und Mordzeugen ihres Vaters und ihrer Brüder brauchte, sie waren wild und wüst. Sie war ja auch schwer getroffen, das darf man nicht vergessen, sie und die ganze Sippe, sie und das ganze Land; von deiner heiligen, allgemeinen Kirche gar nicht zu reden, die in jenen bösen Tagen ›aus unserem Land vertrieben wurde‹, wie sie sich ausdrückte. Man redet so leicht mehr, als man sollte, wenn das Blut edel ist und der Brand der Bosheit und gemeinen Besinnung allerort schwelt. Dann sagte sie noch, Torunn Bischofstochter: ›Christen werden unsere Landesleute niemals wieder, und auch keine Männer, ehe sich nicht Jon Arasons abgeschlagenes Haupt lebend unter ihnen erhebt.‹ Hm, solche Rede war wohl von der erbosten Art, die man nicht beachten soll, und doch, ich gestehe es, bewahrte ich ihre Worte in meinem

Herzen, jedes einzige Wort wie einen goldenen Kelch und trank Trost und Heilung daraus in schlimmen, einsamen Stunden. Nur ihr kluger Rat, zu schweigen – der ging über meine Kraft. Das hätte für mich den Tod bedeutet und Schlimmeres als den Tod, und man sagte denn auch von mir, ich hätte keine Scham im Leib. Nur wenige haben begriffen, daß ich mir gerade damit die Schande aus dem Haus gehalten habe. Jeder, der Lust hatte, konnte sie draußen aufsammeln. Wenn ein Hund in meinem Dreck schnüffelt, wird er doch darum nicht zum Menschen oder ich zum Hund.«

Daß man in solchen Reden Torgerd auf Fokstad hatte, wie sie leibte und lebte, war kaum zu bezweifeln. Insofern hätte sie nicht nötig gehabt, Weiteres zu berichten und auf die »Schande« näher einzugehen, auf der ihr Zwist mit den Nachbarinnen beruhte. Aber sie tat es offen und geradeheraus, und selbst da waren ihre Worte wie ein rieselnder Quell. Alles Grobe und Unsaubere, das sie berichtete, hatte sich in den tiefen Schächten des Lebensberges abgesetzt und sprudelte jetzt ans Licht, frisch und klar – eine gerade in ihrer Vorbehaltslosigkeit anständige und erquickende Art, zu berichten. Und es war nicht nur ein Mensch, der aus ihr sprach, es war ebensowohl eine Landschaft, ein Stück karge und verwehte Erdoberfläche voller Steine, Sand und Gras. All das war einst flüssig gewesen, glühende Gase im Weltenraum und zu einem bis zum Bersten mit gebundenen Kräften geladenen, aus allen Poren Feuer spritzenden Ball zusammengekocht und -gewirbelt. Und dann zu Stein erstarrt und endlich durch Feuchte, Kälte und mäßige Hitze in der Riesenmühle des Keimungsdrangs gelöst und zerrieben. Aus der unendlichen Liebesumklammerung des Steins ward es erlöst, um in eine andere, unruhvollere Daseinsform einzugehen, ein trächtigkeitsstöhnendes Dasein unter treibenden, träumenden, dichtenden Wolken, äonengezeugt wie alles Leben, und jetzt von neuem allmählich verdampfend und sich zerteilend zu einem Gewimmel von Wesen in Wasser, Luft und Erde, in Sinn, Seele und Traum. Bis plötzlich der Mensch dasteht, selbst ein Äon, in diesem Fall Torgerd auf Fokstad geheißen, und in ihr wieder auf dem Weg zu den obersten Göttern und zur Ewigkeit – auf der goldenen Stiege des Glaubens. Torgerd auf Fokstad ein Äon? Warum auch nicht? Zumal jetzt, da sie vor mir stand, auferstanden, und, vermutlich im Ernst, unsterblich. Selbst zu dieser Stunde, nach mehreren Monaten, muß ich mich fragen, wie es sich eigentlich mit Torgerd verhält: Wo in des Lebens so unvollkommen bekanntem Kreislauf soll ich sie einordnen? Wie sie da stand und erzählte, hatte ich jedenfalls nur Augen für ihre Größe, nur Augen dafür, wieviel mehr ein Mensch sein kann als nur ein Mensch – und wieviel mehr er sicherlich immer ist. Es stehen doch wohl nur Frauen dem All-Leben in so abschreckendem Maße nahe. Der Mann ist flüchtiger, formloser, vielleicht auch formenreicher, ein launischer Wolkenhimmel über einer heiß hingestreckten Erde, die mit unfaßbarem, um nicht zu sagen, unverzeihlichem Glauben und Vertrauen in ihrem qualerfüllten Blut seine dunklen Ahnungen und luftigen

Sehnsüchte kühn weiterträumt, sie in Fleisch und Blut nachträumt, alle Folgen auf sich nimmt und gebiert.

Meine kleine Freundin saß mit ihren gelben Blumen in der Hand neben mir auf dem Fußboden und trank mit großen Augen und offenem Mund jedes einzelne von Frau Torgerds Worten in sich, von denen ihr sicherlich die wenigsten verständlich waren, genoß sie in seliger Selbstvergessenheit wie die herrlichste Geschichte. Was für Gesichte sah sie wohl gegen den Hintergrund dieses verblüffenden Menschen, den sie hier vor Augen hatte? Buchstäblich vor Augen – wie ein Zauberglas. Unmöglich zu erraten. Kindersinn hat seine eigenen Wege, seine für alle anderen unzugängliche Wahrheit, seine ureigene Wirklichkeit. Wie ein hungriger Wolf überfiel mich die Sehnsucht nach der Zeit, da ich selber noch Kind war und so dasaß – und machte sich daran, mich zu zerreißen. Das verlorene Paradies – ist es etwas anderes als die Kindheit? Die Kindheit, da Schuld und Unschuld nur ein Märchen sind wie alles andere? Übrigens ist der Mensch in allen Lebensaltern ein merkwürdiges Geschöpf. Da saß die junge Blonde, unsere Regenwettermaid, und richtete ihre ruhigen Augen, ihre sehr ernsten Augen gerade auf Frau Torgerd, ohne die geringste Spur von Scheu und ohne zu zucken. Wie war das zu erklären? Begriff sie nichts – oder alles? Die anderen Auferstandenen blickten unleugbar unsicherer, menschlicher drein. Wie eigentümlich berührten mich diese Augensterne, diese vielen Zwillingspaare, die alle in ihrer eigenen Weltensphäre, ihrer Wissens- und Gefühlssphäre kreisten – im äußeren Eindruck ungeheuer ähnlich, in Schicksal und Inhalt unendlich anders als Frau Torgerd – waren sie ihr trotz desselben räumlichen Abstands doch so verschieden nahe.

Zwischen und hinter diesen meinen Betrachtungen erfaßte ich doch das meiste von Frau Torgerds Erzählungen, kann aber hier kaum mehr als in knappen Zügen berichten. Als der Vater starb und die Mutter krank und bettlägerig zurückblieb, stand sie, ein zehnjähriges Ding, vor der Wahl, untätig und mutlos zuzusehen, wie der Verfall auf dem Hof einzog, oder sich zusammenzuraffen und sich zu Hofbauer und Hausmutter zugleich aufzuwerfen – zu einem Bauern mit harter Faust und einer Hausfrau mit scharfer Hand. »Ich kriegte das widerspenstige, ungehorsame Gesinde bei den Ohren, obwohl ich mich an ihnen festkrallen und hinaufklettern mußte, um so hoch zu reichen. Ach, und das war meine geringste Kunst. Es war leider notwendig, vor allem zu Anfang. Auch das beste Gesinde kann es nicht vertragen, wenn man die Zügel locker läßt; das ist einmal meine Erfahrung. Die Zucht läuft aus wie Lake aus einer undichten Tonne. Eine kranke Mutter und ein toter Vater können einen Hof nicht zusammenhalten, dazu gehören andere Arme.« Frau Torgerd dachte nicht ungern daran, wie sie ihre Meute hochfahrender Knechte und maulender Mägde gelehrt hatte, sich der Zucht ihrer winzigen Mädchenhand zu fügen, das war deutlich zu spüren. »Und lernen mußten sie es. Sonst: Das Bündel geschnürt und marsch vom Hof! Es nützte ihnen wenig, daß sie zu Mutter gingen und weinten und bettelten. Wenn ich über ihrem Gejammer weich werden wollte, lief ich hinter dem Hof umher und versteckte mich in einem der Wirtschaftsgebäude und heulte es mir in der Einsamkeit von der Seele, brüllte es aus mir heraus. Aber ich gab nicht nach; ich war unbarmherzig und mußte es sein. Vielleicht war es auch grausam von mir, aber Mißachtung dulden heißt Mißachtung verdienen. Vielleicht war es hartherzig, aber – ehrlich gesagt – ich habe niemals viel übrig gehabt für andere Herzen als die harten. Und außerdem: ein Hof ist ein Hof und mehr wert als ein Mensch. In einem Hof hat eine Sippe ihre Wurzeln; aber niemand kann davon leben, mit den Schlappschwänzen zu heulen, denen nichts weiter fehlt als ein fester Wille.«

Frau Torgerd war sehr ausführlich in ihrem Bekenntnis vor dem Jüngsten Gericht, und sogar jetzt noch, so viel später, lockt es mich fast, ihr selbstbewußtes, hausmütterliches Sündenregister Wort für Wort niederzuschreiben. Das gäbe jedoch ein Buch für sich, und falls es auch geschrieben zu werden verdiente, so hätte ich jetzt oder später schwerlich Gelegenheit dazu, wenn nicht alle meine Ahnungen trügen. Prachtvoll sah sie aus, wie sie da stand und erzählte, eine handfeste Person in der Kraft ihrer Jahre. Ihr starkes, dunkelblondes Haar war noch so lebendig, daß es, allmählich trocknend, die dicken Zöpfe zu sprengen drohte, die sie nach dem Bad in Eile zusammengedreht und durch einen Knoten am Ende befestigt hatte. In ihrer Stimme war ein Gemisch von Knurren und Gurren, das an ein sprechendes Seetier denken ließ, an ein Meerroß mit Salz auf den Stimmbändern. Ich verfiel hierauf, als sie sagte: »Schwimmen oder Untergehen, ein anderes Gesetz gibt es im Wasser nicht!« Daß sie nicht nur Tochter und Bäuerin auf dem Hof gewesen war, sondern der Hof selber, das ging aus jeder Kleinigkeit ihres Berichts hervor; übrigens sagte sie selbst: »Alles hier war ja mein und war Ich« – sagte es als Erklärung oder Entschuldigung für ihre enge Verbundenheit mit ihrem öden Heideboden. »Wenn ein altes Gebäude abgerissen werden mußte, wenn gar ein Sandsturm oder Gießbach ein Stück Wiese vernichtete, war ich krank vor Kummer und Qual. Séra Sigvald sagte, das käme daher, weil ich mein Herz zu sehr an die irdischen Güter gehängt hätte – und ich glaube es gern. Aber wie konnte ich anders? Was konnte ich dafür, wenn mir in mageren Weidejahren – und die gab es in meinen Tagen zur Genüge – den ganzen Sommer das Herz weh tat? Muß man nicht lieben, was Gott einem beschert hat? Ich kann dir sagen, Herr, es war, als träfe es mich und nicht das Land. Das gebe ich gern zu. Wie hätte ich aus Herz und Sinn reißen können, womit ich so fest verwachsen war? Wie ich dir schon sagte: alles hier war mein und war Ich; war Fokstad und Ich und das Leben hier ...« Sie schwieg eine Weile und fügte dann hinzu: »Wenn es Sünde ist, für den Hof das zu empfinden, was ich empfunden habe, dann muß es Sünde sein, zu leben!« Trotz dieser Worte glaube ich nicht, daß es Frau Torgerd auch nur im Traum einfiel, wie sehr sie Fokstad gewesen war mit Mensch und Vieh, mit Feld und fliegenden Wolken; wie sehr auch die Bäche, in denen die Fische der Bergwässer sich tummelten, und der See, in dem sie unter der winterlichen Eisdecke den südlichen Sommer abwarteten; wie sehr das Land, das mit dumpfen Knall zerriß, wenn Tod und Winter es fest umkrallten, und dann wieder in Sinnenrausch und Selbstvergessenheit in die sinnlos trunkene Umarmung des Frühlings sank. Ja, wie sehr sie selbst das Muttervieh war, das Widder, Hengste und Stiere befruchteten, wenn sie ihre Herden im milden Schoß der Muttertiere vermehrten. Wie sie da stand und ihr Leben preisgab, von ihrer Qual und wehmütigen Lust berichtete, ihre Taten und ihre Torheiten bloßlegte, diese alte Fokstadherrin, da war es, als sammelten sich die Jahreszeiten in ihrem Leben zu ruhigen Atemzügen, das Herz schwoll einem in der Brust, wenn man diese letzte Ruhe hinter all diesem schmerzgetriebenen Wirbeln und lebensschaffenden Brodeln ahnte, die Endgültigkeit, den vollen festen Sinn dessen, daß die Dinge sich so und nicht anders vollendet hatten.

Wie ich so saß und ihrer tiefen, beinahe körperlichen Frauenstimme lauschte, sah ich blitzartig des Lebens einzig wirklichen Wert, seinen unschätzbaren Augenblickswert, die Zusammenfassung aller Ewigkeiten, aller hingegangenen und hingangsreifen Zeiten in der Gegenwart, wie in einem unerschöpflichen, unvergänglichen Brennpunkt. Das Jetzt, es ist so gut ein Teil von Gottes Wesen wie von dem unsrigen. Nur daß er es ganz erfüllt »von Ewigkeit zu Ewigkeit«, während uns Menschen der spröde Lebensfaden in Kürze abgespult wird vom glänzenden Rad der Zeugung auf die Spindel des Todes. Und wir doch selten genug in der kurzen Frist unseres Erdendaseins das Glück haben, unseren Gott zu suchen – und zu finden, wo er zu finden ist.

Wie seltsam, dem Schattenspiel des verrauchten Lebens um dieses einst so warmblütige und jetzt wieder zu voller Kraft aufgestandene Menschenkind zu folgen. Menschenkind. Ja – was sonst? Ehrlich gesagt, ich weiß heute noch nicht, welche Bezeichnung ich brauchen soll. Aber ist es nicht eigentlich gleichgültig? Wir können in diesem Fall sagen: dies Wesen, das dort mitten im Zimmer stand und hernach das so unwirkliche Märchen seines wirklichen Lebens erzählte ... Die Wirklichkeit – – – ist auch sie der Gegenwart unlöslich verhaftet? Fast sieht es so aus.

»Gewohnheit und Not sind zwei gute Zuchtmeister; aber so stark ich in allen äußeren Dingen war, Geduld hatte ich nicht.« Mit diesen Worten leitete Frau Torgerd den Bericht von ihrem »Fehltritt« ein – sie nannte es so im Gegensatz zu ihren »Sünden«. Und dieser Fehltritt war, daß sie sich zu früh verheiratet hatte oder jedenfalls, ehe daß sie »den Rechten vor Gott und den Menschen« getroffen hatte. »Mir fehlte es sonst wahrhaftig nicht an Ausdauer, am wenigsten in der Sünde; wohl aber an Selbstbeherrschung.« Sie holte tief Atem. »Mein Torfinn ... Ja, ich kann nur Gutes von ihm sagen. Aber ... schließlich war ich es ja gewesen, die sich in ihn vergafft hatte, das will ich nicht leugnen, obwohl auch er gern bereit war und mehr Verstand hätte haben sollen – ach, nur allzugern war er bereit, und wer wäre es schließlich nicht gewesen? Aber ...« Ganz hatte Frau Torgerd diesem Mann offenbar immer noch nicht vergeben, den sie, die Stärkere, ins Unglück gebracht hatte. Doch sie gestattete ihrem Verdruß keinen Augenblick die Herrschaft über ihre Zunge, und man spürte ihn mehr in der Wortwahl – so, wenn sie erzählte, er sei schließlich vom Hof »davongelaufen« und als »Versemacher für Gott und alle Welt« geendet – und in dem, was sie verschwieg. Der eigene Ton, der trotz aller Durchschnittlichkeit fast immer über Menschenschicksal und Menschenweh bleibt, klang am deutlichsten aus Torgerds Schilderung ihres Kirchgangs. Sie hatte, wie so mancher vor und nach ihr, die Götter durcheinander gebracht, eine Zeit lang Christus und Eros verwechselt, vor dem selbst die gewaltige Frau auf Fokstad klein wurde, eine Bettlerin an des Reichen Tisch, wenn auch sein Reichtum mehr Blendwerk war, gesprungenes Kristall, gebrochene Blumen. Eine Weile war ihr, unbewußt, das Leben ein schmachvolles Sammeln von Brosamen gewesen. Von Fokstad zur Pfarrkirche im Tal sind es bei gutem Weg und Wetter vier Stunden scharfer Ritt, zu Fuß braucht man eher sieben oder sechs. Ehe Séra Sigvald als Geistlicher in die Gegend kam, war Frau Torgerd keine allzu eifrige Kirchgängerin gewesen. Doch war darin bereits seit dem ersten Mal, wo sie ihn gehört hatte, eine plötzliche Änderung eingetreten. »Wie er die Messe singen konnte!« ... Sie lächelte noch bei der Erinnerung. Ein blasses Lächeln, denn alles lag jetzt so weit zurück, sonderbar und unverständlich. Und außerdem: Sünde war aus jenen Sangesfreuden geflossen. Während sie von ihrem Verhältnis sprach, machte sich Séra Sigvald besonders eifrig mit dem

Kopflosen zu schaffen, mit Schamröte auf dem würdigen Angesicht, aber verdächtig glänzenden Augen. Ganz sicher war ich nicht, ob er nicht darauf verfallen würde, uns eine Probe seiner Gesangskunst zu geben. Glücklicherweise machte Torgerd keine langen Pausen: bald war es dahin gekommen, daß sie jeden Feiertag, ja, Halbfeiertag, zur Kirche ritt, außer wenn Séra Sigvald nach Fokstad kam und in der Kapelle »sang«. »Vergib mir meine Sünde, Herr, aber es war eine selige Zeit. So gute, gesegnete Tage habe ich armes Weib seitdem nicht mehr gekostet. Nein, nie wieder ... Wie wünschte ich damals aus Herzensgrund, es möchte immer währen. So müsse man es im Paradies haben, stellte ich mir vor. Zunächst war ich mir keiner Sünde bewußt. Ich ließ mir sonst nicht so leicht etwas vormachen, weder von mir selbst noch von anderen, aber ich versichere dir: wenn ich dort in der Kirche war und Séra Sigvald die Messe sang, war in meinem Herzen Feiertag, reiner Feiertag. Nur dann war ich eins mit mir selber und doch losgelöst und fühlte mich Gott nahe.« Frau Torgerd trocknete sich die Augen, wischte kurz darüber hin. Dann fuhr sie ruhig fort: »Alle anderen hatten es längst gesehen, wie es um mich stand, ehe ich Verblendete es selbst zu ahnen begann. An jenem Sonntag, als mein Reitknecht zu mir kam, er könne die Pferde nicht finden – mein Torfinn hatte sie nachts auf einem entfernten Stall eingesperrt, wie ich später erfuhr –, zog gleichsam eine Wolke vor die Sonne; anders kann ich es nicht beschreiben, wie der Glanz, der bisher über diesen Feiertagen gelegen hatte, auf einmal schwand. An jenem Sonntag ging ich auf meinen eigenen Füßen zur Kirche – – und allein … Als ich nachts nach Hause kam – Séra Sigvald hatte mir ein Pferd geliehen und mich begleitet – war die Haustür verschlossen. Da wurde es Nacht und Finsternis in mir; ich hatte noch nie auf meinem eigenen Hof angeklopft. Ich suchte einen Spaten, schlug wie ein Räuber und Verbrecher ein Loch in das Grasdach des Schlafzimmers, riß meinem Mann das Bettzeug unterm Leib fort – er wagte hierbei so wenig zu mucken wie andere –, warf sie zu dem Loch hinaus und befahl ihm, hinterher zu kriechen. ›Du kannst auf dem Dachboden schlafen, du Aas‹, sagte ich zu ihm. Das tat er auch, und dort schlief er seitdem. Ach, ich war wild und von Sinnen, Herr; so etwas hätte ich mir nie zugetraut, ehe es geschehen war.« Was Torgerd weiter erzählte – es mag ihr Geheimnis bleiben. Wenn es jedoch einen Einklang von Mensch und Erde gibt, wenn auf unserem Stern die sehnsuchtsvollen Bogenstriche der Begierde und Leidenschaft den leisesten Widerhall im schluchzenden Menschenherzen finden, so ist Torgerds Ritt zur Kirche unvergänglich in diese schmalen, gewundenen Hochlandpfade eingeprägt; und ein jeder, den es drängt, mag herkommen und der wehmütigen Weise lauschen vom Schicksal dessen, der es wagt, seine eigenen Wege zu gehen.

Als alles berichtet war, hatte Frau Torgerd nur noch den Wunsch, zu verhindern, daß Séra Sigvald mehr von ihrer gemeinsamen Sünde aufgebürdet werde, als recht war. »Besondere Schuld an unserem lasterhaften Lebenswandel hat er nie gehabt, soweit ich es beurteilen kann«, sagte sie. »Anfangs machte er sich wohl etwas aus mir, und das sollte man ihm zugute halten … Dann …, aber das mag er selber verantworten. Ganz so klein, wie es vorhin den Anschein haben konnte, ist er denn wohl doch nicht, das glaube ich nicht. Mut hat er, der Kerl, wenn er ihn auch selten zur Hand hat und sich erst danach umsehen muß. Urteile nicht zu hart über ihn, Herr, das wäre unrecht.« Sie dachte nach: »Ich kann übrigens nicht begreifen, wieso er hier begraben ist?« Sie erklärte mir nun, weshalb sie als einzige ihrer Familie hier gelegen habe; es galt nie für ganz schicklich, sich hier oben im Hochland begraben zu lassen. Hier leben, das konnte man zur Not, und wenn man dazu geboren war; aber begraben liegen, das wäre auf die Dauer zu einsam. »Das sind natürlich nicht meine eigenen Worte, das weißt und verstehst du doch wohl«, lächelte sie; »ich habe mir nie etwas anderes vorstellen können, als hier auf Fokstad zu leben und zu sterben. Aber die Leute, und selbst die aus dem Säulental, mochten hier nicht gern Anker werfen; ja, manche hielten es gar für zweifelhaft, ob die Posaunen des Jüngsten Gerichts einen so abgelegenen Kirchhof erreichen würden. Dann könnte man wenigstens ruhig weiter schlafen, dachte ich. Na, jetzt hat es sich gezeigt, daß diese Furcht unbegründet war. Nein, ich schlief so manchen guten Schlaf hier in meinen eigenen vier Wänden, während ich fern von Fokstad keine einzige ruhige Nacht zugebracht habe und mir nicht einmal im Tod die Kraft und Fähigkeit zutraute, still bei der Kirche zu liegen, wie es sich für einen Abgeschiedenen ziemt. Hier oben würde sich selbst die letzte und längste Nacht milde auf meine müde und von mancher Sünde bedrückte Brust senken; das wußte ich, und das hat sie denn auch getan. Gottlob! Wie ein Stein habe ich geschlafen, Herr, wie ein Stein tief in der Erde, der weder dem Tag entgegenlacht noch dem Abend entgegenweint. Und jetzt ist sie also zu Ende, die gesegnete Nacht, und ein neuer Tag ist angebrochen, wie es scheint, mit neuen Herausforderungen. Man soll sie nicht mit Klagen und Zagen angehen.« Frau Torgerd seufzte. Das Erwachen entsprach schwerlich in allem ihren Erwartungen, was begreiflich war. Sie streckte wie in Gedanken die Arme aus, erst einen, dann den anderen, und betrachtete sie genau – nein, Flügel waren es nicht.

Dann schüttelte sie diese Selbstachtung und das fruchtlose Nachdenken ab. »Die arme Gudrid haben wir hier eingebuddelt, weil sie uns mitten in der Heuernte starb und wir uns auch aus anderen Gründen – ob nun ein Pferd lahmte oder was es sonst war – nicht die Mühe machen konnten, sie just in dieser Jahreszeit den langen Weg zur Kirche zu verfrachten. Wir hatten auch gerade den Priester zu Besuch …« – »Das sieht dir ähnlich, Torgerd, du Schandweib«, heulte Gudrid plötzlich los. »Das sieht dir ähnlich bei all deinem sündigen Leben! Hörst du es, Herr, hast du es richtig verstanden? Sie hat nicht nur ihren Buhlen holen lassen und an meinem unschuldigen Grab Unzucht getrieben, sie hat meiner armen Seele nicht einmal gegönnt, unter anständigen Leuten zu liegen. Ist es die Möglichkeit? Mich hier in diesem Winkel zwischen Hunden und Pferden und, was weiß ich, für

Geschöpfen und Ungeheuern zu verscharren?« – »So hast du nicht geredet, als wir beide noch lebten, beste Gudda, weder von mir noch zu mir«, sagte Frau Torgerd ruhig und maß sie mit ein wenig verwunderten, doch nicht ganz unfreundlichen Blicken. »Das habe ich wohl bleiben lassen«, heulte Gudda. »Wer wagte es denn hier auf Fokstad, seine Meinung zu sagen? Wer, außer natürlich der Madame selbst! Und wie hätte ich damals auch ahnen können, daß du so schlecht warst, daß nicht einmal mein Tod und mein Grab dir heilig waren? So etwas kann doch nicht vergeben werden, Herr – nicht wahr? ... Und daß du dich nicht schämst, das alles so frech und geradeheraus zu erzählen? Selbst mir steigt um deinetwillen die Schamröte ins Gesicht, mir, die ich nie einen Mann gekannt habe!« – »Das war allerdings nicht deine Schuld, meine alte Gudda«, versuchte Torgerd sie zu beschwichtigen. »Hätte ich geahnt, daß du so hinter einem Mann her warst, hätte ich dir schon einen verschafft.« Diese nachsichtigen Trostworte erhitzten indessen Gudrid nur noch mehr. »Ich spucke dich an!« schrie sie – und tat es. »Jede ehrbare Frau muß dich anspucken! Jetzt weißt du es. Hörst du, Herr, wie sie mich sogar hier im Paradies zu Fall und Verderben locken will?« Plötzlich verließen sie die Kräfte; sie sank in ihre Schals und ihr Weinen zusammen. Torgerd blickte nachsichtig über sie hin und fuhr in ihren Überlegungen fort: »Die anderen, die hier aus dem Grab gestiegen sind, die kenne ich nicht und weiß über sie nicht Bescheid.« Sie wog mit der unfehlbaren Waagschale ihres Blicks jeden einzelnen. »Vor meiner

Zeit lagen hier nur wenige, ich glaube zwei. Und Gudda.« Frau Torgerd hielt wieder inne und sah das Haupt fest an. »Der da ist jedenfalls außerhalb des Kirchhofs aus der Erde gekommen, das wage ich bestimmt zu behaupten, obwohl von der Kirchhofsmauer kein Stein mehr auf dem andern steht. Wie wir gehört haben, kann er seine Zunge noch gebrauchen. So mag er selber sagen, wer er ist. Wer konnte ahnen, daß sein Kopf hier im Hochland in die Erde gekommen ist. Nein, soweit wir auf Fokstad wissen, gab es bei unserer Kapelle nur zwei alte Gräber.«

Ermutigte wohl die stumme Unbeweglichkeit, mit der ich, gelähmt und aus allen Fugen, hinter der schwachen Schranke meines Schreibtisches saß, Frau Torgerd ihr Wirkungsfeld unwillkürlich auszudehnen und von Bekenntnis und Bericht jetzt auch auf Untersuchung und Ordnung des Gerichtsverlaufs überzugreifen? Oder war es nur Ordnungssinn und weibliche Neugier? Ich weiß es nicht, und es kommt auch nicht darauf an. Hauptsache, daß ihr Eifer mir auf seine Art sehr zustatten kam. »Es müßten ein Mann und eine Frau sein«, fuhr sie fort und musterte ihre Miterstandenen mit festem, fürsorgegewohnten Blick. »Der Mann kann kaum ein anderer sein als der da mit dem Halsrumpf, der seinen Kopf verloren hat; Gott weiß, wo er geblieben ist – – gräßlich sieht er aus.« Das Zucken eines schmerzhaft eisigen Schauers durchfuhr wie ein Sturmstoß diesen lebenden, bebenden Berg von wachem, weiblichen Fleisch. Wie um ihn abzuschütteln und zugleich ihrer Sache ganz sicher zu werden, wandte sie sich mit einer verblüffend leichten Drehung an den schwergliedrigen Jüngling und fragte: »Du hast doch sicherlich erst nach meiner Zeit auf Erden gelebt?« Der Jüngling sprang auf und stellte sich gerade hin, was mich verwunderte. Ich war gar nicht darauf verfallen, daß er von guter Familie oder auch nur einigermaßen wohlerzogen sein könne. »Da du hier aus dem Grabe erstanden bist, wirst du wohl von Torgerd auf Fokstad haben reden hören?« half sie ihm nach, denn er stand puterrot bis unter die Haarwurzeln und stotterte etwas hervor. »Ja!« – und in seine zerfahrene Haltung kam ein stolzer Zug, der eine gewisse Kindlichkeit und Anmut in ihm verriet. »Ja ... Ich ... Torfinn heiße ich ... Torfinnsson ...« Frau Torgerd zog die Brauen zusammen, sagte aber nichts, sondern betrachtete ihn nur. »Torgerd auf Fokstad war meine Urgroßmutter«, brachte er endlich über die Lippen, worauf er scheu und befangen die Hand ausstreckte. Doch dann hielt er inne, trat entschlossen näher, legte Frau Torgerd beide Hände ehrerbietig auf die Schultern und küßte sie auf die Wangen, die sie ein wenig kühl darbot. Worauf er, wenn auch mit unverhohlener Zurückhaltung, wiedergeküßt wurde. Plötzlich aber strich ihm Torgerd über die gelbe Mähne und sagte: »Die dritte Generation und mit Sünden belastet. Und keine davon ganz deine eigene.« Bei diesen letzten Worten warf sie mir einen Blick zu, den ich sehr wohl verstand. Der junge Mann war noch röter geworden, ein Paar schwere Lider senkten sich über die flackernden Augen.

Inzwischen war die ganze Schar bis auf den Kopflosen auf die Beine gekommen. Als sie sahen, wie der Jüngling

Frau Torgerd auf gut altisländische Weise begrüßte, war es ihnen aufgegangen, wie linkisch sie sich bisher benommen hatten, noch dazu hier im Himmel. Jetzt gerieten sie in Bewegung. Einer nach dem andern trat auf die stattliche Frau zu, ergriff sie bei der Hand, küßte sie und wurde wiedergeküßt; und danach drückten sie sich alle untereinander die Hände und wechselten Küsse. Mit dem Rumpf wußten sie nichts Rechtes anzufangen, auch nicht mit dem Haupt auf meiner Schreibtischecke; so außerordentliche Fälle waren in dem überkommenen Zeremoniell nicht vorgesehen. Tote küßt man – und Lebende – aber diese hier? Bei mir waren sie ebenfalls unsicher. Vorläufig begnügten sie sich damit, nach mir zu schielen, während sie sich mit auffälliger Umständlichkeit daran machten, meine kleine Freundin abzuküssen und auszufragen; aber sie wurde so verlegen, daß sie kein Wort hervorbrachte. Wäre ich jetzt aufgestanden, dann hätten sie auch mich mit Bruderkuß und bewegtem Händedruck begrüßt, daran zweifle ich nicht. Als Anzeichen, um nicht zu sagen Vorübung, deutete ich ein Murmeln vom »gesegneten Hausherren« und »lieben Himmelsvater«, der sie so edel und unverdient in »Licht und Herrlichkeit aller Art« aufnahm, ein Murmeln, das ganz darauf berechnet war, mein Ohr zu erreichen. Ach, schon dieses Murmeln genügte, um mir die Kraft zum Aufstehen zu rauben. Denn mir war, ehrlich gestanden, schon übel genug zumute, und selten habe ich mich so innerlich verlassen gefühlt. Warum nicht meinen braven Toten die Hände auf die Schultern legen und ihnen kräftig auf den Rücken klopfen? Warum nicht einen gemütlichen Abend veranstalten und sehen, was sich daraus machen ließ? Nun, den gemütlichen Abend machten sie sich selbst; darauf kommen wir noch. Aber was diesen Auftritt mit Küssen und Klopfen und anderer irdischer und menschlicher Freundlichkeit und Artigkeit betrifft, so kam er mir derart überraschend, daß ich nur sitzen blieb und zusah.

Hinreißend und herzerquickend war es zu beobachten, wie meine auferstandenen Hochlandleute sich hier zu Hause fühlten, und ich gewann fast Gefallen an dem Jüngling, als er das junge Mädchen bei der Hand nahm und es freudestrahlend zu seiner Urgroßmutter hinzog: »Das ist Una. Du weißt doch, Una, meine Pflegeschwester ...« Eine Zeit lang redeten sie durcheinander, die ganze Schar, nannten einander ihre Namen, fragten, scherzten und begleiteten ihre Scherze mit gemütlichen Ellenbogenstößen; sicherlich wäre das ganze Jüngste Gericht in gemütlicher, heimeliger Unterhaltung untergegangen, wenn nicht Frau Torgerd gewesen wäre – und gewußt hätte, was sich gehörte. Aber sie war da, die alte Fokstadherrin, und nicht ein Quentchen ihrer alten angeborenen Sicherheit hatte sie im Grab zurückgelassen. Eine kleine Änderung in der Schulterhaltung, eine Drehung des Kopfes, ein Blick ihrer festen Augen: mehr bedurfte es nicht. Fromm, wenn auch eine Spur betreten und träge schlenderten sie wieder zu ihren Plätzen und warteten, was nun weiter mit ihnen geschehen sollte – mit meinen noch nicht aufgerufenen »Seligen«.

Frau Torgerd war mit ihrem jungen Nachkommen

noch nicht fertig. Mit einem schweren Seufzer bemerkte sie: »Aus Binsen spinnt man keinen Flachs fürs Leinen«, und fügte hinzu, er sei doch wohl als Letzter seines Geschlechts gestorben. »Ja – – denn ich …« Aber die Worte blieben ihm im Halse stecken. »Torfinn – soso«, sagte sie. »Glück hat der Name selten gebracht – in dieser Familie. Aber sie haben ihn getragen, Mann auf Mann durch lange Zeiten, und wir haben ihn weitergeschleppt wie ein Bettler ein verstümmeltes Glied.« Plötzlich wandte sie sich an den vierzigjährigen klotzigen Kerl, der für sich saß und kaute. »Du hast sicherlich auch nach meiner Zeit gelebt?« Der Mann schwieg eine Weile und kaute. »Frag mich, was ich weiß und begreife«, antwortete er endlich. »Dann werde ich dir vielleicht Rede stehen, wenn du auch weder mein Dienstherr noch meine Bäuerin bist.« Frau Torgerd war mit Unliebenswürdigkeit, Grobheit und anderen Dienstbotenmucken nicht beizukommen; sie lachte nur. »Du glaubst wohl, mein Lieber, du kannst mir erzählen, du lägest hier auf Fokstad begraben und wüßtest nicht, ob du vor oder nach Torgerd auf Fokstad gelebt hast?« – »Ich heiße Gisli, wenn du es unbedingt wissen willst«, erwiderte der Kauende langsam; »was habe ich mit dem Weibsbild zu schaffen? Verschon mich damit!« – »Wer saß zu deiner Zeit auf Fokstad, werter Gisli?« – »Jon und Gudrun, wer sonst?«

Torgerd wandte sich wieder mir zu, und erst jetzt bemerkte ich, wie tief braunblau ihre Augen waren, wie die Sandberge hier oben im Hochland und von der gleichen Art: rauher Boden, Nahrung nur für wenige Wurzeln und von noch unzerriebenen Steinen durchsetzt. »Er muß einer der Gislis sein, die vom Vater auf den Sohn hier auf den Hochlandhöfen Schafhirten waren – seit Urzeiten, sagt man. Alles sehr ehrliche, anständige Kerle, treu wie Gold, aber nicht sehr begabt, außer für Schafe. Schafe! – Von denen verstanden sie, was man nur verstehen kann, nicht wahr, Gisli?« – »Ist heute abend schon gefüttert?« fragte Gisli mürrisch und wachte aus seinem Dahindämmern auf, ja, hielt sogar einen Augenblick die Kauwerkzeuge still. »Seit ich hier bin, ist niemand draußen gewesen, nach den Schafen zu sehn. Na, mich geht's nichts an!« Frau Torgerd überhörte diese unpassende Unterbrechung. »Von den Gislis lag vor meiner Zeit keiner hier begraben«, fuhr sie fort. »Man schätzte sie zu hoch, um sie in irgendeiner Weise zu verletzen, ob lebend oder tot; sie hatten eine Ecke im Gemeindekirchhof für sich – wie kommt es, lieber Gisli, daß du nicht bei den Deinen begraben bist?« – »Frage Jon auf Fokstad danach! Ich weiß nur, daß die halbe Schafherde vor mir im Wasser trieb und ertrank und daß ich den Rest fast nicht nach Haus gebracht hätte und daß ich im Futtergang saß und weinte. Mehr weiß ich nicht, bis ich hier aufwachte, und finde, daß vom alten Hof kein Stein mehr auf dem andern ist und kein ehrlicher Huf zu sehen.« Frau Torgerd überhörte auch diese Bemerkung und stellte ruhig fest, daß also das alte Männergrab dem Rumpf gehören müsse – »ja, wie soll man so einen sonst nennen! Und die Frau, vermute ich fast – heißt du nicht Arntrude?« – »Arntrude – gewiß«, antwortete sie sanft, und ein fernes Lächeln flatterte flüchtig über ihr mageres Gesicht, wie wenn ein windgejagter Sonnenfleck an einem dunklen, windigen Herbsttag heimatlos vorbeizieht. Frau Torgerd sah mir vielsagend ins Auge, als wüßten wir über Arntrude jetzt Bescheid. Aber ach, ich war ebenso klug wie zuvor und wußte gar nichts über diese Arntrude. Übrigens gestehe ich, ohne mich zu schämen, es war mir ziemlich einerlei, in welcher Reihenfolge meine Gäste einst in die Erde gesenkt worden waren. Eine solche Feststellung kann ihre geschichtliche und vielleicht auch menschliche Bedeutung haben, dafür war ich nicht blind; aber in diesem Sonderfall war mein chronologisches Interesse mindestens so sehr vorwärts wie rückwärts gerichtet. Was stand uns allen bevor? Welche unmittelbaren Folgen würde diese unvorschriftsmäßige Auferstehung auf Fokstad haben? Saß ich hier etwa inmitten einer Sammlung neuer, unseliger Unsterblicher, neuer Nornageste? Wie sollte ich es verhindern, daß diese armen Wesen, denen ich ein besseres Schicksal gönnte, als eine Schar Verdammter endeten, die heimatlos von Geschlecht zu Geschlecht weiterwanderten, mitten im verfänglichen, aber zum Glück auch vergänglichen Jammer und den Irrungen des Erdenlebens? Um derartige Fragen kreisten meine Gedanken wie aufgescheuchte Vögel, während ich das nicht gerade vergnügliche »Jüngste Gericht«, das Frau Torgerd auf die Beine gebracht hatte, über mich ergehen ließ.

»Von mir ist nichts mehr zu berichten, als daß ich starb, wie ich gelebt habe: in meinen Sünden«, nahm sie, mit der unfehlbaren Hand der geübten Weberin, den abgerissenen Faden wieder auf. »Ich muß es sagen, wie es ist: so starb ich. Ich war wohl nicht bei Sinnen. Ich hatte Séra Sigvald holen lassen, nicht so sehr als Arzt, obwohl er darin eine glückliche Hand hatte, sondern in seiner Eigenschaft als Priester. Ob er mir armen Sünderin Fleisch und Blut unseres Herrn mit auf den Weg geben wolle – danach gedachte ich ihn zu fragen. Aber statt dessen ... Noch einmal vergaß ich mein zeitliches und ewiges Heil bei seinem Anblick, ich altes Weib ... Ja, ist es nicht schamlos ... Bis zu dem Augenblick, da ich Séra Sigvald sah, wußte ich, daß mein letztes Stündlein geschlagen hatte, wußte es ganz genau. Aber als er hereinkam mit den vom Ritt in der Kälte geröteten Wangen und sich über mich beugte ... Ja, Herr, ich starb doch, wie du weißt, in seinen Armen!«

Frau Torgerd schwieg – schwieg und erwartete nun, nachdem alles gesagt war, ihr Urteil. Da wurde ich an diesem Abend nochmals so ratlos, daß ich nicht aus noch ein wußte. Der Wind draußen, der erwacht war und um die Hausecken brauste, trug mir ferne Worte voller Einfalt und Kraft zu: »Weib, deine Sünden sind dir vergeben! Geh ein zu ewiger Seligkeit zur Rechten des Vaters!«

Ob diese Worte ertönt sind, und wenn – ob sie von mir oder einem anderen gesprochen wurden, ob sie sich unbewußt auf meinen Lippen formten: ich weiß es nicht. Als Worte in meinem Munde darf man sie natürlich nur als Ausdruck meiner bodenlosen Ratlosigkeit, als eine Art von Verzweiflungsausbruch auffassen. Sie dürften übrigens wirklich ausgesprochen worden sein, denn plötzlich sank Frau Torgerd auf die Knie, barg das Gesicht in den Händen und weinte, weinte die milden Tränen des Dankes.

Es war sehr rührend und erbaulich, hiervon Zeuge zu sein, und meine übrigen Auferstandenen müssen sich wie in der Kirche gefühlt haben. Denn mit Ausnahme des Rumpfes und des Hauptes legten sie die Hände vors Gesicht und saßen eine Zeit lang wie in Andacht versunken. Inzwischen hielt das bronzebraune, gemeißelte Haupt auf der Tischecke seinen Blick, der unergründlich war wie ein See bei Windstille, unverwandt auf mich gerichtet. Was ging in diesem furchtlosen und offenbar allen Schicksalen überlegenen Haupt vor? So bitter und peinlich die Stunde auch für mich war: dieser feste, wägende Blick war mir jedenfalls eine gewisse Erquickung.

Der Gebetsfrieden im Zimmer wurde durch ein paar keineswegs besonders auffällige, noch weniger beunruhigende und doch höchst verblüffende Laute des Rumpfes unterbrochen. Schlaflaute! ... Einen Augenblick saßen wir alle wie angewurzelt – schlafen die Seligen? ... Unser kopfloser Männerrumpf lag jedenfalls rücklings im Stuhl, und aus seinem – wenn man sich an den Anblick einmal gewöhnt hatte – so zuverlässigen Halsrumpf drangen gemächliche Töne, wie sie nur der Schlaf kennt. Und da waren unleugbar noch andre, die sich die Hand vor den Mund hielten und einen starren Blick bekamen, nachdem sie ihm eine Zeit lang zugesehen hatten. Ich will es nicht verschweigen, wenn ich auch tat, als merke ich es nicht. Doch da erhob sich Séra Sigvald, vermutlich auf einen geheimen Wink von Frau Torgerd, stellte sich fest und ruhig vor dem Richtertisch auf und sprach mit der sicheren, geübten Stimme des Geistlichen: »Herr, ich in dir ein schlechter Diener gewesen!«

Ich meinerseits muß wohl ein schlechter Richter sein, denn allein schon diese Worte und die Art, wie sie gesagt wurden, schienen mir Séra Sigvald im voraus freizusprechen. Ja, sie ließen die Möglichkeit offen, es möchte mit seinem Dienst nicht ganz so schlimm gestanden haben, wie er selber annahm. Unser Schwarzrock erwies sich als ein kaum zu überbietender Bekenner, als er erst einmal im Gang war. Mit der eigentümlichen Erhabenheit des Sünders ging er geraden Weges, mit dem ihm nun einmal gegebenen Maß an Wahrhaftigkeit, sein Leben und die bunte, barocke Vielheit seiner Mißlichkeiten durch. Da er noch – oder vielmehr wieder – auf Erden, einem Ort der Qual und des Bösen, wandelt, wo man es darauf anlegt, die Schwachen zu verfolgen, und da ich immer noch nicht sicher bin, wie es mit meinen Mündeln ausgehen wird, so will ich seinen Bericht hier nicht niederschreiben. Es war keineswegs uninteressant, einen Einblick in alles zu bekommen, was sich in Jahr und Tag an Plagen und Bürden auf ein Pfarrersseele häuft, und doch langweilte es mich, Séra Sigvald zuzuhören. Er merkte es nicht, wohl aber Frau Torgerd, die jetzt bei dem schlafenden Rumpf die Wache übernommen hatte und für ihren alten Freund ganz unruhig wurde. Séra Sigvald bemerkte auch dies nicht; er gab sich seinem Bekenntnis schrankenlos hin. Verblüffend war es, wie unsicher er in der Beurteilung seiner eigenen Taten war, obschon er doch als Geistlicher einige dialektische Schulung hatte. Oder verirrte er sich jetzt nach einem langen Leben als Geistlicher im tückischen Nebel der Worte? Gewiß ist, daß er immer wieder kleine, allerdings of recht peinliche Versehen mit Sünden verwechselte, oder umgekehrt. Überhaupt schien er als sittlichen Maßstab außer der in seinen Händen of etwas verbogenen Elle der Zehn Gebote nur die recht zweifelhafte Waage eines zufälligen Gewissens zu kennen. Seine in meinen Augen einzige Sünde wider den Geist war, daß er bei sich selbst niemals auf den Grund gegangen war, ja, trotz seiner Beziehungen zu Frau Torgerd niemals ehrlich Farbe bekannt hatte, – diese Sünde schien er nicht zu kennen, nicht einmal zu ahnen. Und doch hatte er sich den größten Teil seines Lebens damit herumgeschleppt und stand jetzt vor mir, gebeugt von ihrer drückenden Last. Immerhin, so betrachtete ich die Angelegenheit, der alte Priester hatte sie offenbar geduldig weiter getragen und nicht abgeworfen, obwohl er sie weder kannte noch bekannte, und dadurch seine Sünde gerettet – und seine Seligkeit. Trotz aller Jämmerlichkeit war er dadurch dem unabwendbaren Schicksal der Lauen entgangen.

Was sein Ende betrifft, so entnahm ich aus seinem Bericht, daß er nicht nur inwendig durch Frau Torgerds unbändiges Feuer zu Schlacke gebrannt und geschmolzen worden war, sondern daß er in der Umarmung des Todes, von der sie soeben berichtet hatte, auch körperlich einer schnellen und heftigen Ansteckung unterlegen war. »Zuerst glaubte ich, es wäre die Hölle, die jetzt auch meine Glieder brannte«, bekannte er mit halber Stimme. Er war nur wenige Tage nach ihr gestorben und mußte wohl – ohne daß er bei Lebzeiten dahin gehende Anordnungen getroffen hatte – hier bei der Hochlandkapelle beerdigt worden sein; er wußte nicht, wie es sich damit verhielt. Dies schien mir eine Enttäuschung für Frau Torgerd. Sie hatte es sich wohl anders vorgestellt, im Sterben ein Aufflammen von allem, was sie ihm gegeben hatte, ein Volksliedende mit Liebe über Tod und Grab hinaus. »Aber es war kalter Winter«, fuhr Séra Sigvald unbeirrt und ganz mit sich selbst beschäftigt fort. »Ich begreife nicht, wie sie überhaupt ein Loch in den Boden bekommen haben. Als ich über die Heide geritten kam, dachte ich noch im stillen: Wir bekommen Schnee, viel Schnee! Und: Wie kommst du wieder nach Hause? Ich konnte ja nicht ahnen, daß ich zum letzten Mal auf dem Braunen saß.«

Daß Séra Sigvald nur mit Rücksicht auf Weg und Wetter hier oben begraben worden war, daran glaubte vielleicht er selber, kaum wir anderen. Ich für mein Teil war eher zu der Annahme geneigt, daß mit dem Entweichen seiner Seele aus dem fehlbaren, aber sicherlich auch sehr befehlsgewohnten Leib zugleich auch die Reste seines im Lauf der Jahre vermutlich schon stark erschütterten Ansehens aus den Herzen seiner Gemeindekinder geschwunden waren. Er war sozusagen eines doppelten Todes gestorben und daher trotz seines Standes liegen geblieben, wo er gefallen war. Und der Stein auf seinem Grab? Dieser Stein ohne Inschrift oder andere Zeichen?

War er nur auf das Grab gelegt, um ihn unten festzuhalten und die Ruhe der Lebenden zu sichern? Wie dem auch sei – einen völlig schicksalslosen Mann konnte man Séra Sigvald nicht nennen, wenn auch sein Schicksal nur wie ein flüchtiger Schatten war, ja, mit dem Frau Torgerds verglichen, der Schatten eines Schattens, nur wie das schwache Wehen leichten, flatternden Windhauchs über einer in Träumen ruhenden Heide.

Hätte ich es mit richtigen Menschen zu tun gehabt, und wäre meine ganze Lage nicht so unerträglich peinlich und unberechenbar gewesen, so hätte ich nach der ersten Langeweile am Ende an Séra Sigvalds Abrechnung mit ihrer Fülle kleiner Posten meinen Spaß haben können. Selbst in meiner jetzigen Lage konnte ich nicht umhin, mich ein wenig darüber zu amüsieren, wie sicher er des Endergebnisses trotz allem war, seiner Zulassung nämlich zur Seligkeit, nachdem sogar Torgerd hatte Vergebung erlangen können. Und ganz abgesehen davon, daß er sie für weit sündhafter hielt als sich selber: hatte der Mann nicht eigentlich recht? Wenn man den einen Menschen freigesprochen hat – ist es dann überhaupt noch möglich, einen anderen zu verdammen? Ich sah mich im Zimmer um ... Mein Fokstadparadies war jedenfalls für keinen meiner Staubgeborenen zu gut, das stand alsbald bei mir fest. Aber das ist eine Sache für sich. Und doch: läßt sich ein solcher Ort der Herrlichkeit überhaupt denken, wo auch nur eine einzige Seele aus meiner armseligen Schar unwürdig wäre, alle Gaben in vollstem Maße zu genießen? Eine solche Stätte lag außerhalb der Grenzen meiner Phantasie, so viel ist sicher. Und da mich die nicht enden wollenden Darlegungen meines Pfarrherrn allmählich zu ermüden begannen, streckte ich die Hand aus, und siehe da, auch er war damit – wenigstens rein theoretisch – zu den seligen Scharen eingegangen.

Als er gekniet, gebetet und mit etwas schlappen Knien seinen Platz wieder erreicht hatte, setzte er sich und wischte sich den Schweiß von der Stirn. Es verging eine gute Weile, ehe sich jemand rührte. Was nun? Daß ich die Namen der meisten anderen kannte, nützte mir nur wenig, denn sie geradezu aufrufen, das mochte ich auch wieder nicht. Sollte ich nicht lieber, je eher, desto besser, diese verfehlte Gerichtsszene beenden und zu Tisch bitten? Was blieb mir eigentlich anderes übrig, falls sich keiner mehr meldete? Es wäre auch sicher so gekommen, wenn nicht Frau Torgerd nochmals eingegriffen hätte. »Du, Séra Sigvald, mußt den armen Seelen auf Fokstad auf die Beine helfen und ihnen in der Stunde der Prüfung beistehen«, sagte sie, und Séra Sigvald war sofort bereit. »Sollen wir zuerst Gisli oder Gudrid vornehmen?« fragte er und richtete diese Frage ganz selbstverständlich weder an mich noch an sich, sondern an Frau Torgerd. »Gudrid?« wiederholte Torgerd und warf mir verstohlen einen Blick zu, »die alte Haut – ist das wirklich nötig? – Na, ja, wenn's sein muß, hilf ihr auf die Beine ...« Séra Sigvald machte sich an den Schals zu schaffen, bekam Gudrid unter den Armen zu fassen und half ihr auf. Bisher hatte sie still vor sich hin geweint. Was er aber jetzt in seinen geübten Priesterhänden hielt, war nichts als ein heulendes Bündel Elend. Als ich, um die Pein kurz zu machen, die Hand ausstreckte, ging der Jammer erst richtig los. Sie sank ihm aus den Armen, fiel vollständig in sich zusammen und lag weinend der Länge lang auf dem Boden. Trotzdem leistete sie Widerstand. Als er sie aufsammeln wollte, brachte sie schluchzend hervor, sie habe viel zu erzählen – ich kennte Frau Torgerd und Séra Sigvald noch gar nicht genügend … »Laß mich die ganze Geschichte erzählen, Herr. Wir andern alle waren unschuldige Lämmer gegen die beiden.« Frau Torgerd versuchte würdig, sie zu beruhigen: »Jetzt bist du im Himmel und selig und mußt dich fügen, Gudda.« Dann wandte sie sich an mich: »Ein so armes Mundwerk kennt bald nichts anderes als Schmeicheln oder Lästern. Willst du etwa bestreiten, daß Séra Sigvald auch deine körperlichen Leiden gelindert hat? Kannst du zählen, wie oft ich ihn für dich holen ließ, wenn es dir schlecht ging – oder wenn du dich so anstelltest, als ob es dir schlecht gehe?« – »Das wolltest du ja selber mehr als gern!« schluchzte Gudrid hervor. »Ganz recht, alte Gudda, aber das ist jetzt alles vergessen und vergeben.« Sie wandte sich wieder an mich: »Mit keinem Wort hat Séra Sigvald erwähnt, was für ein Meister er bei Wunden und Krankheiten war. Und das sieht ihm ähnlich. Sein Leben lang hat er viel Not des Leibes gelindert und oft genug ohne Entgelt.« – »Das hatte ich ganz vergessen«, entfuhr es Séra Sigvald etwas verdrießlich. Und auch das sah ihm sicherlich ähnlich. Frau Torgerd war jetzt ruhiger. Obwohl Séra Sigvalds Auftreten vor Gericht doch recht glücklich ausgefallen war, hatte es ihr auf der Zunge gebrannt, an seiner Rechenschaft kleine Verbesserungen anzubringen. »Gudda ist, wie sie ist,« nahm sie sich jetzt auch ihrer alten Dienerin an, »wenn man sie nur kennt und Nachsicht mit ihr hat.« Sie klopfte der Alten auf die Schulter: »Geht's jetzt besser auf der Brust, Alte? Ich glaube, du hast heute noch gar nicht gehustet?« – »Ich weiß nicht recht!« weinte Gudda besänftigt – und hustete. »Dank für die Nachfrage, Bäuerin.« Séra Sigvald beugte sich über die beiden und flüsterte ihnen zu: »Wenn Gudrid bei lebendigem Leibe nie ernstlich etwas gefehlt hat, dann kann sie hier nicht gut zu husten anfangen, wo Krankheit und Schwäche überwunden sind.« Für diese rechtzeitige Warnung war ich ihm herzlich dankbar.

»Nun, und du, Gisli?« wandte sich Séra Sigvald an den Schafhirten. »Erhebe jetzt du dich, mein Sohn, und tue, was vor deinem Richter Rechtens ist.« – »Hm«, antwortete Gisli und blieb sitzen. »Richter? dann ist es doch wohl seine Sache und nicht meine, zu tun, was Rechtens ist.« Séra Sigvald seufzte, legte ihm die Hand auf die Schulter, beugte sich zu ihm hinab und flüsterte ihm ins Ohr: »Hast du noch nicht begriffen, mein Sohn, daß hier Gericht gehalten wird?« – »Gericht – – wieso?« Séra Sigvald schüttelte ratlos sein ergrautes Haupt. »Du mußt jetzt aufstehen, Gisli, dich wie wir anderen mitten ins Zimmer stellen und deine Sünden bekennen«, sagte Frau Torgerd, und Gisli erhob sich, wenn auch langsam.

»Welche Sünden? Und das will ich sagen, jedem von euch: die paar Stunden, die ich zu Hause bin, bestimme ich selber, ob ich sitzen oder stehen will. So wurde es bei Jon und Gudrun auch gehalten … Nein, Sünden – wann hatte ich Zeit zu sündigen? … Verschont mich damit!« – »Als Christenmensch wirst du doch gesündigt haben?« mahnte ihn Séra Sigvald – »und davon wissen«, fügte er rasch hinzu. »Gesündigt? Höchstens, daß ich bei dem Unwetter zu Ostern – dem zweiten zu meiner Zeit, dem fünften zu der meines Vaters – zu spät zu den Schafen hinausgegangen bin. Das kann ich mir selbst niemals verzeihen. Was hat es also für Zweck, daß Gott es mir verzeiht? Ich erinnere mich: Als ich im Futtergang saß und weinte, wollte Jon mich trösten, es sei nicht meine Schuld gewesen, sondern die seine, weil er mich zurückgehalten hat, als ich raus wollte. Stimmt schon, aber ich hätte nie und nimmer auf ihn hören sollen, denn was versteht so ein dummer Bauer davon? Nein, aber ich – wo ich das Unwetter schon vom Morgen an in allen Knochen spürte – und noch dazu die schrecklichen Träume in der Nacht –, ich hätte nichts auf meine Faulheit und den Osterquatsch des Bauern geben sollen. Ich hätte klüger sein müssen. Ich antwortete ihm auch nur: ›Halts Maul!‹, als er mich trösten wollte, das Rindvieh. Ich wußte selber am besten, wer schuld war. Als ob es sich nicht vererbt hätte durch alle Glieder der Gislisippe: Träumt man von Dickmilch, gibts ein Donnerwetter!« – »Könntest du nicht das Kauen lassen, solange du vor deinem Richter stehst«, ermahnte ihn Séra Sigvald. »Mann, was hast du im Mund?« – »Einen Priem natürlich, wenn er auch nicht besonders schmeckt«, antwortet Gisli, ließ ihn in seine hohle Hand sehen, steckte das Ding wieder zwischen die Zähne und nahm seine Kaufreuden wieder auf. »Jetzt fällt mir ein, daß Jon auf Fokstad mir ein langes Stück zusteckte, draußen im Futtergang. Das hat sich gehalten, das muß ich sagen. Sollte es hier im Himmelreich nicht ein Stück Kautabak geben?« – »Du stehst hier nicht, um Kautabak zu erbetteln, sondern um deine Missetaten zu bekennen, Menschenskind«, ermahnte ihn Séra Sigvald erschüttert. Gisli maß ihn mit seinen Stieraugen von Kopf bis Fuß. »Missetaten? – – Ja, das war also die Geschichte mit den ertrunkenen Schafen.« Frau Torgerd sagte freundlich: »Aber Gisli, begreifst du denn nicht, daß es sich hier um deine Seele handelt, um dein inneres Leben?« – »Verschont mich mit sowas!« unterbrach Gisli sie mit rotem Kopf. »Wenn ihr mich nicht einmal eine kleine Abendstunde lang in Frieden lassen könnt, dann schickt mich lieber raus in den Schafstall! Wenns hier Pferde und Hunde gibt, wird wohl auch noch anderes Vierbeiniges herumlaufen.« Endlich hatte ich mich so weit gesammelt, daß ich Gisli mit einer Handbewegung auf seinen Platz zurückschicken konnte, zu großer Erleichterung von Frau Torgerd und Séra Sigvald.

Da Arntrude zunächst an der Reihe war, wandte sich Séra Sigvald jetzt an sie, da aber griff Frau Torgerd ein: »Die von Gott Auserwählten sind schon zu Lebzeiten seine Kinder«; und da Arntrudes Sache hiermit klipp und klar entschieden war – was doch Séra Sigvald derart unerwartet kam, daß er einen Augenblick stutzte; hieß das nicht, Gott dem Herrn vorgreifen und sich eine unbefugte

Macht anmaßen –, wandte sie sich, um die Pause auszufüllen, an das betagte Ehepaar: »Ihr beiden Alten da – was seid ihr eigentlich für welche? Wohl ein paar Füchse hier vom Hochland, ein paar Langfinger? Von Sandkot, aha ... Ja ja, tretet nur lieber vor und seht zu, ob euch nicht ein einziges Mal die Wahrheit retten kann!« – »Hm, ja – ich bin nicht schuld!« verteidigte sich der Mann, schielte unheilverkündend auf seine Ehehälfte und kratzte sich die spärlichen, verblichenen Bartzotteln. »Es war immer Fridbjörg. Die ...« – »Hast du nicht immer selber die Köpfe abgeschnitten, du Mistvieh?« fuhr Fridbjörg los. »Abgeschnitten – abgeschnitten. Natürlich, Weib. Davon habe ich nichts gesagt. Oder etwa? Niemand kann mich darin der Lüge zeihen. Du konntest ja außerdem gar nicht mit dem Messer umgehen. Ich meinte nur ...« – »Immer meinst du und meinst du ... Nimm dich jetzt in acht, Nikulas. Wenn Lüge vor dem Herrn Lüge ist, dann muß auch Wahrheit Wahrheit sein, daß du es nur weißt. Ein Dieb, das bin ich gewesen, das will ich nicht leugnen. Aber wenn ich auch meine Hände mit gestohlenem Fleisch und mit Blut befleckt habe und mich der Sündenruß ungerechter Schinken und Speckseiten geschwärzt hat, die du zum Räuchern in unseren Rauchfang gehängt hast, so kann ich doch vor meinem Herrn und Meister die Wahrheit sagen und mich beim Jüngsten Gericht betragen, wie es einem sündigen Menschen ziemt. Und das muß ich zugeben: Nikulas, der sprach es nicht aus, nein, das überließ er mir; er saß nur da und hungerte. Und redete und redete nur immerzu und bohrte und bohrte. Ja, das hast du getan ... Bis du mich so weit hattest, daß ich eines schönen Tages geradezu sagte, nicht einmal der Nachbar werde den Unterschied zwischen seinen und unseren Schafen herausschmecken, wenn er auf Besuch komme.« – »Hm, ja, aber nachher konnte er es doch«, warf Nikulas ein. »Als Jon von Fokstad einmal vorbeikam und wir ihn hereinbaten und er einen Löffel Fleischsuppe und einen Rückenknochen zum Abknabbern bekam, sagte er so vor sich hin: ›Das hier ist nie ein Sandkothammel gewesen!‹ sagte er und grinste so hinterhältig. ›Was?‹ sagte ich. Und als er aufstand und gehen wollte, sagte er: ›Bedankt euch für das Essen bei mir, meine Lieben!‹ Und wie er den Rock anzog, sagte er: ›Ja, alle Achtung vor dir, Nike, du bist ein Mann, der aus wenig viel machen kann! Und wenn du etwas vergraben hast, dann jedenfalls nicht dein eigenes Pfund.‹ Und dabei hatte Jon auf Fokstad nicht einmal eine Ahnung von dem Fleischfaß unter der Diele; die hatte er nicht, sonst hätte ers mich hören lassen. Das ist sicher und gewiß.« – »Das schlimmste war, Herr,« griff jetzt Fridbjörg ein, »daß es nicht die Armut allein war. Wir waren gar nicht so schrecklich arm.« – »Nein, aber Fridda!« wollte Nikulas zornig unterbrechen, Fridbjörg ließ sich jedoch nicht abbringen: »Warum mußtest du auch, wenn ich fragen darf, jeden Schafbesitzer unter Vorwänden, die nur du nicht durchschautest, hierher locken, um ihn von seinem eigenen Geschlachteten kosten zu lassen? Nein, Nike, in deinem Benehmen war etwas Verdächtiges. Gib lieber zu, daß es dir Spaß machte!« – »Spaß – Spaß ...

Wie konnte mir das Spaß machen, Weib, wenn ich doch dasaß wie auf glühenden Kohlen ... Nein, warum es schlimmer machen, als es war? Ich für mein Teil sage und behaupte: freilich mußten wir niemals geradezu hungern, wenn ich auch manchmal so tat. Aber wir hätten doch unmöglich richtig harte Jahre mit Sünde und Krankheit und Not oder – was wollte ich doch sagen? – Pest und Plagen aushalten können, wie es in den Annalen geschrieben steht und in der heiligen Schrift von den mageren Kühen, die die fetten fraßen. Was macht – wie ich zu Fridbjörg damals sagte, als wir von Leben und Gericht und der Notdurft des Leibes sprachen – sündig, wie der Mensch schon ist, was macht da ein Schaf mehr oder weniger noch aus? Sind wir nicht alle im Blut des Lamms gewaschen? sagte ich, und dabei bleibe ich; denn ich habe es wirklich gesagt, Fridda, das kannst du nicht leugnen, oder die Zunge soll dir im Mund verdorren, jetzt, wo du mich die Worte der Wahrheit reden hörst.« Wieder konnte die alte Fridbjörg ihrem Nikulas nicht widerstehen, sondern saß ganz gerührt da: »Ja, Herr, so sagte er – Wort für Wort. Er konnte alles so schön auslegen, mein Nike, daß man Tränen vergießen mußte, wenn man nicht ein Herz von Stein hatte. Und das muß ich zu seinem Lob sagen, mit seiner Frömmigkeit und strengen Gottesfurcht war alles im Lot. Jeden Feiertag – von der ganzen Fastenzeit gar nicht zu reden – lasen wir Gottes Wort daheim, Gott mit froher Stimme lobsingend, dankend und betend für alle guten Gaben, das ist sicher und gewiß ...« Und ich frage getrost einen jeden: was konnte ich anderes tun als vergeben und »erlösen«, und zwar im Handumdrehen – wenn uns das schnatternde Elsternpaar nicht in seinen Diebsgeschichten und seiner altmodischen Gottesfurcht ertränken sollte. Und so tat ich es denn.

Wir hatten jetzt – wenn ich von meiner kleinen Freundin und den ungleichen Teilkörpern absehe – nur noch Una und Torfinn übrig. Als er vortrat, nahm Frau Torgerd einen Stuhl, setzte sich neben Torfinn – sicherlich weniger aus Müdigkeit als aus Ehrerbietung; um seinet- und meinetwillen wollte sie nicht stehen und ihn überragen – und faßte ihn bei der Hand. »So, mein Junge, jetzt erzähle deine Sache kurz und bündig und zeige, daß du ein Mann bist.« Der Jüngling war ziemlich bleich, und das Beben seiner Lippen ließ Schlimmeres befürchten, aber er nahm sich zusammen. »Es ist schnell gesagt, Herr – ich habe mir selbst das Leben genommen.«

Daß Torfinn den besten Willen hatte, das Geschehene zu berichten, konnte man leicht erkennen, aber er brachte es nicht fertig. Mancherlei Gedanken kreuzten durch mein Gehirn. Auch über diesem armen Verirrten hatte es geklungen, das alte mächtige Wort: »Von Erde bist du genommen, zu Erde sollst du werden, aus der Erde wirst du wieder auferstehen!«

Da stand er nun. Nein, er stand nicht mehr, denn in diesem Augenblick fielen beide auf die Kniee, Frau Torgerd und er ... Da trat unsere Regenwettermaid vor. Ihre Worte waren sanft und behutsam wie sie selber. Viel hatte sie nicht zu sagen. »Ich habe mich eigentlich immer nur gesehnt.« Sie war sich nur einer einzigen Sünde bewußt –

daß sich Torfinn ihretwegen das Leben genommen hatte. Sie weinte, als sie davon sprach, rührende, sanfte Tränen. »Torfinn war ein guter Junge, nur wild und unbeherrscht, und ich mochte ihn sehr gern, aber ... Es war sicher dumm von mir, daß ich Angst vor ihm hatte und mir nicht denken konnte ... Und doch — wenn ich gewußt hätte ... Aber ich glaube nicht ... Nicht eine frohe Stunde habe ich mehr nach seinem Tod gehabt. Mit seinem Leben war auch das meine dahin. So viel Schmerz und Qual hat es mir verursacht. Es brannte mir in der Brust, nicht schlimm, aber unablässig – – Tag und Nacht ... Und weil er wegen seiner Tat hier oben begraben worden war, bat ich, auch hier liegen zu dürfen ... Damit er mich wenigstens im Tode hätte.« Als Una so weit gekommen war, brach der junge Mann in ein so wildes Schluchzen aus, daß nur geringe Aussicht bestand, die Gerichtsverhandlung, zu der sich unser Beisammensein so unerwartet entwickelt hatte, anständig fortzusetzen und vernünftig zu beschließen. Und es wurde auch nicht besser, als ich Una das Zeichen gegeben hatte und Séra Sigvald sich nun väterlich an meine kleine Freundin wandte: »Und du, mein Kind, wie heißt du?« Das Kind klammerte sich an meine Knie und antwortete abweisend: »Gott weiß das genau.« Séra Sigvald stand ratlos da. »Geh weg, Mann, wir wollen nicht mit dir reden«, sagte die Kleine und schüttelte die blonden Locken. »Nein, wirklich nicht!« Séra Sigvald drehte sich um sich selbst; dann aber fiel ihm ein, daß die Gruppe mit dem weinenden Torfinn und den tröstenden Frauen, der Urgroßmutter und Pflegeschwester, ein wenig Aufsicht und Anleitung benötigen könne. Als er fort war, zog die Kleine meinen Kopf zu sich hinunter und flüsterte mir ins Ohr: »Darf ich nicht dem armen Mann, der keine Arme und Beine und keinen Leib hat und nur einen Kopf, meine Blumen schenken?« Ich nickte. »Wird die Jungfrau Maria auch nicht böse sein – oder?« Ich schüttelte den Kopf. Sie zögerte einen Augenblick, dann streckte sie ihre schmale Kinderhand mit den gelben Blumen über den Tisch. »Willst du mein Blumen haben, Mann – – ich bin Asdis.« Zwei eisgraue Tränen fielen wie Hagel aus den sonst so unbewegten Augen. Um nicht zu zeigen, daß ich es gesehen hatte, griff ich nach der Karaffe, goß ein Glas Wasser ein und half der kleinen Asdis, die Blumen hineinzustellen. Da erklang die Stimme des erzenen Hauptes noch einmal: »Möge dir dieses Geschenk ebenso Glück bringen, wie es mir zur Ehre gereicht! Kein ehrenvolleres habe ich empfangen – und nur ein lieberes.« Das Kind schlang die Arme ineinander und drückte sich fest an mich. »Wie komisch das klingt, wenn er redet – nicht wahr?« Da wechselten wir zum ersten Mal ein Lächeln, das riesige Haupt und ich. Und dann erhob ich mich, schob die Eßzimmertüren auseinander, drehte das Licht drinnen an – und stand wieder eine Weile wartend an einer Tür, durch die keiner als Erster eintreten wollte.

6

Wie gelähmt von einer überwältigenden, einer unfaßlichen Erhebung standen meine Gäste aus den Gräbern draußen; sie starrten mit aufgerissenen Augen in meine Eßzimmertür, als wäre sie die wahrhafte Pforte der Seligkeit. Endlich waren sie am Ziel des Weges, und nicht nur das Schlimmste, sondern schlechthin alles Schlimme und alle Mühsal waren überstanden. Und hier öffnete ihnen jetzt die Gnade ihre Pforte zum Überfluß. Frohen, erwartungsvollen Besuch hatte ich auch sonst schon im Hause gehabt, aber noch keinen wie diesen hier, so fromm, so hingerissen und selbst auf die allergrößten Wunder vorbereitet. Wie schändlich im Grunde, sie enttäuschen zu müssen. Mein Herz hätte beim Anblick dieser unbedingten Bereitschaft zu ewiger, alles vergessender Seligkeit jubeln mögen, wenn nicht eine versteckte Angst es im Zaum gehalten hätte. Was ich zum Nachtmahl aufgetischt hatte, war recht einfach, ja, allzu einfach. Um die Freude meiner Gäste voll zu machen, hätte ich mir tüchtig Rauch- und Pökelfleisch samt etwas eingelegtem Haifisch und ein paar Streifen gedörrten Heilbutt gewünscht. Aber das war es gar nicht, was mich bekümmerte – überhaupt nicht das, was fehlte: es war viel schlimmer. Es waren die vielen Flaschen, mit denen ich in unbedachter Verschwendung meinen Tisch geziert hatte, solange ich noch niemand zum Trinken hatte. Diese Flaschen mit ihrem vermutlich nicht gerade frommen Inhalt und die unmittelbar zu erwartende, wohl unvermeidliche Wirkung dieses Inhalts – sie verursachten mir Furcht und Zittern. Einfach hineingehen und sie wegräumen, das hätte doch zu ungastlich und überdies so unhimmlisch wie möglich gewirkt. Aber was sollte bloß werden, wenn meine Toten von dem so seltsam unternehmungslustigen Traubensaft belebt wurden? Darauf zu hoffen, daß meine Gäste in ihrer neuen, aber anscheinend nicht allzu verbesserten Auflage über die rein menschlichen Wirkungen von Speise und Trank erhaben und dafür unempfänglich sein würden, fand ich nach meinen bisherigen Erfahrungen denn doch allzu naiv. Viel eher stand zu befürchten, es werde die uns hier in aller Harmlosigkeit bevorstehende Mahlzeit, die meine armen, neugebackenen »Auserwählten« als die eigentliche Einweihung zum Himmel und seiner Herrlichkeit zu betrachten schienen, sie recht beträchtlich aus ihrem noch unsicheren Gleichgewicht als Himmelsbürger bringen und störend auf die vorläufige, wahrscheinlich noch etwas wacklige Ruhe und Ordnung in unserem Fokstad-Paradies wirken.

> Lobe den Herren …
> Das Licht er erschließet
> Und Seligkeit reichlich ausgießet!

erklang es plötzlich – wie ein Flüstern in der Luft. Das konnte nur Séra Sigvald sein, der, leise, wie auf Fledermausflügeln, ja kaum vernehmbar, die Worte des Lobgesangs um die kleine, lautlos harrende Schar schweben ließ.

Im Überschwa-ang
Und Liebesdra-ang
Den Seinen dort Ho-onig fließet.

Ja – Honig, den hatte ich. Eine ganze Dose! Welch ein Glück ... Und was blieb mir anderes übrig, als mein Vertrauen auf die Honigdose und die anderen Süßigkeiten und Früchte meines Tisches zu setzen und zu hoffen, daß sich meine Gäste aus Ehrfurcht vor der, wenn auch imaginären Erhabenheit der Stätte und des Hausherrn jedenfalls so schicklich und seraphisch wie möglich benehmen und im Genuß des Traubensaftes mäßigen würden. So setzte ich denn meine Hoffung auf den Himmel – in doppeltem Sinne –, nahm die kleine Asdis wieder bei der Hand und ging voran in den Raum, den meine Gäste offenbar als das Allerheiligste betrachteten, nachdem ich mich zuvor durch einen Blick vergewissert hatte, daß Haupt und Rumpf in den bisherigen bewährten Händen waren.

Kaum hatte ich der bis auf Séra Sigvalds Summen schweigenden, sozusagen erstarrten Schar den Rücken gewandt – – richtig: erst muß ich noch kurz den Anblick beschreiben, der sich ihnen bot: Von meinem Arbeitszimmer führten ein paar Stufen in das Eßzimmer hinunter, das mit Licht – man gestatte mir das Bild – vollgestopft war wie der Wollsack des Bauern, ja, bis zum Bersten voll einer brausenden, blendenden Lichterfülle, dergleichen auch ich mich nicht erinnern konnte, je gesehen zu haben – von hier oben funkelte mein festlicher

Tisch wie ein verzaubertes Juwel von phantastischer Größe. Er bombardierte uns unbarmherzig, wenn auch süß und sinnverwirrend mit Bündeln von quellklarem Licht, einem Pfeilregen von lauter Sehnsucht, durchschossen von dem gefährlich glühenden Funkeln des goldenen Weins, verführerischer Blumen und scharf blinkenden Metalls. Ich glaube, wir gingen alle mehr oder weniger unter in diesem Strom, in dem das verräterisch machtgeladene Eigenleben der Dinge auf uns eindrang. Überdies hatte man in dieser erhöhten Stellung den Eindruck, als käme uns all dieser scheinbare Überfluß entgegengesegelt, ja, als schöbe er sich unter unsere Füße, so daß wir, ob wir es wollten oder nicht, allmählich und ohne ein Glied zu rühren, mitten darin stehen müßten – der uralte Wunschtraum der Menschheit. Und damit nicht genug: es kam noch eine eigene schwebende Wollust dazu, die paar Stufen hinabzugleiten, die ersten Schritte zu einem allvergessenden Hinsinken in Seligkeit und Ruhe, endlich, endlich. Die Erfüllung, an der man im innersten Innern immer noch gezweifelt hat – plötzlich steht man mitten darin: alles Wandern und Irren ist mit einem Male so wunderselig zu Ende, das trügerische Spinnweb des Traumes von dem frischen Windhauch einer unvergänglichen Wirklichkeit fortgeblasen – das Ziel erreicht! Und so hatte ich also denn auch kaum den Rükken gewandt, als eine Stimme einsetzte, so himmelhoch, daß die Töne gleichsam aus schwindelnder Höhe auf einen herniederprasselten wie ein prickelndes Brausebad von bitterlich jubelnden Tönen. Es war Fridbjörg, die unerwartet diese phänomenale, diese unbändige Stimmpracht entfaltete:

Willkommen ist das Paradies,
Keiner sich dort vermählt.
Den Engeln gleich in Ehr und Preis
Prächtig uns Gott erwählt.
Weisheit, Sieg, Ehre …

»Sing mit, Nike!« rief sie giftig dazwischen, und jetzt stimmte auch Nikulas ein:

Herrlichkeit
Den Sel'gen ohne End
Samt Stärke Gott dort hat bereit;
Niemand seinsgleichen kennt.
O allergrößtes Gnadenlicht …

Sie hatten eingestimmt, einer nach dem andern, und sangen in seliger Verzückung. Und plötzlich stieg eine Stimme empor und übertönte – nein, überwogte alle wie ein gewaltiger Vogel auf unbewegten Schwingen, ein königlicher Flieger, der im Bewußtsein seiner Macht die Schar der kleineren unter sich duldete, ja ihr ohnmächtiges Schwingenflattern erst sammelte und mit sich riß, so daß ein wirklicher Flug ins Blaue hinauf daraus wurde, ein Spiel in Gottes reiner Sangeslust. Diese Stimme, deren Brausen einen süß durchrieselte, war natürlich die Séra Sigvalds, und jetzt begann der alte Choral richtig zu brausen, dessen Text und Melodie er nicht kannte, jedoch in intuitiver Meisterschaft mitsang, ja dessen Entfaltung er leitete und dem er erst seine ganze innewohnende Wucht und Weite gab:

Gott nah zu schaun von Angesicht,
Zu leben dort im Gnadenstand
Voll Segen, Pracht und Wert,
Dieweil Gotts milde Vaterhand
All Notdurft uns beschert.
All Trübsal ferne von uns weicht,
Uns nimmermehr erreicht.

Es war rührend, es war unbeschreiblich. Die Tränen liefen mir in Strömen über die Backen in den Bart. Der folgende Vers war für diese Gelegenheit wie geschaffen:

Für Gottes Auserwählte steht
Der Tisch bereit voll Freud,
Klar Wein, samt Mark und triefend Fett
Der Herr den Seinen beut.
Zu solchem Mahle setzt er sie
Selig in Ewigkeit …

In meinem Stuhl am Ende des Tisches ließ ich den Rest des Liedes und all den mir nach der ersten Ergriffenheit so furchtbar traurigen und verhängnisvollen Jubel über mich ergehen wie jede andere Schickung des Himmels. Was hatten die himmlischen Mächte im Sinn, daß sie mich in diese Lage brachten? Auf welche vernünftige Rechtsgrundlage konnte unser Herrgott sich stützen, daß er eins seiner schwächsten Geschöpfe einer so ungeheuerlichen Prüfung aussetzte? Wollte das Glück doch, ich läge in meinem Bett und alles wäre ein Traum! Welch herrlicher Neujahrsmorgen beim Erwachen! Gleich am frühen Morgen sollte er mit einer Falsche Sekt gefeiert werden – falls ich nicht doch einen Trunk aus meinem Brunnen vorzog – und indem ich zur Sicherheit den Rest meines Weinvorrats in den Ausguß schüttete. Aber ach, es war kein Traum ... Und allmählich verklang der Choral und meine Gäste begannen Platz zu nehmen.

Es war Frau Torgerd, die mit Hilfe von Séra Sigvald – soweit seine Pflicht als Sänger es gestattete – die Tischordnung entwarf. Für sich selber hielt sie einen Stuhl zu meiner Rechten frei, denn durch Erdenleben, Tod und Grab und jetzt auch durch das Gericht war sie, von falscher Bescheidenheit unberührt, hindurchgegangen, die alte Herrin von Fokstad. Sie wußte fürwahr, welcher Platz ihr nach Rang und Recht gebührte. Das Haupt ließ sie Séra Sigvald auf der Tischecke zu meiner Linken abstellen. Meine kleine Freundin suchte sich einen Sitz auf meiner Armlehne und legte ihre Händchen auf meine Schulter, und zur Linken gab mir Frau Torgerd Arntrude – das Selbstverständliche darin begriff ich erst später. Auf der anderen Seite von Arntrude erhielt Gisli seinen Platz; danach kam Gudrid und endlich Nikulas, dem der Rumpf anvertraut wurde, was er mehr als gern übernahm. »Ich werde langsam hungrig, gute Frau,« tuschelte er,

»und der arme Kerl, der die Zähne und den ganzen Kopf verloren hat, braucht ja wohl nichts? Was für eine Prüfung und Züchtigung durch den Herrn, keine Augen zu haben, um zu sehen, und ohne Zunge durch die Welt zu wandern! Da müssen wir andern richtig ›Danke‹ sagen, daß wir mit heiler Haut davongekommen sind. Denn das sage ich und dabei bleibe ich: lieber meine Gichthüfte, die wie Gift und Feuer brennt, als mich so am Bart rumschleppen zu lassen, ohne den Leib dazu, und seine ganze Männlichkeit verloren zu haben und doch zu leben und uns anderen zuzusehen, die mit allen Zehen und Fingern wackeln können und denen nichts fehlt. Lieber blind als …« – »Ja, schon gut, Nikulas«, unterbrach Frau Torgerd seinen Wortschwall. »Ich setze ihn also hier auf den Stuhl neben dich. Benimm dich nur und denke daran, daß du nicht daheim in Sandkot bist.« »Nein, nicht in Sandkot«, sagte Nikulas, »das hier ist schon etwas anderes. Aber ich sehe kein Fleisch auf dem Tisch, soweit ich sehen kann?«

Séra Sigvald wies sie den Platz zu ihrer Rechten an, die tüchtige Hausfrau; war er jetzt entthront, an ihrem Tisch und offenbar auch anderwärts, so durfte er doch nicht tiefer sinken, als sich gebührte. Auf der anderen Seite von Séra Sigvald saß Una, dann Torfinn und endlich Fridbjörg. Mehr waren wir nicht.

Und jetzt konnte die Mahlzeit beginnen.

Ich sah mich um. Alle meine körperlich unbeschädigten Gäste saßen mit andächtig geradeaus gerichtetem Blick und niedergeschlagenen Augen da. »Das Tischgebet!«

durchfuhr es mich. Das sollte denn doch nicht geschehen. Geradezu betrügen wollte ich sie nicht. Ja, wenn ich fähig gewesen wäre, ein wirklich himmlisches Tischgebet zustande zu bringen ... Aber das konnte man von mir nicht verlangen; außerdem war ja schon der Choral gesungen. Doch gesagt werden mußte etwas, das war klar, und es war wohl für mich auch endlich an der Zeit, mein Schweigen zu brechen. Ich erhob mich:

»Ihr aus der Erde Auferstandenen,« begann ich, die Finger auf die Tischplatte gestemmt, »seid alle willkommen auf meinem Hof und an meinem Tisch. Die Stätte, zu der ihr gekommen seid, ist nicht das, was ihr euch darunter vorzustellen scheint, und ebensowenig bin ich der, für den ihr mich zu halten scheint. Aber ich begreife euren Irrtum und bedaure von ganzem Herzen, daß ihr ihm zum Opfer gefallen seid. Du, Fokstadfrau, und du, alter Gottesmann, und ihr anderen alle, Leute des Hochlands und harten Lebens: ich bin ein Mensch wie ihr – – es gewesen seid. Mehr Macht als ein Mensch habe ich nicht, was in diesem besonderen Fall schlimm genug ist. Denn ihr bedürft so dringend einer entscheidenden, dauernden Stütze. Aber es ist nun einmal so, und wir müssen dem gemeinsam ins Auge sehen. Was ich für euch tun kann, beschränkt sich daher bedauerlicherweise darauf, daß ich in brüderlichem Sinn mich und alles, was mein ist, zu eurer Verfügung stelle. Alles, was ihr hier seht – und ich selbst dazu –, ist von Stund an euer, solange ihr es wünscht und braucht. Wir wollen nur hoffen – um euretwillen, denn auf mich kommt es nicht an –, daß es nicht zu lange sein wird. Wir wollen hoffen, daß diese unerwartete Prüfung die letzte und endgültige für euch sein möge. Und wir wollen es nicht nur hoffen, sondern das unsere dazu tun. Wenn es je notwendig war, daß Menschen zusammenhalten und einander nicht im Stich lassen – und nichts Unüberlegtes beginnen –, dann jetzt und hier. Gott gebe uns allen Stärke und Glück dazu. Mit diesen Worten, meine Brüder und Schwestern, erkläre ich mein Brot für euer Brot, solange es reicht, und mein Haus für euer Haus, solange die höchsten Mächte es wollen und ihr selbst es nicht verschmäht!«

Amen! Amen! A-amen! schwang es kräftig unter den Deckenbalken, sobald ich gesprochen hatte.

Hatten sie von meiner Rede keinen Deut verstanden? Jedenfalls schienen sie es nicht wörtlich genommen zu haben. Hatten sie etwa nur in einen dumpfen, seligen Dämmern dagesessen und sich überhaupt nicht um den Inhalt des Gesagten gekümmert? Oder nur so ganz allgemein begriffen, daß sie bewillkommnet wurden mit einer Masse Geflunker und Gerede drum herum, daß ja aber vor ihnen Wein und Leckereien standen, die den Willkomm alsbald bekräftigen würden? Höchst wahrscheinlich. Denn als ich jetzt nach dem Brotkorb griff, um anzubieten, und es zuvor nötig fand, die großen, runden Knäckebrotscheiben durchzubrechen, ertönte plötzlich die jämmerliche und doch vor Erwartung gluckende Stimme der alten Gudrid: »Jetzt hat er das Brot gebrochen …« Die kleine Asdis hatte schon ihre Hand ausgestreckt und das erste Stück berührt; da aber Frau Torgerds allgegenwärtige Augen streng auf ihr ruhten, ließ sie es weitergehen. Und jetzt wanderten meine Knäckebrotsdreiecke von Hand zu Hand, bis jeder sein Stück hatte. »Das soll Flachbrot sein?« flüsterte Fridbjörg mit vorgestrecktem Hals ihrem Nikulas zu, der mit etwas langem Gesicht unsicher über den Tisch schielte. »Wie das Brot auch gebacken ist, Feuer hat es jedenfalls keins gesehen«, murmelte Gudrid Gisli ins Ohr. Frau Torgerd und Séra Sigvald hatten, scheints, beide einige Scheu vor der Gabel; Messer, Butter und Brot setzten sie jedoch ohne weiteres in die richtige Verbindung miteinander und ließen dann die Butterdose herum gehen. Als sie an Fridbjörg kam, fuhr sie mit den Fingern hinein und schnupperte an dem Klumpen, ehe sie ihn mit dem Daumen auf das Brot schmierte. »Kuhbutter«, verkündete sie ihrem Nikulas und rümpfte die Nase. »Weißt du noch die fette Schafsbutter in Sandkot?«

»Ist das Honig?« fragte Frau Torgerd ehrerbietig und hob, als ich nickte, leuchtenden Auges die große, klare Schale mit dem bernsteingelben Inhalt hoch. Sie zögerte, und ich reichte ihr den zugehörigen Hornlöffel, nahm aber selber zuvor einen Löffel voll und ließ einige Tropfen auf die noch ungestrichene Brotscheibe meiner kleinen Freundin fallen. Sogleich kam ihr süßes Zungenspitzchen kostend zwischen den Lippen hervor; dann legte sie das Brot hin und klatschte in die Hände. Die Honigschale war inzwischen weitergewandert, aber sie gelangte nicht bis zu Fridbjörg. Nikulas streckte den Arm weit über den Tisch und riß sie Torfinn aus den Händen: »Erst ich, Weib!« und nahm einen Löffel – und noch einen. »Herrlich – und ein Hornlöffel dabei!« schmatzte er und machte Miene, die ganze kleine Schale leer zu fressen. Aber schon hatte sich Torgerd erhoben und hielt ihn in Zucht. Und nachdem sie jedem zugeteilt hatte, was ihm zukam, setzte sie die Schale neben sich und behielt sie in hausfraulicher Obhut. Fridbjörg hatte sich inzwischen mit der Kuhbutter ausgesöhnt und gerade eine neue Handvoll herausgeholt, als Frau Torgerd bremste: »Du bist jetzt gewiß versehen, liebe Fridbjörg.« – »Jawohl, Bäuerin, für den ersten Bissen – der Allmächtige tröste dich im Himmelreich«, antwortete Fridbjörg und sah dem Buttervorrat mit langem Gesicht nach. Séra Sigvald ergriff nach einigem Bedenken hastig eine der Portweinkaraffen, nahm den Stöpsel ab und setzte sie an den Mund. »Unvergleichlich – viel besser als Meßwein«, sagte er und nahm noch einen Schluck. Im gleichen Augenblick saßen sie rings am Tisch mit Karaffen in den Händen. Es waren im ganzen sechs und fünf davon die Beute von Séra Sigvald, Fridbjörg, Nikulas, Gisli und Gudrid geworden, während die sechste unberührt vor meinem Platz stand. »Prosit!« rief Séra Sigvald und wollte soeben den dritten Zug tun – diesmal im Verein mit den anderen –, als eine nicht mehr unbekannte Stimme durch das Zimmer grollte:

Mit lechzenden Lippen
Landfremd ich wandere
Fußlos und friedlos zumal.

Kraftlos krümmt sich
Wie krauses Herbstlaub
Im Wortgewirk mir die Zunge.

Es war das Haupt, das mit diesen formvollendeten Versen so vornehm an seine Gegenwart und bisherige Vernachlässigung hinsichtlich der Tafelfreuden erinnerte. Meine Gäste waren so verblüfft, daß es für Frau Torgerd ein leichtes war, die Karaffen einzusammeln – nur Nikulas hatte noch schnell einen Schluck erwischt. »Der Mann ist durstig, nicht wahr?« fragte Asdis mit glänzenden Augen. Da sprach das Haupt:

Schimmernde Asin,
Schlimm verstümmelt
Siehst du mich sitzen hier.
Einer anderen Asdis
Den Atem verdank ich …
Reich du mir betäubenden Trank.

Während ich das Glas einschenkte und ehe ich es ihm noch an die durstigen Lippen gesetzt hatte, war Frau Torgerds suchender Blick auf eine irdene Schüssel gefallen, die gerade die richtige Größe hatte. Sie gab sie ihm als Untersatz – »damit er keine Flecke auf das Tischtuch macht«. Ich wollte ihm eben das Glas an den Mund heben, der so rot leuchtete wie der Wein, als die Fingerchen meiner kleinen Freundin unter meiner Hand den Fuß des Glases umfaßten. »Darf ich ihn nicht tränken? Er hat mich darum gebeten.« Ich überließ ihr das Glas, sie ergriff es mit beiden Händen und hielt es, als trüge sie einen Kelch. Der bärtige Mund nahm einen Schluck, prüfte ihn auf der Zunge, nahm noch ein Schlückchen, schluckte es hinunter und jubelte:

Rote Weinrose
Auf der Ranke von Glanzstein,
Spielend mit Speeren von Licht,
Pflückte schön Jungfrau,
Scheu und zag,
Dem Dichter und Degenvernichter.

Besser getränkt
– und blutiger
Ward nie der Schwinger des Schwerts,
Niemals der Ritzer
Des rieselnden Bluts
Kostete süßeren Saft.

Die alte Gudrid bekreuzigte sich. »Du meine Güte! Wir landen am Ende noch in Heidentum und Blutvergießen?« fragte sie vor sich hin. »Verschon mich damit«, erwiderte ihr Gisli gewichtig: »Ich möchte doch wissen, ob der Wein in dieser Halle nur für Pfaffen und Schwätzer da ist.« Frau Torgerd schenkte allen ein, jedem ein Glas. Nur Séra Sigvald überging sie; sein zuvor schon gerötetes Gesicht wurde dunkelrot, aber er sagte nichts. Die meisten der eingeschenkten Gläser wurden auf einen

Zug geleert. Nur Arntrude rührte ihres nicht an. Sie saß mit abwesendem Blick und einem sonderbaren Leuchten in den Augen und nahm kleine Bissen von ihrem trockenen Brot zu sich. Una nippte bloß eben von ihrem Wein. Unterdessen hatte Nikulas die Feigen entdeckt. Sie schmeckten ihm, und er war gerade in vollem Zug, den Inhalt der Schale in Mund und Tasche verschwinden zu lassen. »Das da ist gut«, flüsterte er zu Fridbjörg hinüber. »Reich mir auch die Rosinen, Fridachen.« Frau Torgerd hatte sich soeben erhoben, um auch hier einzugreifen, als von der Tischseite her, wo der Rumpf saß, ein Knall ertönte, der meine sämtlichen Gäste außer dem rothaarigen Dichterhaupt erstarren und erbleichen ließ. Dort unten saß der Kopflose und hielt in seiner haarigen, breiten Faust eine entkorkte Champagnerflasche, woraus der Wein wie eine brodelnde Quelle aufschäumte. Und er suchte vergebens und unter jämmerlichen Seufzen nach seinem Mund, den er nicht mehr hatte. Erst als der Schaum der übermütigen Flasche ihm in den Halsstumpf lief, wurde er etwas ruhiger. Doch plötzlich überfiel ihn ein heftiger Husten, und er rollte, das kostbare Gefäß an sich gepreßt, auf den Fußboden, wo er liegen blieb, blindlings um sich stoßend und jämmerlich schluchzend. »Hast du Geister in der Flasche?« fragte der Dichter spitzig. »Ja, Weingeister«, antwortete ich kurz, ließ den Kork einer neuen Flasche springen und setzte ein Glas der schäumenden Flüssigkeit an seine verdutzten, aber begehrlichen Lippen. Beim ersten Schluck schnitt er Gesichter. »Als ob man Wespen tränke«, sagte er. Als er jedoch den Geschmack des süßen Portweins hinuntergespült hatte, fand er mehr Geschmack an dem perlenden Trank und dem Geprickel am Gaumen. »Seltene Kräfte hat dieser Saft«, seufzte er, als das Glas leer war, und improvisierte traurig:

Meisterhaft Metes Geister
Mild erwecken und wild sie
Schwankende Schar der Gedanken …
Schmerz nagt mir am Herzen,
Drinnen dämmert Erinnerung:
Draußen am Fischstrand hauste
Einst die Edle, die mein war.
Eidbruch, Mord, Zauber macht breit sich.

Frau Torgerd hatte inzwischen am Tisch allerhand neu geordnet. Séra Sigvald hatte sich an das untere Ende gesetzt, um auf Fridbjörg und Nikulas aufzupassen. Danach wurde mit sicherer Hausfrauenhand einem jeden zugeteilt, was ihm ungefähr zukam und ihr ausreichend schien, um selbst den ärgsten Heißhunger zu stillen. Jetzt saß sie wieder auf ihrem Stuhl, den Rumpf neben sich, nicht gerade, weil der Ärmste einen besseren Platz verdiente, sondern weil sie keinem anderen die Aufsicht über ihn anvertrauen wollte. Doch es nutzte nur wenig. Was sie auch sagte, um seine raffenden Finger vom Tisch, von Una und von sich selbst fernzuhalten, er war nicht zu zügeln, ein einziges zappelndes Knäuel elektrisch geladener Begierde. Frau Torgerd mußte mitten in ihrem

Ärger über ihn lachen; und dies Gelächter war nicht unbedingt erbaulich. Etwas besser wurde es, als Una und Torfinn die Plätze tauschten, aber unser Kopfloser blieb doch immer gleich rastlos und war nicht zu beschwichtigen. Endlich fand Frau Torgerd Rat. Ihr Blick fiel auf meinen silbernen Trichter, und nun rief sie Séra Sigvald zu Hilfe: »Meinst du nicht, daß man etwas Nahrung in ihn zapfen kann?« – »Die müßte doch erst gekaut werden«, erwiderte er bedenklich. »Aber steht da nicht eine Kanne Milch?« So war es, und gleich darauf saß Anns silberner Trichter in der Speiseröhre des Rumpfes. Bald lernte er, ihn selbst zu halten, und in diesen metallenen Mund goß Frau Torgerd in angemessenen Schlucken erst Milch, die freilich lustlos getrunken wurde, dann Wein, der mit Bauchklopfen und vielen lustigen Faxen entgegengenommen wurde. Der erste Schluck Wein hatte den Rumpf wohl für eine Weile zahm gemacht; mit hängenden Händen und Fingern saß er regungslos, um nicht zu sagen, wortlos da und schien sich zu sammeln, als wolle er seinem eigenen Magen nicht recht trauen. Aber dieser für uns alle so wünschenswerte Zustand währte nicht lange; er begehrte immer mehr zu trinken, und als er es erhielt, entfaltete er einen solchen Jubel des Körpers, ja eine solche jubelnde Leiblichkeit, daß Séra Sigvalds Eingreifen abermals nötig wurde. Er hatte sich soeben mit einem Glas Sekt zurückgezogen; nun mußte er den Kopflosen festhalten, während Frau Torgerd ihn mit Tropfen aus der Portweinflasche in den Schlaf träufelte. Anders wußten sich Séra Sigvald und sie nicht zu helfen. Unterdessen hatte Una den Weinausschank übernommen und achtete darauf, daß es möglichst mäßig zuging. Schon waren eine ganze Menge Flaschen geleert, und der Wein begann allmählich zu wirken. Von den Trinkenden war nur Gisli unzufrieden; man solle ihn damit verschonen, ob hier denn kein Alkohol zu haben sei. »Was willst du denn, Mensch?« fragte Torfinn mit gereiztem Blick. »Du sitzt ja da und gießt in dich, was das Zeug hält!« – »Ja, von diesem Zuckerwasser«, murrte der Schafshirt. »Aber ich vermisse Kautabak. Und Branntwein. Das hier nenne ich ein elendes Himmelreich.« – »Nimm dich in acht, sonst fliegst du zum Fenster raus«, sagte Torfinn, der es nicht hinnehmen wollte, daß etwas, was Una ausschenkte, so abschätzig entgegengenommen wurde. Gisli, dem der Wein – auch der nicht gebrannte – eingeheizt hatte, so daß der Schweiß in Strömen über seine steinharten Wangen floß, hatte sich schon erhoben, und wer weiß, was sich noch aus diesem Wortwechsel entwickelt hätte, wenn nicht der Rumpf bei seinem Umhertasten den Radioapparat in Gang gesetzt hätte. Auf einmal brausten betäubende Tanzweisen über uns hin – einen Augenblick saßen wir alle wie gelähmt.

Mochte die so plötzlich hereinbrechende Musik schuld sein oder der Rumpf überhaupt genug haben – die Walzerklänge sangen ihn in Schlaf. Friedlich sank er zusammen, und da sich die übrigen wie auf Kommando zum Tanz erhoben hatten, nahm ihm Frau Torgerd den Trichter aus dem Hals, und Séra Sigvald verstaute ihn sorglich unterm Tisch, damit er nicht getreten wurde. Ob meine

Gäste die zehenkribbelnden Töne einfach als einen Befehl zum Tanz aufnahmen, wage ich nicht zu entscheiden, möchte es aber fast glauben. Jedenfalls faßten sie sich unverzüglich bei der Hand, tauschten flüchtige, lächelnde Worte und versuchten sich in die ungewohnten Rhythmen zu finden. »Gibts heute abend Vergnügen?« frage Una und leuchtete auf. »Scheint so, mein Lämmchen«; Frau Torgerd zupfte sich ein wenig zurecht, ehe sie zwischen Gisli und Séra Sigvald in die Reihe trat. Sie hatten sich bei den Händen gefaßt, alle miteinander, außer Arntrude, die starr und abwesend auf ihrem Stuhl sitzen blieb, und meiner kleinen Freundin, die dem ganzen Spaß mit strahlenden Blicken folgte. Sie lauschten der Musik und dem fremdartigen, unverständlichen, nasalen Gesang. Linkisch suchten sie nach Schritten, die sie in Takt mit der brausenden Töneflut bringen konnten. Aber es wollte nicht glücken – solch ein Vikivaki war ihnen noch nie vorgekommen. War es ein unsichtbarer Engelchor, der da sang? Sie guckten sich ein wenig ängstlich und vor allem neugierig um. Die Klangwellen schienen von überall und nirgends zu kommen; aber das schlimmste war, daß die Musik umschlug und sie wieder von vorn anfangen mußten, wenn sie gerade den Takt gefunden zu haben meinten. Hatten sie eine Weile auf »Hawaii – Hawaii« gelauscht und ihre Glieder soeben in ein gemeinsames Hingleiten einmünden lassen, begann es schon zu schnipsen wie liebkosendes Peitschenknallen: »Glücklich, glücklich – – es ist doch wundervoll!«

Mit jeder Melodie, die verklang, ohne daß sie damit zu

Rande gekommen wären, wurden ihre Gesichter länger und länger. »Wer kann zu einem Vikivaki vorsingen?« fragte Frau Torgerd plötzlich, und als ihr niemand antwortete, fügte sie in befehlendem Ton hinzu: »Torfinn!« – »Dann aber nach einem alten Kehrreim, ein neuer fällt mir nicht ein«, sagte Torfinn. »Ich weiß einen, der für dich paßt«, lachte Frau Torgerd und sang ihn vor:

Aus fährst du zu Inseln blau …
Ich steh am Strande,
Ich am Felsenstrande!

Sie sang mit, die ganze Schar, bis auf Torfinn, der bleich vor Sängeraufregung seinerseits nur die Tanzschritte markierte, während der Kehrreim durchgesungen wurde. Dann setzte er ein, mit Tanz und Gesang zugleich, und die anderen folgten ihm und rissen ihn im Kehrreim mit:

Träumend, säumend tritt des Sanges
Traber lichten Dichtersteig,
Springt und hinkt, gehemmten Ganges,
Holpert, stolpert, wenn ich schweig.
Linder Winde Ritt voll Klanges
Klimmt zur Himmelsschimmer-Au
Aus fährst du zu Inseln blau …

Fröhlich stehl ich des Überschwanges
Becher frech, ein Zecher am mächtigen Strahle!
Weit die Zeit nun des bangenden Dranges!
Ich steh am Strande, ich am Felsenstrande …

»Mehr!« riefen die Tanzenden, »mehr!« Sie tanzten den Kehrreim nochmals durch, dann setzte Torfinn wieder ein, fest gestützt auf die unfehlbaren Bewegungen der übrigen, die dazu zwangen, das rechte Wort an der rechten Stelle zu bringen und ihn im sichren Schwung des Kehrreims gleichsam auf den Schild hoben:

Band am Bollwerk reibt die Planken
Segelreger, Blinkebord;
Flaute braut um schlanke Flanken,
Lästig klebt er fest im Port.
Da weht ein Wind, geschwind wie Gedanken,
Weist zur Reise auf Meeren fort.
Aus fährst du zu Inseln blau …

Sonnenwonnig sieht man schwanken
Quer die Galeere durchs Meer zum Sphärensaale.
Rate das Rätsel – du Ranke, Schlanke.
Ich steh am Strande, ich am Felsenstrande …

Dann nützte es nichts mehr, Torfinn zu bitten; er konnte nicht weiter. Da fielen ihre Blicke auf Gisli. »Gut, Gisli«, ermunterte ihn Frau Torgerd. »Welcher Kehrreim? Verschont mich damit,« antwortete Gisli mürrisch; »Denkt euch selbst einen aus!« Dazu brauchte sie nicht lange, die Fokstadbäuerin:

Süß umklang mich Singen
Vom Nibelungenland.
Beim Sang der Lieder selten Schlaf ich fand.

Gisli griff ihn zuerst zögernd auf, sang sich aber ein, gewissermaßen vom Kehrreim emporgehißt, wenn er in die tauben Tiefen der Einfallslosigkeit versinken wollte:

Sanges Schiff in See nun sticht,
Segelt kühnlich, fahrerpicht.
Fische trägt das Festland nicht,
Vom Festen doch entsprang ich.
Süß umklang mich …

Mein Wogenroß mit Winden ficht,
Auf rechten Weg sichs hurtig schwang.
Süß mich umklang …

Steuermann kennt stets die Pflicht,
Ob stark die Wogen auch gingen.
Süß umklang mich Singen …

Ein Tor nur tadelt, was ich dichte,
Der tücht'ge Mann, er lob mein Wort.
Süß umklang mich dort …

Mancher rasch den Reigen flicht,
Bei rollend frohem Trommelton.
        Süß umklang mich Singen von …

Doch ächzen muß manch armer Wicht,
Von argem Mißmut bezwungen.
        Vom Nibelungen …

Läst'ges Leides dumpfe Schicht
Legt sich trüb um den Verstand.
        Vom Nibelungenland …

Wie im Wind ein schwaches Licht
Wankt er – und fällt längelang.
        Bei dem Sang …

Führ mich an. Den Pfeil ich richt
Auf der Wortvögel Gefieder.
        Bei dem Sang der Lieder …

Kaum doch krieg ich sie in Sicht,
Und wie ein Kind vorbei ich traf.
        Bei dem Sang der Lieder Schlaf …

Was ein Weiser warnend spricht,
Als Wahrheit solls euch gelten.
        Bei dem Sange selten …

Nun ratet, was den Schlaf mir bricht, –
Und schallend fliegt mein Lied über Land.
Beim Sang der Lieder selten Schlaf ich fand.

Gisli wollte nicht mehr, aber Torfinn umarmte ihn, sie wechselten Freundschaftsküsse, und er mußte wieder loslegen:

Ein list'ger Mann mit Lustigkeit
Mich lahmen Sänger schlug er breit.
Obs schlecht auch schallt – ich bin bereit.
Sein Schmeicheln leicht bezwang mich.
Süß umklang mich …

Auf Leichtsinns Eis ich Armer gleit,
Obs andern besser wohl gelang?
Süß mich umklang …

Legt nur los! Jetzt ist es Zeit,
Lustig den Reigen zu schlingen.
Süß umklang mich Singen …

Schon trägt des Tanzes Meer uns weit
Auf tobendem Gewoge fort.
Süß umklang mich Singen dort …

Wer still am Strand bleibt, tut mir leid,
Denn stolz bläht sich das Segel schon.
Süß umklang mich Singen von …

Wenns lockre Liederflocken schneit,
Sind lustig die Alten und Jungen.
    Vom Nibelungen …

Der Sinn vor Sorgen ist gefeit,
Wenn Sangeslust sie rasch verbannt.
    Vom Nibelungenland …

Zwickt dich die Minne einer Maid,
Bemeistre sie, duld keinen Zwang.
    Bei dem Sang …

Schweig davon und sei gescheit,
Schlimmes vergißt sich wieder.
    Bei dem Sang der Lieder …

In des Reigens Rausch ich schreit,
Rühre mich und tanze brav.
    Bei dem Sang ich Schlaf …

Zum Schluß nun das Gedicht gedeiht,
Dem donnernd die Segel schwellten.
    Sang der Lieder selten …

Wir tragen der Freude farbiges Kleid,
Flennen und Kummer ist von uns verbannt.
    Vor dem Sang der Lieder selten Schlaf ich fand.

Ich weiß nicht, ob man mir glauben wird, aber es war der bezauberndste Tanz, den ich je im Leben gesehen habe. Ja, mehr als Tanz – es war lebendiges Leben. Daher war ich Frau Torgerd sehr dankbar, als sie rief: »Wer nimmt jetzt den Faden auf? … Una, du?«

»Ich weiß nicht, ob ich kann«, antwortete unsere Regenwettermaid, keineswegs abweisend, und schon sang sie einen Kehrreim vor sich hin, der sicherlich ihre eigene Erfindung war:

Sonne sank in roten Gluten,
Mächt'ge Runen ritzt der Mond
Und droht mit Regenfluten.

Sobald die anderen den Rhythmus gefunden hatten, ging der Tanz wieder an, diesmal von einer zarten Mädchenstimme getragen:

Heimat kann das Herz nicht finden,
Harmvoll Stund um Stunden schwinden,
Sonder Gram und garst'ge Sünden
Gerne stirbt, wer sehnsuchtskrank.
Sonne sank …

Schattenscharen in den Gründen
Lauern schaurig, ziehn dahin.
Sonne in …

Blaue Traumflut trägt auf linden,
Trägen Wellen manches Boot.
Sank in Rot ...

Wiegend in den reinen Winden
Wogen die Sehnsuchtsfluten.
Sank in roten Gluten ...

Nordlichtfeuer neu entzünden
Nächtliche Fackeln prächtig.
Mächtig ...

Scheuch nun schmerzliches Empfinden!
Wenn scharfer Frost im Marke sitzt.
Mächt'ge Runen ritzt ...

Vögel fahren, den Tag zu künden,
Ferne Sternbahn, lustgewohnt.
Runen ritzt der Mond ...

Doch in rauhen reifes Binden
Ringt die Schwinge lahm und wund.
Runen ritzt er und ...

Voller Haß er hetzt die blinden
Höhenklimmer in den Tod.
Ritzt der Mond und droht ...

Doch lärmt er auch mit lauten Gesinden,
Zuletzt muß er sich kläglich legen.
Ritzt der Mond und droht mit Regen …

Der Strom des starren Dunkels muß münden
In strahlende Tagesgluten.
Mächt'ge Runen ritzt der Mond und
droht mit Regenfluten

»Du jetzt, Togga!« rief Séra Sigvald, aber Frau Torgerd antwortete: »Erst du!« Séra Sigvald setzte unverzüglich mit einer brausenden Stimme ein, die das ganze Haus erheben ließ:

Christ, der Herr, von den Sternen kam –
Siegreich die Pein zu tragen,
Die Sünde er auf sich nahm.

Hier ist Frommheit, hier Vergnügen,
Hier Gesang in vollen Zügen;
Tanzes Torheit muß ich rügen,
Treibt euch sündiges Gelüst.
Herre Christ …

Schmerbäuch nur beim Liede schwiegen,
Scheltens weltliches Geplärr.
Christ, der Herr …

Doch die Guten gern sich wiegen,
Gleich im Takt – und sind doch fromm.
Christ Herr vom …

Laßt das Lied drum kräftig fliegen
Lustig in unseren Ronden.
Christ Herr von den …

Der Wein schuf in den Wasserkrügen,
Winseln hörte er nicht gerne.
Christ der Herr vom Sterne …

Er ging auf Seelenlauer liegen,
Zu sel'ger Freude er sie nahm.
Christ der Herr von Sternen kam …

Ich will nicht treulos euch betrügen.
Zum Trost euch nur den Reihn ich stieg.
Christ kam zum Sieg …

Schön ists, der Freuden Feld zu pflügen,
Frucht zu bergen im Himmelsschein.
Siegreich die Pein …

Edle Äpfel die Zweige dort biegen.
Man erntet zu jeglichen Tagen.
Siegreich die Pein zu tragen …

Glaubt nicht, daß Sucht uns und Seuche dort
schlügen;
Selbst heilt uns Christ dort geschwinde.
        Zu tragen die Sünde ...

Rostig das Schwert dort ruht von Kriegen.
Den Räuber selbst erwarb sein Kauf.
        Die Sünde auf ...

Jetzt können in Christi Nest wir uns schmiegen,
kennen nicht länger Schuld und Scham!
        Siegreich die Pein zu tragen;
        Die Sünde er auf sich nahm.

Kaum war Séra Sigvald verstummt und hatte bedeutet, daß er nicht fortfahren wolle, als Frau Torgerd rief: »Aufgepaßt jetzt! Der Kehrreim taucht unvermutet hier und da auf.« Sie hielt einen Augenblick inne und nahm einen Schluck Wein. Dann kam es – mit ruhiger, gezügelter Kraft:

Bäumende Rosse
Im rauschenden Hain!
Frisch ist mein Fohlen!
Fängst du mich ein?

Sie faßte Séra Sigvald an der einen Hand, Gisli an der andern, und ohne zu schwanken glitt der ganze Kreis in einen neuen Takt hinein:

Trete an
Alle Mann!
Bäumende Rosse …

Sing und spring,
Schwing und kling
Ring um Ring.
Im rauschenden Hain …

Wo Kameraden zum Kreistanz laden
Und ohne Schaden
In eitel Gnaden wir alle haben.
Ist frisch mein Fohlen …

Leicht beschuht
Lüpft sichs gut.
Ist hell der Mut
Und heiß das Blut,
Dann bäumen sich Rosse …

Wirb mich, wagst du's, Genosse?
In wilder Wut
Über Stock und Stein!
Im rauschenden Hain …

Wo Kameraden –
                – Kochend Sonnenbrut
Glüht zur Frucht die Flut
Der Säfte in Blütensternen.
Sammelt sie sicher in bittersüßen Kernen.
                Zum Kreistanz laden …

Und ohne Schaden
In eitel Gnaden wir alle baden,
Schweigt übles Gezisch.
                Mein Fohlen ist frisch!

Stimmt alle ein
Und rast den Reihn
Mit Scherz und Schrein
Und Ja und Nein.
                Ja – Ja – Ja … Nein – Nein – Nein …

Dann bäumen sich Rosse
Im rauschenden Hain.
Frisch ist mein Fohlen!
Fängst du mich ein?

Wie all dieser Tanz und Dichterstreit geendet hätten, ist nicht auszudenken, wenn nicht Arntrude sich erhoben und ihn abgebrochen hätte. Den Arm zu einem der dunklen Fenster erhoben, sprach sie mit zitternder Stimme, leise und singend, so daß die Worte vom Lärm des Radios fast erstickt wurden:

»Die Leiter! … Die Sonnenleiter … die güldene Leiter … Unsere Himmelsleiter! … Siebenundsiebzig Stufen … Alle werden wir sie ersteigen – – zum Saal der Herrlichkeit – – alle bis auf einen! …« Die anderen waren zum Fenster gestürzt, um zu sehen. Auch ich warf einen Blick in die Nacht hinaus, in die stockfinstere Nacht. Mein Auge konnte nichts entdecken. »Die Völva hat gesprochen!« sagte der Dichter. Unsere eben noch so lustigen Gäste aus der Grabesnacht starrten einander an, starrten auf Arntrude und das Fenster, sichtlich betreten und mit unruhigem Blick. Arntrude stand aufrecht, dann wankte sie und sank zusammen, wurde aber im Fallen von Frau Torgerd aufgefangen. Sie setzte sie in einen Lehnstuhl, wo sie sitzen blieb wie ein uraltes Kind und mit fahlen Lippen wimmerte: »Leiter, Menschen … Leiter …«

7

Bald darauf waren meinen Gästen Zimmer angewiesen; Frau Torgerd hatte sie auf die Räume verteilt und Anstandsregeln für die Nachtruhe gegeben. Ich aber saß wieder in meinem Arbeitszimmer – das Haupt neben mir auf der Tischdecke – und als ich den Holzstoß im Kamin angezündet hatte und jetzt auf den Knieen davor lag, die Blätter meiner allzu solid gebundenen Manuskripte, meiner »Werke«, einzeln herausriß und Stück für Stück verbrannte, da sprach das Haupt, nachdem es mir eine Zeit lang stumm zugesehen hatte: »Was opferst du da – und wem?« – »Ich benütze die Gelegenheit, solange es noch nicht zu spät ist, und übergebe einige nutzlose Blätter dem Feuer und der Vernichtung; man könnte auch sagen, es sei mein Leben, das ich dem Unbekannten opfere.« – »Lohe ist ein großer, gieriger Gott, das stimmt«, erwiderte das Haupt und blickte mich scharf an. »Nimmt, was man ihm gibt. Und manchmal noch mehr. Was gibt er dafür? Flüchtige Wärme bestenfalls – und wenn er dich packt, schwärende Wunden. Mir nahm er eine Schar von Männern, gegen die ich nichts Böses im Sinne hatte, und damit Frieden und Freiheit in zwei Ländern ... Der Unbekannte – wer ist es? Ist er einer, der den weißen Christ besiegt hat?« Was sollte ich hierauf antworten? Was wußte ich vom Allseienden? »Der Gott unserer Tage ist Mammon«, sagte ich. »Ist es ein großer und guter Gott?« fragte der rote Skalde ruhig. »Seine Verehrer opfern ihm ohne Zögern so große Mengen von Menschenleben, daß keine Zahl ausreicht, einen Begriff davon zu geben. Und sie lassen sich mit Wonne in seinen Armen aussaugen und entseelen. Groß muß man ihn also wohl nennen«, antwortete ich. »Das muß ja mächtige Opferfeste geben«, sagte das Haupt verwundert. »Zu meiner Zeit begann der Brauch ganz abzunehmen. Man sah ihn als unwürdig, ja ehrlos an. Ihr opfert wohl Sklaven und Verbrecher? Woher habt ihr solche Massen von Missetätern?« – »Du irrst, unsere Verbrecher sind sozusagen die einzigen, die sicher sind. Sie sitzen hinter Schloß und Riegel und bessern sich. Nein, die Opfer sind die jüngsten und kräftigsten Männer eines jeden Volkes.« –

»Häuptlingssöhne?« fragte er ungläubig, »freie, edle Männer? Welche bösen Mächte bestimmen etwas derartiges?« – »Den obersten Gott habe ich dir schon genannt. Mit seinen Untergöttern, deren Schar groß ist, hält er die Völker der Erde in Sklavenketten. Alle Erfindungsgabe der Menschen – und die ist groß in heutiger Zeit – dient dazu, die Opferfeste zu seiner Ehre so grausam und blutig wie möglich zu machen. Die Opfer werden mit Begeisterung gegenseitig zu Henkern. Frauen, Kinder und Greise sind bisher durch Hunger umgebracht worden, aber zum nächsten Opferfest ist verkündet, man wolle giftige und verpestete Luft nicht nur über die Opferstätten, sondern über Stadt und Land abwerfen. Ganze Länder werden entvölkert und mit den Leichen wird man düngen.« – »Fliegen die Götter selber umher und werfen das Gift herab? Hast du sie in der Luft gesehen? Oder erzählst du mir Lügengeschichten?« – »Man sollte es fast glauben. Nein, sie haben auch hierfür Menschen abgerichtet.« – »Willst du mir weismachen, es gäbe jetzt Menschen mit Flügeln? Ich bin doch nicht etwa im Himmelreich des weißen Christ erwacht? Redest du von Engeln?« – »Nein, Flügel haben wir noch nicht, aber Flughemden, um hineinzukriechen.« – »Ist das wahr, was du sagst?« – »Ich selber habe eins und kann es dir zeigen!« – »Gehörst du denn zu den Giftstreuern?« – »Halte davon, was du willst!« – »Der Gott, den du nanntest, muß ein sehr mächtiger und gewaltsamer Gott sein.« Der rote Skalde runzelte die Stirn. »Kann man ihm nicht entgehen? Muß man sich seiner Macht beugen? Ist er wenigstens tapfer und wert, daß man ihm dient? Wohin kommen seine Toten?« – »In die Erde – solange es noch jemanden gibt, sie zu begraben.« – »So war es auch zu meiner Zeit. Aber dann?« Dazu schwieg ich. »Weckt er sie nach beendetem Fest? Hat er ein Walhall mit Met und braunem Bier für sie? … Wunderbares hast du mir erzählt. Und übel gefällt mir der Gott. Wir in unserer Sippe hielten nie viel von Opfern, wir verließen uns lieber auf uns selbst.« Er blieb eine Zeit lang still. Die brennenden Blätter krümmten sich unter dem erbarmungslosen Griff der Flamme, flogen halb verbrannt in die Stube hinein und mußten ausgetreten oder mit dem Feuerhaken ausgedrückt werden, damit nicht der Teppich Feuer fing. Im Kamin häufte sich allmählich die unruhige, flatternde Asche auf, die mir viel Mühe machte. Mein roter Freund sah schweigend zu. Dann sagte er: »Wie kann dein Leben in diesen Blättern liegen? Geht es dir etwas wie Nornagest und seiner Kerze; ist dein Leben vorbei, wenn sie niedergebrannt ist?« – »Es ist schon vorbei«, antwortete ich. »Du sprichst in Rätseln«, sagte das Haupt. »Oder hältst du mich zum Narren? Sind Runen und Zauberzeichen auf deine Blätter gemalt?« – »Ach, wenn es so wäre!« – »Das kannst du doch nicht ernstlich meinen? Und wenn es dein Leben ist, wie du sagst, was hast du davon, es freiwillig zu vernichten?« – »Ich habe jetzt eine andere Aufgabe, ich mache mich frei.« – »Frei? Bist du denn ein Unfreier?« – »Das kann man wohl sagen.« – »Vielleicht ein Friedloser?« – »Damit sagst du kaum zuviel«, erwiderte ich und häufte neue Blätter auf das Feuer.

»Dann haben es die Friedlosen jetzt doch anders und behaglicher als zu meiner Zeit«, sprach das Haupt. »Wer bist du eigentlich?« – »Das habe ich mich selber oft gefragt. Übrigens gilt es in diesem Haus für schicklich, daß sich der Gast zuerst vorstellt.« – »Ich mache kein Geheimnis daraus«, sagte das Haupt kurz. »Wie du siehst, bin ich nur noch das Haupt eines Mannes und kaum eines Namens wert. Aber der Mann, der es einst trug, hieß Grettir Asmundarson und wurde ›der Starke‹ genannt.« Ich warf die leeren Einbände beiseite, erhob mich von den Knieen und setzte mich an den Schreibtisch. »Du scheinst schon von mir gehört zu haben?« sagte Grettir fragend. »Wer hätte das nicht?« antwortete ich. »Das habe ich mir auch selbst oft gesagt: War auch mein Leben schlimm genug, so war es doch nicht umsonst gelebt. Alles konnte man mir nehmen – und nahm es mir – bis auf die Kraft meines Armes, den furchtlosen Mut und meine Taten. Sie würden lebendig bleiben und Männern den rechten Weg weisen, das wußte ich. Und du – wer bist du?« – »Jaki Sonarson.« – »Das klingt wie ein Wikingername, wenn ich ihn auch nie gehört habe. Ist es ein Deckname? Jaki, das ist eine Eisscholle, und Sonarson – das soll wohl, ›Sohn des Son‹ bedeuten? So hieß einer der Kessel, in den die verräterischen Zwerge des gotterschaffenen Mannes Kvasir köstliches, sangesträchtiges Blut zapften. Hast du als Heerkönig gelebt, daß du solche Reichtümer gesammelt hast?« – »Mein Name ist ebenso echt wie die sonderbaren Launen meines Vaters. Und mein Gold hat mein Großvater über Meere und Berge herausgeschafft; er hat es mit einer Schaufel aus der Erde gegraben, irgendwo dort in Vinland, das Leif gefunden hat und das sich nicht nur als Weinland, sondern auch als Goldland erwiesen hat«, sagte ich. »Was sind aber deine Taten?« fragte Grettir. »Frag Lohe danach; er ist jetzt der einzige, der sie kennt.«

Grettir sah sich um. »Wer ist heute der stärkste Mann im Lande?« Um meine Unwissenheit nicht bekennen zu müssen, fischte ich aus der, auf diesem Gebiet leider keineswegs erleuchteten, Tiefe meines Gedächtnisses einige Namen unserer Sporthelden heraus: den letzten Preisträger im Ringkampf und unseren augenblicklichen Fußballkönig. »Herrscht er denn über das Land?« fragte Grettir mit neu erwachtem Interesse. »Nein, es ist mit seinem Königtum nicht so wörtlich gemeint, er ist nur König auf dem Kampfplatz.« Als ich ihn auch darin enttäuschen mußte, daß ich den Stammbaum dieser starken Männer nicht auf ihm bekannte Leute zurückführen konnte, ließ er die Sache ungeduldig fallen. »Du wirst mir doch wenigstens sagen können, wo wir hier sind?« Als ich ihm die Gegend nannte, rief er verblüfft: »Im Säulental? Wie kommt mein Kopf hierher?« Er überlegte. »Gewiß, ich kenne jeden Stein, jeden Quell und Forellenbach hier oben im Ödland und habe Sigbjörn auf Fokstad manches Lamm geraubt. Bin hier umhergeschlichen und habe fast einen ganzen Sommer in einer Höhle gehaust. Aber gestorben bin ich doch draußen auf Drangey? Ob mein Bruder Illugi wohl davongekommen ist? Wohl schwerlich. Weißt du Näheres davon?« – »Sein Leben ließ er,« antwortete ich, »aber keine Brudertreue gewann höheren Ruhm auf Island.« – »Sterben müssen wir alle, und doch schmerzt es mich, daß Illugi sein junges Leben vor den elenden Hunden lassen mußte. Wer kann aber gegen Treulosigkeit, Trollkunst und Übermacht ankommen? … Weißt du, durch wessen Hand er fiel?« Um eine böse Geschichte nicht durch Schweigen noch schlimmer zu machen, erzählte ich Grettir von der Gefangennahme seines Bruders am Abend des Überfalls und von seiner Hinrichtung beim nächsten Morgengrauen, ja, ich holte die Grettissaga vom Regal und las ihm die Stelle vor. »Was ist das für ein Buch?« – »Die Saga von Grettir dem Starken.« Er betrachtete sie mit gerunzelten Brauen. – »Lies heute abend nicht mehr daraus«, bat Grettir und schloß zum ersten Mal seine furchtlosen Augen.

»Eine Saga?« fragte er bald darauf. »Wer hat die gemacht? Außer Illugi wußte keiner anderes von mir, als was alle sehen konnten. Und wenn ich meinen Bruder recht kenne, dann war er nicht sehr mitteilsam dort im Dunkel der Nacht auf Drangey, während er seinem letzten Sonnenaufgang entgegenwartete.« – »Ich will dir das Buch ein ander Mal vorlesen. Man meint, es sei in einem Kloster niedergeschrieben, und ich habe mir immer vorgestellt, es sei einem Geistlichen aus dem Midfjord zu verdanken, vielleicht einem deiner Nachfahren.« – »Mönchsgerede also«, sagte Grettir verdrießlich, »und vermutlich nichts als Märchen und Übertreibungen?« – »Daran ist kein Mangel.« Ich lächelte. »So wollen es die Leute nun einmal haben, und keine isländische Saga ist denn auch beim Volk beliebter.« – »Was schert mich das Volk! Übrigens auch die Häuptlinge! Du redest davon, als gedächtest du mir damit eine Freude zu machen? Vergißt du, freundlicher Fremdling, daß ich in meinem eigenen Volk friedlos war? Ein Geächteter. Vogelfrei. Tags gehetzt, nachts verfolgt. Und zuletzt erschlagen – mit Verrat und schändlicher Hexerei. Ermordet. Todkrank, mit fieberheißem Leib wie ein Stück Fleisch im Kessel, schwärend von Eiter habe ich meinen letzten Kampf gekämpft. Wir beide, Illugi und ich – – und jetzt kommst du und erzählst mir, daß sie auch ihn umgebracht haben, den guten Kerl … ›Mächtige Runen ritzte der Mond‹, sang sie zum Tanz, die reizende Maid. Was weiß sie von Runen – was vom Mond? Vom Mond, wenn man jahraus, jahrein kein anderes Gesicht gesehen hat oder doch nur selten. Vom Mond, der einen sogar im Schlaf überfällt, so daß man schweißgebadet vom Ringen mit ihm aufwacht. Was weiß sie von Glam, dem Mondwolf, dem schieffratzigen Glotzkopf dort oben, und vom Mann im Mond? Ich hätte ihnen ein Vikivakilied singen können, deinen Tänzern! Einen Gesang mit dem Kehrreim:

In Voll und Neu die Nacht quält schweigsam.
Himmelsleichnam!
Herrlich tanzen siehst hier du deine Toten.

Und es hätte vielleicht anfangen können:

Schwarze Wunden schmerzend quälen.
Schrein der Sinne, Schloß der Seelen
In Verrates Rauch verschwelen.
Suche Ruh dort nicht und Treu,
nicht in Voll und nicht in Neu!

Aber ich bin an diese Art zu dichten nicht recht gewöhnt; am Ende hätte es mit den Reimen gehapert … Verzeih, daß ich so viel rede, fremder Freund, der Wein muß mich erhitzt haben. Aber sieh, ich war so allein in der Welt – alle Kraft lag nur in meiner eigenen Hand. Die Götter haben mich verraten, die Menschen gemordet. Landes Recht und Gesetz blieb mir versagt. Verurteilt wurde ich wegen einer Tat, die ich nicht begangen hatte, und Freunde umlauerten mein Leben bei jedem Schritt, den ich tat. Und jetzt bin ein Held, und eine Saga ist über mich zusammengedichtet? Habe ich das erstrebt? War dies das Ziel, zu dem meine ›Ehre‹ mich führte? Wie unendlich gleichgültig ist es mir doch jetzt! Eine harmvoll geballte Faust in einer Hütte, ein kreischender Krieg im Hühnerhof – ists möglich, daß so etwas rühren kann? Ist das ein annehmbares Entgelt für den lebenslangen Würgegriff unerbittlicher Friedlosigkeit, mit dem Triumph der Treulosigkeit und des erbärmlich verdrehten Rechts? Kein Wort mehr davon – kein Wort. Aber hören will ich die Saga einmal, wenn du sie mir vortragen willst. Wer bist denn du? Und wie komme ich hierher ohne alle Glieder außer meinem Kopf?«

Unverzüglich und so kurz und klar wie möglich gab

ich Grettir Bericht über mich und meine Erlebnisse in dieser unfaßlichen Neujahrsnacht unter dem Zauberschein des Nordlichts.

»Das klingt wie reines Narrenwerk. Wie lauter Hirngespinst und Mönchsgewäsch. Säße mein Haupt auf meinem Hals, dann würde ich es schütteln.«

»Das verstehe ich gut, denn ich selbst traue meinen eigenen Augen noch nicht.«

»Man muß wohl glauben, was man sieht, fühlt, schmeckt, riecht. Oder meinst du, es gäbe einen Zauber, so mächtig, daß er einen etwas spüren ließe, ohne daß man selbst oder das Ding vorhanden ist? Zwar – ich erinnere mich, vom weißen Christ gehört zu haben und von seinen Wundern. Wir hatten auch eine Kirche zu Bjarg und waren getauft und hießen Christen. Du hast es wohl gehört, daß mein Vater Asmund Kaufmann war, ehe er Bauer wurde. Er trieb auch später Handel mit Kirchenbauholz, der Alte, und mit allerhand Gerätschaften, die damals mehr und mehr in Brauch kamen und guten Verdienst abwarfen. Meine Mutter Asdis dagegen, die nach Namen und Sippe fest an unsere alten Götter gebunden war, konnte sich mit den neuen Bräuchen nicht recht befreunden. Und ihrer Auffassung neigten auch wir Brüder zu, obwohl ich damals noch nicht wußte, daß sich der weiße Christ mit so grausamen Dingen abgibt, Männer ohne Gliedmaßen von den Toten zu erwecken.«

»Wir wissen nicht, welche Mächte dahinterstehen,« sagte ich, »noch wie es enden wird.«

»Wenn du glaubst, ich habe Angst, dann irrst du dich. Noch hat niemand gesehen, daß Grettir sich graust. Aber wohl wüßte ich gern, wieso mein Kopf vom Rumpf getrennt und hierhergebracht worden ist.«

Ich erzählte ihm, wie sein Mörder Torbjörn Angel ihm mit seinem eigenen Schwert das Haupt abgeschlagen, es mitgenommen und in Salz gelegt habe, um es auf dem Allthing im nächsten Sommer vorweisen zu können.« – »Weißt du genau, daß er mein Haupt eingesalzen hat, der Hund?« fragte Grettir heiser.

»Die Saga berichtet es.«

»Ist noch jemand von der Sippe am Leben?« fragte er weiter. Darüber konnte ich ihm keinen Bescheid geben. »Und weiter?« knurrte er kurz. Ich erzählte ihm, wie Torbjörn sein Haupt nach Osten über Land und Berge mitgenommen und wie er es Tore auf Gard gezeigt habe, um seine Aussage zu bestätigen und die ausgesetzte Belohnung zu gewinnen, die ihm jedoch verweigert wurde. Wie er es dann später Grettirs Mutter Asdis vor die Füße rollen ließ und es schließlich oben im inneren Hochland irgendwo begraben hatte, weil es ihm doch bedenklich wurde, sich auf dem Allthing damit zu zeigen. Und ich machte ihn mit dem Sagabericht bekannt, daß er später nach Bjarg gebracht und dort begraben worden sein sollte.

»Das alles klingt schlimm und läßt mich doch darüber im Dunkeln, wie ich hierher und in diesen Zustand gekommen bin«, sagte Grettir – und darin mußte ich ihm recht geben.

»Und was willst du jetzt mit der ganzen Gesellschaft anfangen?« fragte er.

»Wenn ich das nur wüßte«, antwortete ich mit Weh im Herzen, denn durch diese Frage wurde ich mir von neuem des augenscheinlich unheilbaren Unglücks bewußt, das hier geschehen war. »Sollte unter allen ungeheuerlichen Mächten des Weltalls keine einzige erlösende sein?«

»Frage nicht mich danach«, erwiderte Grettir. »Ich habe sogar meine Arme verloren. Aber meine Zunge habe ich noch, bis man sie mir aus dem Hals schneidet, und sie ist von dem Salz kaum süßer geworden. Kein Gott, kein Unhold oder Mensch soll Grettirs Auge zucken sehen.«

War dies nicht reine Eitelkeit, fragte ich mich. Wie konnte Grettir, mitten in Nacht und Grauen, in seinem Groll verharren – eine ewig geballte Faust? Durfte ich denn auch von diesem Haupt keine Hilfe erwarten? Was dann? Daß er noch immer über verjährtes Unrecht und längst in der Erde versickerte Gemeinheit rasen konnte! Welch unverwüstliche Lebenskraft einer Kränkung, die doch nur rein persönlich gewesen war – oder hatte ich hier den ewig und allzeit Friedlosen unserer Erde vor mir, von dem nur noch die erfinderische und schließlich doch unschädliche Zunge übrig geblieben war? – Diese Kraftentfaltung kam mir so verrückt vor, daß sie mir die letzte Spur innerer Stärke raubte. Zum Umsinken matt fragte ich Grettir, ob wir nicht ein wenig schlafen wollten, ehe ein neuer Tag aufginge. »Wir wollen es versuchen«, antwortete er höflich.

Ich gab ihm mein Kopfkissen und ging in mein Schlafzimmer, schloß die Tür und warf mich aufs Bett. Endlich allein! Wenn auch nur für kurze Zeit. Obwohl sich alles vor mir im Kreis drehte und Bett und Zimmer ärger schwankten, als ich es je auf dem Ozean oder in jugendlichem Rausch erlebt habe, hakten sich meine Gedanken doch an den gewohnten Sätzen des Abendgebets fest und fanden endlich für eine Weile einen gewissen Frieden. Wieder und wieder betete ich, wanderte die Bahn meines selbstverfertigten Gebetes und versuchte mit aller Macht, mich in seine betäubende Tiefe zu versenken, ja mit Leib und Seele darin aufzugehen. Jedesmal schloß ich mit dem Gebet aller Gebete, mit dem man sich wie mit einem geheimnisvollen Schlüssel abends aus dem Gefängnis des Ichs befreit. Aber ich war zu müde, um richtig beten und versinken zu können, zu müde, um zu schlafen, zu müde aber auch, um zusammenhängend zu denken. Die Gedanken wurden zu lauter flimmernden Gesichten, zu nächtlichen Nordlichtern auf dem blauschwarzen Grund bodenloser Verzweiflung. Ich sah meine hilflosen und in jeder Beziehung so übel mitgenommenen Auserwählten schutzlos in unser modernes Leben hineingestoßen: ich sah sie in der Weltpresse interviewt und abgebildet – wenn nicht gerade politische Wahlen das Interesse beanspruchten und den einzigen inneren Sprengstoff unserer Zeit, die leidenschaftliche Leere, auslösten. Ja, ich sah sie auf Jahrmärkten oder gar im Film zur Schau gestellt. Die kleine Asdis als Opfer einer Entführung, Una legalen oder illegalen Eingriffen in das keimende Leben ausgesetzt, Frau Torgerd als regelmäßige Lieferantin neuer Kinder – alle neun Monate –, von denen einige nach den Vererbungsgesetzen wohl ewig und unvergänglich waren wie die Mutter, während die übrigen, sofern sie erdgeborenen Vätern entstammten, jedenfalls deren sündenentsprossene Vergänglichkeit erbten und ganz oder teilweise sterblich wurden. Ich sah Séra Sigvald eine messesingende, sektenbildende Tätigkeit in Amerika entfalten, wo niemand seinem männlichen Perpetuum mobile würde widerstehen können und wo er daher als lebenslänglicher Präsident und womöglich ewiger König der Vereinigten Staaten der Erde enden würde. Ich sah Arntrude von Okkultisten, Gudrid von den Klageweibern der ganzen Welt ausgenützt, Torfinn als festes und unzerstörbares Inventar aller Fremdenlegionen, Gisli als Schafzuchtexperten in einem Landwirtschaftsministerium, Nikulas und Fridbjörg zu hoffnungsvollen internationalen Hotelmardern entwickelt, den Rumpf als erbliches Ausstellungs- und Familienstück auf ewige Zeiten von einer unternehmenden Zirkusdynastie erworben und Grettir als redende Hauptattraktion im Altertumsmuseum in Reykjavik. Nein, das ging auf keinen Fall. Ins Leben durfte ich sie nicht hinauslassen, meine armen, so naiv tanzenden Auferweckten; dazu waren sie nicht geeignet. Ja, der bloße Gedanke hieran erschien mir noch ungeheuerlicher als dieses ganze Ereignis selbst. Sie würden mißbraucht und gequält werden, und ihnen stand nicht einmal – dies setzte ich voraus – die gnädige Tür des Todes offen – wie uns anderen allen. Es blieb also nichts übrig, als im Wunder auszuharren und auf ein neues zu warten … Wenn das Ganze nur ein Traum wäre, welche Erlösung … oder, so phantasierte ich weiter, ein Buch, ein Roman – etwa von einem Engländer, der Ordnung in seinen Sachen hält, einem Wells oder einem Huxley. Dann wäre doch Sinn, Methode in den Dingen, die sie zwar, soweit wir wissen, in sich selbst nicht haben, wenigstens nicht deutlich und greifbar, die aber gerade deshalb in solch einem literarischen Produkt so wohltuend und bürgerlich sicher wirken. Dann wäre hier auf Fokstad nicht ein Haufen zufällig Begrabener erwacht, sondern eben Leute, wie sie ein Romanschriftsteller braucht, um ein abgerundetes Bild einer – wenn auch eingebildeten – Welt zu geben und eine – wenn auch in der Luft schwebende – Weltanschauung aufzubauen. Mit meinen armen Auserwählten war in dieser Hinsicht selbstverständlich kein Staat zu machen. Nicht im mindesten. Bei jedem Versuch, sie als künstlerischen Vorwurf zu benutzen, würden sie ganz einfach auseinanderfallen, unzusammenhängend bis auf das nackte notdürftige Leben. Zum Gebrauch für ein Buch waren sie so wüst und unfruchtbar wie das Hochland rings um Fokstad, nur überdämmert von einem, literarisch betrachtet, gänzlich unnützen und überflüssigen Leben, das sich weder mit Worten noch in Worte fassen läßt. Ach, wären sie doch nie erwacht! Und schliefe ich doch noch. Oder hätte ich wenigstens vorhin am Kamin nicht alle Schiffe hinter mir verbrannt … Nein, Wunder sind ein Unding, unterhielt ich mich weiter mit mir selbst. Dessen war ich mir immer bewußt gewesen. Wunder sollten überhaupt nicht stattfinden, sollten verboten sein. Als ob es für den Menschen nicht Wunder genug wäre, einmal geboren zu werden, geboren zu werden und wieder zu vergehen …

Nun … Morgen war hoffentlich alles wieder in Ordnung. – – Jedenfalls mußte ich gleich daran denken, die Glasscherben aufzusammeln. Wie dumm und kindlich, das kostbare Kristall so aus dem Fenster zu schleudern. Was hatte sie doch gesagt, diese Arntrude, die Grettir »Völva« nannte? Von einer Leiter hatte sie gesprochen, einer güldenen Leiter – natürlich gülden – einer Himmelsleiter sogar – siebenundsiebzig Sprossen! Warum gerade siebenundsiebzig? Eine Prophezeiung? Ein Omen? Und ich hatte wahrhaftig vergessen, Grettir zu fragen, ob man dem Beachtung schenken müsse. Waren da nicht auch ein Hund und ein Pferd gewesen? Gewiß, ja. Und der Hund war Vigi gerufen worden – von dem Pferd hatte ich noch nichts erfahren. Wenn sie nun fortliefen, während sie schliefen, und sich unter dem sterblichen Vieh verloren! Ach – ach – und ich, wo ich doch schon mehr als genug auszustehen hatte, ehe dies hier …

Endlich muß ich in Schlaf gefallen sein.

Zweiter Kommentar des Herausgebers

Es hieße, falsch verstandene Rücksicht üben, wollte ich verschweigen, daß ich mich überaus stark versucht fühlte, aus alter Freundschaft die Zeilen zu streichen, in denen

Jaki Sonarson schlaftrunken – das darf man wohl behaupten – und auf sein Lager hingesunken, über die literarische Verwendbarkeit seiner Personen – Entschuldigung, seiner Auserkorenen – »phantasiert«, wie er es nennt, und dabei etwas unbedacht zwei Namen erwähnt, die man gerade in diesem Zusammenhang dem Leser besser nicht ins Gedächtnis gerufen hätte. Andrerseits, fängt man erst einmal damit an, in diesem Buch zu streichen, das ich aus bloßer Freundschaft und einer vielleicht etwas zu weit getriebenen Pietät auf Grund eines Testaments zum Druck befördere – wo sollte man dann aufhören?

Fortsetzung von Jaki Sonarsons Papieren

8

Als ich am nächsten Morgen aus einem dumpfen, traumschweren Schlaf erwachte, war es schon ganz hell. Der Tag drang strahlend ins Zimmer, aber er wirkte fremd, vielleicht weil ich mich verschlafen hatte oder aus irgendeinem anderen Grund. Von diesem ungewohnten Erwachen unangenehm berührt, lag ich eine Weile still und lauschte. Ohne genaue Erinnerung an den vergangenen Abend und ohne zwischen Traum und tagheller, tagscharfer Wirklichkeit unterscheiden zu können, hatte ich den

Eindruck, daß nicht alles war, wie es sein sollte – daß etwas geschehen war. Aber was? Soweit ich es beim Schlagen meines Herzens – es scholl empor wie aus einem tiefen Brunnen – hören konnte, war es im ganzen Haus völlig still, kein Laut in meinem großen Steinkasten zu vernehmen. Gott sei Dank! Wie konnte es auch anders sein? Ich hatte ja Ugle diesmal zu Weihnachten nicht heimreisen lassen, und anderer Besuch war nicht gekommen. Wie wenn man eine Schleuse geschlossen hat und das Wasser langsam über eine dürre, dürstende Wiese steigt und sich zwischen dem spärlichen Gras verläuft, so sickerte ein kühlender Friede durch mein ganzes Gemüt – ein Friede, der doch wohl nicht ganz echt war. Nein, ach nein, ich muß es gestehen: ein gut Teil selbstbetrügerischer Verstellung mischte sich in meine Traumgeschichte, wie ich jene Ereignisse der Finsternis vor mir selbst nannte, als ich mich jetzt daran machte, die verflossene Nacht durchzudenken.

Was hatte ich eigentlich geträumt? Die Nordlichtnacht mit ihrem Nornengespinst aus flüchtigem, betörendem, verräterischen Licht? Eine Art Verszeile, von der ich nicht herauskriegen konnte, woher ich sie hatte: »Frisch ist mein Vogel – fängst du mich ein«, oder so ähnlich. War das auch ein Traum gewesen? Das lebensträchtige Dunkel, in dem die Nacht und der keimende Erddunst wie zu einem gebärenden Meer von Angst und dunklen Trieben zusammengeflossen waren, nur ein Traum? Oder die wundersamen Laute und das Gewimmel von Gespenstern – es waren zwar nur etwa ein Dutzend gewesen, aber immerhin ein Dutzend zuviel – höchstens die kleine Asdis ausgenommen? Oder das seltsam fromme gemeinsame Bad und die vervielfachte Auferstehung der Grabentstiegenen in einer neckischen Spiegelwelt? Hatte ich den ganzen Gerichtstag an meinem Schreibtisch mit mir armen Toren auf dem Richtersitz nur geträumt? Das an eßbaren Genüssen so sparsame Nachtmahl nur geträumt, das sich indessen unter der anspornenden Wirkung der Süd- und Schaumweine und mit Hilfe der fernwirkenden Musik und ihres ebenso willkürlichen wie unbefugten Eingreifens zu einem so wenig himmlischen Tanz- und Dichtspiel, ja geradewegs zu einem Tanzvergnügen alten Stils, einer Lust ohnegleichen steigerte? Geträumt endlich die Prophezeiung, die verheißungsvollen Visionen der Völva?

Etwas flau stellte ich bei mir fest oder bildete mir wenigstens ein: ja, das Ganze war nur ein Traum. Wenn ich jedoch zur gewohnten Zeit ins Bett gegangen war wie hatte ich mich dann verschlafen können? Die Kuh und das Bullkalb würden es unbegreiflich finden und ganz außer sich sein. Vielleicht standen sie schon drüben im Stall und brüllten wie besessen. Und meine Schafe – trotz ihrer sprichwörtlichen Geduld würden sie verdrießlich und reizbar werden und sich beim geringsten Anlaß gegenseitig stoßen. Lautlos kroch ich aus den Federn und schlich mich die Treppe zum Bad hinunter, drückte leise, leise die Tür auf – und setzte mich wie vor die Stirn geschlagen auf die unterste Stufe. Alle Kraft hatte mich plötzlich verlassen, denn in der Badehalle lagen überall triefend nasse Handtücher, und in sämtlichen Zubern und Wannen stand Wasser.

»Was soll das bedeuten?« fragte ich mich und versuchte ziemlich erfolglos einen winzigen Funken von Verwunderung aus meinem schwergeprüften Hirn zu schlagen. Heimlich zog ich die Tür wieder zu, als könne ich damit etwas ändern und mir einreden, ich wäre gar nicht dort gewesen und hätte nichts gesehen. Wie ein Dieb schlich ich die Treppe wieder hinauf und in mein Schlafzimmer, schlich auf Zehen zur Tür meines Arbeitszimmers und legte das Ohr daran, um zu lauschen. Nein – nichts zu hören. Und doch – waren da nicht leichte, langsame Atemzüge, so ruhig und unbekümmert, als kämen sie aus der Brust der schlafenden Erde selbst?

Plötzlich war ich des Versteckspielens müde, und um ihm ein Ende zu machen, zog ich den Bademantel fester um mich und öffnete die Tür ... Selbstverständlich lag Grettir dort auf seinem Kissen – sein Haupt –, und als ich jetzt näher kam, schlug er ruhig die Augen auf, sah mich verwundert und forschend an, faßte sich jedoch alsbald und sagte lächelnd:

»Da ich aus triftigen Gründen mein Haupt nicht vom Kissen erheben und dich nicht begrüßen kann, wie es sich unter Männern geziemt, muß ich meine Zunge zu einer um so edleren Artigkeit zu zähmen suchen. Zum Ausgleich für meine ungezogene Haltung und zum unzweideutigen Erweis meiner wahren Gesinnung werde ich mir daher erlauben, den Wirt des Hauses mit einem wohlgerundeten Morgengruß zu ehren:

Wohl erwacht
Zu wahnvoller Tat
Find ich uns beide, Freund!

Der Stier muß stoßen,
Der Stockfisch dörren,
Männer den Morgen nicht scheun.

Und wenn man auch noch so berechtigt ist zu sagen, daß es uns übel geht und Gefahr droht,« fügte er tröstend hinzu, »besonders, wenn man bedenkt, daß wir als Opfer für den mächtigen Gott ausersehen sind, von dem du mir gestern erzählt hast, so müßte ich doch lügen, wollte ich sagen, daß mir widriger wach sei als tot. Im Gegenteil, stummer Fremdling. Drum schlage ich vor, das Schicksal zu nehmen, wie es trifft, ohne zu flennen.

Laß Kindlein klagen
Und Küchenmägde …
Vom Wasserfall erwart ich mir Tränen.

Hau mir die Hand ab,
Das Haupt auch ab …
Ich bliebe unversehrt.

Meinst du nicht gleich mir: Der Tag ist gut, solange er währt? Was haben wir zu fürchten, solange unser Wille wirkt und der Mut nicht magert? Soweit ich heute nacht sehen konnte, ist dein Haus eine Burg aus Stein und hat nur einen Fehler: zu viele und zu große Fenster. Feinde und Verräter können ohne weiteres hineinschauen, und allerhand Trollpack kann Torheit in einen hineinglotzen aus dem Dunkel. Können wir sie mit Mörtel und Stein vermauern, läßt sich die Burg mit unserer Mannschaft lange verteidigen und ist nicht leicht zu erobern. Hätte ich nur Arme – und Kaar, mein kostbares Schwert! Nun, Waffen hast du wohl, da du mit allem anderen so reich versehen bist? Womit bist du am tüchtigsten, mit Schwert oder Schleuderwaffen, Spieß oder gespanntem Bogen? Gisli sieht mir ganz aus, als könne er ein schätzbarer Schädelspalter werden, und aus Torfinn machen wir schon noch einen tapferen Krieger, glaub mir. Von dem christlichen Kämpen gar nicht zu reden, dem Kuttenträger, der mich gewaschen hat, daß ich mich im Kopf noch ganz wässerig fühle. Und Frau Torgerd kann man sich nicht besser wünschen, wenn es gilt, Pech und heiße Jauche und andere Verjüngungswässer zu kochen, um sie den Angreifern aufs Haupt zu schütten. Ja, ich müßte mich sehr irren, wenn sie nicht selbst zum Schwert griffe, sobald es gilt. Fort drum mit Angst und Beben, edler Freund; Zeit zur Furcht, wenn die Zähne ins Gras beißen! Nikulas und seine garstige Alte wären wir besser los, aber an solchem Kroppzeug soll man sich nicht die Hand besudeln. Haben wir nur erst die Fenster verrammelt, dann fürchte ich hier in deinem Haus weder Überfall noch offenen Kampf. Laß nur deinen Gott kommen an der Spitze seiner Schar, zu Roß und im Flughemd. Man kennt doch das Sausen der Klinge und weiß, wie der blaue Stahl blitzt. Wie es auch kommt, schlimmer kann es nicht werden, als daß wir in Ehren fallen. Hast du ein Stück Dörrfisch zum Kauen und etwas Morgenmet, möglichst warm? Ich bin es so gewöhnt.«

»Ich will nachsehen«, antwortete ich und erhob mich erleichtert aus meinem Schreibtischstuhl, in den ich niedergesunken war und während seiner langen, so ganz unzeitgemäßen Betrachtungen wie gelähmt gesessen hatte, – erhob mich und öffnete die Tür zum Eßzimmer; Una ging lautlos darin umher und machte rein.

Sobald unsere Regenwettermaid mich erblickte, sank sie auf die Knie, kreuzte die Arme über der Brust und senkte ihr reizendes Haupt, das gewissermaßen aus lauter schwachgezeichneten Ovalen bestand. Ich hatte die Tür hinter mir geschlossen. Einige Zeit verging, keiner von uns beiden rührte sich. Wie ich sie da vor mir sah, die leichte Röte der Arbeit auf den Wangen und die köstliche Geschmeidigkeit der Jugend in Leib und Gliedern, begriff ich plötzlich Torfinn ganz und gar, sozusagen aus mir selbst heraus, begriff ihn und fühlte mit ihm: der arme Kerl hatte sich in das Unerreichbare vergafft, in das nur scheinbar Wirkliche, in ein Traumgesicht – »aus fährst du zu Inseln blau!« … Wie aus einer inneren Kraft, die in ihren Gliedern lebte und die sie mühelos beherrschte, erhob sich das Mädchen, stand wieder aufrecht wie eine Feder, die sich streckt, und sagte leise: »Ich will sie rufen.« Sie huschte aus der offenen Tür zum Flur. Wie im Traum folgte ich ihr, an dem unabgeräumten Tisch und dem fuchstückischen Radioapparat vorbei, der im

Vollgefühl seiner Verdächtigkeit aus seinen runden Handgriffaugen mit verzinntem Blick schuldbewußt nach mir schielte – hinaus aus der Stube, durch den Flur, ganz hinaus in den neuen, ruhig wartenden Tag.

Milde Morgenluft füllte meine Lungen und sättigte meine Nüstern mit sanfter Freundlichkeit. Dieser erste Schluck aus dem Meer des Tages erfrischt mehr als jeder andere Genuß; jeder Morgen hat sein besonderes Aroma. Heute tat es so gut, mitten im Winter Frühlingsträume zu wittern. Neujahr! ... Der Himmel stand kristallklar über mir; Berg und Tal lagen wie eingeschläfert da, wie ein Stück Meeresgrund. Ein fremdartiger Zauber war über den Tag gebreitet. Ich streckte die Arme aus in dem Gefühl, man müsse in die Luft greifen können wie in Wasser. Aber gerade, als ich den Tag genießend in mich trinken und mich in seinem Arm zur Ruhe betten wollte, war er mir unter den Händen zergangen. Ich war nicht mehr eins mit ihm. Fort war er und verwandelte sich in immer neue Bilder: Draußen an den Hängen ging ein Mann mit ein paar Schafen, die nur meine eigenen sein konnten. Jenseits des Bachs galoppierte eine schwarze Gestalt auf einem braunen Pferd donnernd über die harten Flächen – jetzt sprengte sie in den See hinaus, und zwar bei der Furt, die hinüber führt und die er demnach kannte. Das Wasser spritzte hoch auf um Mann und Roß, im Nu stoben sie dahin, ein Windstoß über der morgengrauen Flut. Meine eigenen Pferde hatten sich auf der Landzunge, wo ich sie grasen ließ, versammelt; dort standen sie dichtgedrängt und sahen verwundert zu. Und nicht genug damit: aus einem Schafstall, der leer stand, weil mir die Landwirtschaft auf dem Hof unter den Händen zerronnen war, drang Qualm zur Tür heraus. Das flache Maul mir zugewandt, lag das Gebäude da und pustete aus seinem viereckigen Mund bald aschgraue, bald blaßblaue Wolken echt isländischen Rauchs. Und Rauch spann sich auch in schmalen Fäden aus den Lüftungslöchern im Dach.

In dieser Tür sah ich Una mit lautlosem Schritt verschwinden. Aber ehe ich noch mit meiner Verwunderung über dies alles fertig war und mir meine Frage beantwortet hatte, ob sie wohl wieder zum Vorschein kommen werde, hörte ich einen Hund kläffen, leicht und verspielt, und um eine Hausecke kam meine kleine Freundin gestürmt, Asids mit Vigi, ihrem freundlichen Hund. Sie stürzte mir entgegen, geradewegs in meine Arme. »Ach, wie schön ist das!« rief sie und lachte. »Gesund zu sein und zu rennen. Ach, wie schö–ön ist das!« Und sah mir ins Auge: »Findest du nicht auch?«

Was soll man einem Kind auf eine solche Frage antworten? Überhaupt wie soll man unschuldig Begeisterte abspeisen? Vielleicht ist wirklich alles Leben »schön«, Leben an sich schon ein Gut? Asdis stand und streichelte erwartungsvoll meine Hand, doch ich wurde der Antwort enthoben. Frau Torgerd trat rasch aus der rauchspeienden Tür des Schafstalls, die soeben Una verschlungen hatte, schritt würdevoll auf uns zu, beugte mit sichtlicher Übung in dieser Kunst kurz das Knie, richtete sich gleich wieder auf und begegnete forschend, doch voll ruhigen Zutrauens meinem Blick. Zu Asdis sagte sie: »Lauf nur, Kind, und spiele. Es ist gut für Kinder, sich in dem frischen Tag zu tummeln.« Dann wandte sie sich lächelnd zu mir: »Das Wetter ist wie von Gott geschaffen – und wie sollte es auch nicht? Aber wir scheinen doch inmitten all dieser Frühlingshaftigkeit noch im Winter zu sein.« – »Heute ist Neujahrstag«, erklärte ich und bedeutete ihr durch eine Handbewegung, daß ich mit ihr allein sprechen wolle. »Neujahrstag?« wiederholte sie andächtig und zugleich mit einem Anflug von Schrecken, während sie mir ins Haus folgte: »Und wir sind nicht in der Messe gewesen! ... Wo ist hier Gottesdienst, seit die Kapelle nicht mehr da ist?« Da ich nicht gleich eine Antwort fand, fuhr sie fort: »Ja, es muß Winter sein, die Sonne steht ja noch nicht hoch.« Sie lächelte über sich selbst, vermutlich weil ihr das erst jetzt auffiel, und indem sie so unser Gespräch oder vielmehr ihr Selbstgespräch in Gang hielt, richtete sie ihren Schritt nach mir, und über ihrem Wesen lag eine aufrechte Würde, wie sie nur ein sicheres, unzerstörbares Selbstgefühl verleiht. Trotzdem war sie nicht dahin zu bringen, vor mir ins Haus zu treten, ja, sie schien meine Aufforderung dazu nicht einmal zu verstehen. Glaubte sie etwa, ich wolle nur ihre gute Erziehung auf die Probe stellen? Als wir in meiner Wohnstube saßen, die sie noch nicht gesehen hatte – ich war selbst auch eine ganze Zeit nicht darin gewesen – und die sie überrascht und wohlgefällig betrachtete, meinte sie, solche Teppiche habe sie auch gewebt, und musterte meinen altväterlichen Bodenbelag mit Kennerblick. Über die Bilder aus der Umgegend, die ich an den Wänden hängen hatte, sagte sie: »Wunderbar – so habe ich es gesehen, wenn ich sehr froh oder sehr traurig war.« Dann begann sie über die Ereignisse des Morgens Bericht zu erstatten, als verstände es sich von selbst, daß ich gerade dies von ihr erwartete.

»Es war nicht nur die Kapelle, die ich heute morgen beim Erwachen vermißte, – ich konnte auch das Küchenhaus nicht finden.« So begann sie und lächelte, als sei das höchst merkwürdig und schlimm, aber schließlich kein Vorwurf für einen Hausherrn, der offensichtlich ohne weibliche Hilfe war. »Da habe ich Torfinn in einem der Nebengebäude einen Herd aus ein paar Steinen herrichten lassen. Hier drinnen geht es doch unmöglich mit all dem Feuer und Rauch, und eine bessere Stelle war nicht zu finden. Natürlich murrte die alte Gudda darüber, daß sie aus dem Haus müsse, um an Herd und Kessel zu kommen. Aber das hilft nichts, etwas Warmes muß man doch haben, und Feuer ist nun einmal Feuer und macht Rauch. Hier drinnen ists übrigens schön warm ohne Feuer – weiß der Himmel, wie das kommt, – und überall, sogar in jeder Kammer und jedem Winkel – und das bei dieser Jahreszeit! Jetzt ist Torfinn hinaus, um etwas Brennbares zu sammeln«; sie blickte mir fragend in die Augen, als sei eine Erklärung am Platze, weshalb der Hof so ganz ohne Brennmaterial sei. Da ich jedoch keine Miene machte, mich zu äußern, fuhr sie fast ohne Atempause fort: »Und Gisli ist mit den Schafen auf der Weide. Sie müssen den ganzen Winter drinnen gewesen sein und brauchten jemanden, der sich um sie kümmerte, sagte er. In einer merkwürdigen Stube fand ich etwas, das wie ein Topf aussah, glatt wie Eis und weiß und blau. Hoffentlich habe ich damit nichts Dummes angerichtet, daß ich ihn nahm. Und jetzt haben wir also Grütze auf dem Feuer – wenn nur Gudrid sie nicht anbrennen läßt –; im Erdenleben ging es immer schief damit, wenn der Kummer sie überkam. Gisli verlangte Thymiantee und Grütze mit Isländisch Moos, aber ich sagte, da müßten wir erst den Hausherrn fragen, ob so etwas im Hause sei. Er ließ übrigens etwas davon verlauten, er sei hier nicht für ein ganzes Jahr gemietet. Aber ich glaube, er wird Fokstad kaum freiwillig verlassen, vor allem nicht, falls man ihm das verschaffen kann, was er Kautabak nennt und was so gut schmecken soll. Ja, und dann Séra Sigvald. Ich soll von ihm grüßen und ihn entschuldigen. Er ist auf seinem Braunen ausgeritten, er wurde zappelig wie ein Junge, als er ihn sah. Ihm ist auch eingefallen, daß er damals angeordnet hatte, das Pferd zu töten, als er sicher zu sterben glaubte; und jetzt ist er so entzückt über seine Vorsorge und Gottes Gnade, daß es mit der Hälfte auch genug wäre. Was ich ihm auch gesagt habe. Es könnte doch einen schlechten Einfluß auf einen Jüngling wie Torfinn haben, wenn er einen gesetzten Mann so aus dem Häuschen sähe.« Frau Torgerd schwieg einen Augenblick. »Am meisten Schererei werden wir mit dem Rumpf haben. Ist dein Urteilsspruch endgültig, oder …?« fuhr sie zögernd fort, und in ihrem Blick schoß blitzartig flüchtend jene alle Grenzen sprengende weibliche Hingabe auf, die nicht einmal vor dem Schuppenleib eines Drachen zurückschreckt, die noch in dem Entstellten, Verkrüppelten, Widerwärtigen eine besondere Aufgabe erblicken kann – ja eine Lust. Auf daß ja nichts verloren gehe! »Nun, ich habe hier nicht zu forschen, sondern anzupacken!« brach sie leichthin ab und stemmte ihre starken Schultern gegen alle sichtbaren und unsichtbaren Lasten. »Ich habe ihm etwas frische Milch gegeben, kuhwarm, das beruhigte ihn eine Zeit lang, den Quirl; und dann habe ich ihn in seinem Bett festgebunden. Ehrlich gesagt, ich wagte ihn nicht Nikulas und seiner Ehehälfte« – mit kaum spürbarer Veränderung im Tonfall hob sie das letzte Wort listig hervor – »anzuvertrauen, die sitzen und tuscheln, und ich habe noch keine Beschäftigung für sie. Sind nicht Rocken und ein paar Karden im Haus, ein Webstuhl und ein wenig Wolle? Vorläufig habe ich sie eingeschlossen – zur Sicherheit. Arntrude sitzt in ihrem Stuhl und starrt unbeweglich vor sich hin. Sie war nicht zu überreden, ins Bett zu gehen. – ›Ich schlafe wie die Vögel‹, sagte die Ärmste. ›So habe ich es immer gehalten – seit ich die Weihe erhielt und mir der Blick aufgetan wurde für meine Nichtigkeit und Gottes Allmacht. Verdiene ich, mich niederzulegen? Ich, die ich erlöst werden soll durch der Sonne blutendes Blut, rein geregnet in Gottes goldenem Strahl!‹ Ja, so sagte sie.« Frau Torgerd schwieg einen Augenblick. »Als ich mehr von der Leiter hören wollte – verzeih mir, Herr, wenn meine Neugier unangebracht war –, da schien sie es glatt vergessen zu haben. ›Das muß ein Gesicht gewesen sein, es ist erloschen. Gott öffnet die Tür einen Augenblick, und die Seherin sieht und kündet. Ihr andern müßt auf das Wort achten, auf daß es nicht vergehe, sondern lebendig bleibe und lebendig werde.‹ So sagte sie.«

Da ich auf dies alles nichts zu erwidern wußte und nur aufmerksam zuhörte, fing sie von etwas anderem an: »Wie verändert ist es doch hier auf Fokstad! Ich erkannte den Hof kaum wieder. Unsere Kapelle und der Gottesakker verschwunden, von den Gebäuden kein Stein mehr auf dem andern, selbst die Felder anders eingeteilt, die Hauswiese weit größer, der See eingeschrumpft, Grün, wo früher Grusflächen waren, und gutes Grasland fort, die Krume verweht bis auf den nackten Fels. Ach, was für eine Veränderung! Daß auch ein Hof gewissermaßen sein Leben hat, wußte ich nicht, bis ich es heute sah. Es schmerzt mich dummes, undankbares Menschenkind, daß alles so ganz anders ist als früher, und dennoch schlägt mein Herz wild vor Freude, weil ich wieder mitten darin bin. Ganz wie damals, als ich lebte.«

Sie lachte – und hatte Tränen in den Augen. Diese Tränen widersprachen ihrer Selbstbezichtigung über mangelnde Dankbarkeit. Und dann schwieg sie, schwieg und wußte nichts mehr zu sagen. Da auch mein Mund noch immer geschlossen war, als hielte ihn eine Hand zu, erhob ich mich stumm und nahm sie mit in die Küche, in die »merkwürdige Stube«, wie sie es genannt hatte; wies ihr die Drehschalter am elektrischen Kochherd und lehrte sie seine Verwendung. Ich zeigte ihr, wie die Lichter in- und außerhalb des Hauses angemacht und ausgeschaltet wurden und wie man die Zimmer gleichmäßig warm hielt. Ich ließ den Staubsauger laufen und hieß sie selbst damit über den Teppich im Eßzimmer hin und her fahren und die Wirkung betrachten, führte sie in die Speisekammer und übergab ihr die Verwaltung aller Vorräte. Sie ging stumm neben mir her, blickte mich nur zuweilen lange, gleichsam abwesend an, als lausche sie auf etwas in sich oder außerhalb von uns beiden. Plötzlich brach sie das Schweigen – und fragte leise: »Woher kommt das warme Wasser?« – »Aus der Quelle, gerade wie das kalte auch. Es wird im Keller in einem Kessel erhitzt.« – »Und woher kommt die Wärme?« – »Durch eine Bohrung auf die Erdwärme gleich neben den Schwefelquellen.« – »Und das Licht?« Ich führte sie zum Wasserfall, zeigte ihr die elektrische Anlage und suchte sie ihr mit wenigen Worten zu erklären. »Also ist kein Wunder dabei?« fragte sie. »Wunder?« wiederholte ich langsam. »Es ist gebändigte Kraft – freie Kräfte, von sicherer Hand gefesselt.« Frau Torgerd schwieg lange; dann sagte sie: »Den Rausch, da ich mich in blinder Hitze durch das Dach meines eigenen Hauses brach, den habe ich nie ganz verwunden. Damals, als ich die schwarze Todesnacht kommen sah, vermeinte ich, allein schon dafür den Tod verdient zu haben. Aber so ein Haus ist doch noch mehr als ein lebendes Wesen – man muß sehr gut zu ihm sein.«

Dann stand sie wieder stumm und unbeweglich und starrte in den Wasserfall: »Sein Fell ist dünn geworden.« – »Ja, besonders jetzt im Winter, wenn das meiste Wasser in die Röhren läuft«, erwiderte ich. »Läßt der Wassermann sich das gefallen?« fragte sie mit einem Lächeln und einem eigenen Blick – so eigen wie der Blick eines jeden Steins in den Kieshügeln. Man muß sich nur Zeit nehmen, diesem brechenden und doch unverbrüchlichen Blick zu begegnen. »Friert er nicht unter so dünner Decke?« – »Der Wassermann?« wiederholte ich verständnislos – und sie ging mit einem leichten Lachen darüber hinweg. »Aber – wie sind wir erwacht?« Sie unterbrach sich jedoch selbst: »Nein, erzähle es mir nicht. Ich will nichts wissen. Oh, wie froh ich bin – und wie traurig. Können wir uns auf die Leiter verlassen? Wir dürfen es doch? Sie ist uns doch verheißen?« Wir waren schon wieder auf dem Weg zum Haus. In ihrem Gang war etwas von dem nächtlichen Tanz und ihrem eigenen Tanzlied: Bäumende Rosse! Und plötzlich schien es, als höre sie es selbst, und sie versuchte es mit der Frage zu unterbrechen: »Hat ›Grettir‹ noch nicht damit herauswollen, wer er ist?« Sie hatte es also bereits erraten. Da fiel mir ein, daß er ja noch zu Hause lag und auf sein Frühstück wartete. Ich bat Frau Torgerd, etwas Dörrfisch und einen warmen Schluck zu besorgen, der einigermaßen an Met erinnerte. Sie nickte, spann aber ihre Gedanken weiter. »Bis auf einen – so lautete der Spruch der Völva – muß immer er der Ausgestoßene bleiben?« – »Dieses Gottesurteil galt wohl kaum ihm«, antwortete ich kurz – und noch jetzt, mitten im Sommer, wo ich dies niederschreibe, verstehe ich die Angst und den Schauder nicht, von denen Frau Torgerd plötzlich ergriffen wurde. Es war, als erlöschten ihre starken Augen; mit blassen Lippen flüsterte sie: »Ist noch ein anderer Verworfener unter uns?« – »Frag nicht, Weib«, erwiderte ich betrübt. Und sie neigte das Haupt, und wir gingen stumm weiter.

Um sie möglichst wieder aufzuheitern, wollte ich ihr etwas Neues zeigen, worüber sie sich gewiß freuen würde, und führte sie in mein Gewächshaus. Kaum hatte sie den betäubenden Duft von Blumen und keimenden Saaten eingeatmet, als sie sich mit dem alten feurigen Blick umsah und ausrief: »Oh, eine Glashalle!« Sie griff nach der Brust – der Atem wollte ihr stocken – und starrte mit großen Augen auf meine Tulpen, meine Hyazinthen, meine knospenden Rosen: »Mein Gott und Schöpfer, welche Herrlichkeit!« Ihr Blick bohrte sich in den meinen, froh und forschend zugleich: »Sind wir nicht doch im Himmel?« – »Nein«, entgegnete ich. »Nein, nein,« wich sie vorsichtig aus, als glaubte sie, zuviel gesagt zu haben, »aber ich sehe jetzt, daß wir wenigstens auf dem Weg sind.« Dann brach in ihr wieder die Hausfrau durch: »Was ist das für nacktes Gezweig unter dem Dach? Das gäbe schönes Brennholz für ein paar Tage. Ach, stimmt ja – jetzt brauchen wir ja keines mehr.« – »Das sind die Stöcke, an denen Weintrauben wachsen«, antwortete ich ihr. »Sie leben – sieh da, sie bluten.« – »Weintrauben?« wiederholte Frau Torgerd ungläubig: »Weintrauben hier auf Fokstad … Dann war das eigenes Gewächs, was wir gestern getrunken haben?« Ich mußte über die Andacht in ihrer Stimme lächeln. »Nein; wenn wir aber beide bis zum Herbst am Leben bleiben und noch auf Fokstad sind, so kann ich dir schon ein paar

Beeren vom eigenen Gewächs zu kosten geben.« – »Dann – – dann könnte ich gern wieder sterben«, erwiderte sie. Von diesem Augenblick an hat sie mir nicht nur in jeder Weise geholfen, von nun an besaß ich die Hingabe ihres Herzens, als sei sie ein Kind, eine etwas größere Asids, und ich der wahre Besitzer und Herr von Fokstad.

»Die wundersame Musik von heute nacht – ich meine den Engelsgesang –, ertönt die niemals hier drinnen?« fragte sie träumerisch, als sie eine Zeit lang den sehnsuchtsschwangeren Duft der Blumen eingesogen hatte. »Ihre Stimmen klangen aus weiter Ferne – also ists wohl noch weit bis zum Gelobten Land. Aber ich kann sie nicht wieder los werden! Sie haben mir die ganze Nacht in den Gliedern gesessen, so selig klangen sie. Sie wogten wie Winde im Sommer, spielten wie Licht im Spiegel des Sees, wie Mondlicht in einer milden Nacht … Aber jetzt muß ich heim und nach dem Rechten sehen«, unterbrach sie sich, schob die Träume energisch beiseite und blickte dem Tag ins Auge. »Was Grettir ohne Leib mit Essen will, begreife ich nicht. Aber das ist seine Sache. Er soll es haben, so gut ichs beschaffen kann«, schloß sie und ging.

Und da saß ich in meinem Treibhaus, schwindlig von all dem Unerhörten, schwindlig von dem Duft aus Erde und Wasser, die ringsum in den Treibbeeten unter meinem Glasdach ihre Geheimnisse miteinander trieben.

Noch saß ich dort und war wohl beinahe eingenickt, als Séra Sigvald zu mir herein kam und nach den gewöhnlichen Ehrenbezeugungen sagte: »Ich höre, daß heute

Neujahr ist. Wir haben keine Kirche, nicht einmal eine Kapelle ...« Er hielt inne und blickte mich an, als genüge es, mich nur eben daran zu erinnern; als könne es für mich nur die Sache eines Augenblicks sein, den Mangel abzustellen. Da ich indessen nicht antwortete und ihn nur ansah, fuhr er fort: »Oder soll hier keine Messe gesungen werden?«

»Überlass es dem Himmel«, erwiderte ich.

Er verneigte sich tief, immer wieder, zog sich rückwärts zur Tür, und ich machte mich an mein Tagewerk.

9

Was wäre nicht zu berichten, wenn ich alles hier niederschreiben wollte! Aber die Zeit eilt. jedes geschriebene Blatt ist eine umgeschlagene Seite im Buch des Jahres. Im Buch des Jahres, das jetzt in den Flammen der Sonnentage verbrennt. Winter haben wir gehabt – er war unversehens da, wie alles andere – und Frühling bekommen. Die Sonne hat neue Saiten aufgezogen. Der Erntemonat kam wieder über uns, jung und übermütig wie je.

Viel ist geschehen – ach, so viel – wenn auch Kleinigkeiten gegen das bisher Berichtete. Kleinigkeiten – nun ja ... Tage, die kommen, Tage, die gehen. Fliegende Himmel und Himmel voll blauer Ruhe, stille Nächte und Nächte voll sausenden Schicksalssangs, Urzeitnächte, Eddanächte – tödliche Nächte, die mit dem Hammer ihres unsichtbaren, nur gefühlten Lichts auf das wahnbefangene Menschenherz niederfahren wie Thor auf die Riesen, die Fleisch und Blut gleich Spinnweben zerreißen und die Perlen des gequälten Gemüts Stück für Stück zermalmen. Auf daß alles wieder in die wilde Harmonie und Herrlichkeit eingehe, die das All-Leben ist – auf daß Gott und nur Gott sei und werde in Ewigkeit. – Wenn man so will: Kleinigkeiten. Aber es ist besser, auch sie in der Reihenfolge zu berichten, in der sie geschahen.

Zuerst mein Flug nach Reykjavik. Etwa eine Woche nach Neujahr startete ich mit meiner »Fliege«, um den Schädel zu holen, der dem Rumpf fehlte. Irgendwelche Hoffnung, daß es glücken könne, Leben in ihn zu bekommen, hegte ich nicht mehr. Aber ich konnte das Paket doch nicht einfach unabgeholt liegen lassen. Ich mußte wenigstens den Schein der Zuversicht wahren. Und wer weiß? Übrigens war es höchste Zeit, mich auf die Schwingen zu machen. Ich ging ständig im Bademantel einher, weil ich meine Jenseitsgäste zu enttäuschen und sie und mich noch mehr in Verwirrung zu bringen fürchtete, falls ich plötzlich in Hose und Kragen auftrat. Dennoch folgten mir ihre Blicke hie und da schon etwas zu lange, um noch ganz ehrerbietig zu wirken. Hierin trat ein rascher Wandel ein, sobald sie mich an Bord der flinken, leichten »Fliege« die Luft durchschneiden sahen. Und ich sparte wahrlich nicht an Kunststücken, flog dröhnend dicht übers Haus, so daß die meisten, wie ich später erfuhr, zu Boden sanken und sich kaum noch am Fenster zu zeigen wagten – drehte Volten und allerhand halsbrecherische Kurven im Blau, glitt behutsam hinunter und ließ mich auf dem stillen See nieder wie eine Möwe, die kaum die Zehen eintaucht und sich sogleich wieder auf den Schwingen wiegt.

Merkwürdig war dieser Flug in mehr als einer Hinsicht, und nie hatte ich gedacht, jemals einen solchen machen zu müssen. Gehörte ich noch zu den Lebendigen, wie ich da durch die Luft glitt? Lebendig – ach nein; was an menschlichem Leben auf Fokstad war, das hatten wohl meine Grabentsprossenen gepachtet. So fremd flog ich da, als solle ich nie mehr auf der Erde landen. Und um ehrlich zu sein: hätte die Möglichkeit bestanden, mein Fluggestell ins All hinauszusteuern und nie wiederzukehren – ich hätte es getan. Und doch ging es mir wie Torgerd: mit einem zehrenden Feuer, einer sengenden Flamme des Gemüts hing mein Herz an dem kargen Land unter mir – in wilder, unersättlicher Begier, in harter, blutiger, heidnischer Liebe. Nein – lebendig nicht! ... Ein lebendiger Mensch kann nicht schreiben. Daher hatte ich mein »Werk« in Flammen aufgehen lassen und den Tod gewählt, den gewaltigen, den einsamen, den demütigen Tod.

Und jetzt flog ich hier, fremd und tot, ausgestoßen, friedlos und gerade dadurch Herr über alles, was ich sah – mit dem unbestreitbaren Recht des Toten. Wie aufregend, den Adern des Landes in ihrem Lauf zu folgen, die hier oben ihre ersten Verzweigungen haben, klare, schmale Bachläufe – sie erinnerten mich an Klein-Asdis. Hätte ich sie nur mitgenommen! Es hätte ihr sicher gefallen, mit mir im Luftmeer zu schwimmen, so nahe der

Erde, auf festen Flossen und vorwärtsgesaugt von surrenden Fühlern. Aber es war doch wohl gut so, daß sie nicht mit war. Wie hätte ich Ugle erklären sollen, wer sie war? Und wie alle ihre Fragen beantworten, die der Flug auslösen mußte? Zwar führte ich immer noch meine stumme Rolle durch, oder wenigstens meine schweigsame; immer war ich schweigsam, wenn es mir nicht anders paßte. Aber meine kleine Freundin konnte ich doch so nicht abspeisen. Beim Denken an Asdis begann ich plötzlich, mich zu beeilen, ich ging auf volle Fahrt; Unruhe und Angst bestürmten mich. Wenn ich nun heimkehrte – auf einen leeren Fokstadhof! Um mir solche Gedanken vom Leib zu halten, wandte ich meine Aufmerksamkeit dem Flug zu. Zwischen Gletschern zu beiden Seiten, blaudunklen Feldern erbitterten Eises, glitt ich über hungriges Steinland nur mit blinkenden Bachläufen und einzelnen getreuen Seen zur Zierde und Gesellschaft. Aber mein Flug folgte ja den Flußläufen, und die Bäche sammelten sich zu Flüssen, wuchsen mit dem Zustrom neuer Bäche an Fülle. Bleiche Matten schoben sich zwischen die öden Lavafelder, und endlich tauchten die ersten Höfe auf, kleine geduckte Hütten mit weidenden Pferden und Schafen auf den Feldern und Wiesen, mit Menschen wie Puppen und Reitern, die auf den Schienen der Pfade einherglitten. Sie sahen so lustig aus, diese schwach in die Landschaft gezeichneten Wege, die wie ein Gewirr von Fäden über Hügel, Berg und Tal zogen. So ein vorwärtsstrebender Mann auf vorwärtsstrebendem Pferd – das ist doch unseres Herrgotts prächtigstes Spielzeug in der

Landschaft! Ich mußte laut lachen, obwohl mir keineswegs danach zumute war. Und worüber hatte ich zu lachen? Wenn ich jetzt landete und ausstiege und den Reiter begrüßte: wen hatte ich dann anderes vor mir als mich selbst – aus der Zeit, da ich noch lebte. Nur in seltenem Aufblitzen begreift man die ganze, unfaßliche Unschuld und Einfalt in allem Tun und Treiben des Menschen; und soeben hatte ich ein solches Aufblitzen. Übrigens vom Weg dort unten aus gesehen war meine »Fliege« gewiß ein beachtliches Spielzeug, wenn auch der Reiter die wilde Komik meines Flugs nicht ahnen konnte, die Jagd nach dem toten Schädel eines lebenden Menschen. Ich will es gestehen, ich schlug einen Haken hinter eine Bergspitze, um ihm so schnell wie möglich aus den Augen zu kommen. Mochte er sich mit anderem vergnügen. Ach, wer doch ein Bauer wäre und auf seinem Pferdchen umher ritte! Wozu Flügel? Wozu emporstreben? Aber auch das ist ja ein uraltes Märchen.

Ehe ich es mich versah, waren die Flüsse zu Fjorden geworden, und dort lag die Stadt, die Klauen des Hafens krümmend, um ihre Beute zu fangen. Ugle, den ich telephonisch gebeten hatte, das Paket auf der Post abzuholen, da ich keinen besonderen Drang verspürte, mit Bademantel und Schaftstiefeln unter dem Hundepelz durch die Straßen der Stadt zu spazieren – Ugle war bereits vor mir an der Boje, kletterte gleich in die »Fliege« und preßte seine Jungenarme um meinen Hals. »Du lebst also noch!« scherzte ich und betrachtete seinen gelben Schopf, seine grauen Augen und kleinen Männerfäuste –

so bitter wie da hat mir mein Gewissen wohl nie geschlagen. »Geht's dir nicht gut, Vater?« fragte Ugle. »Gut? Was hältst du von einem kleinen Flug?« Die Volten, Schleifen und Kapriolen, die ich mit der »Fliege« ausführte, schienen ihn über meinen Gesundheitszustand zu beruhigen. Aber als wir landeten und ich ihn fragte: »Was würdest du davon halten, auch deine Sommerferien hier in der Stadt zu verbringen?«, antwortete er mit der Gegenfrage: »Die ganzen vier Monate?« Sein Blick und Ausdruck waren Antwort genug, so daß ich eiligst abbrach: »Dann bleibt es bei unserer Abmachung.« Ach ja, ein Junge wie Ugle wäre kein Schade in meinem Totenreich. Er war jener Bauer zu Pferde und würde es immer bleiben. Darin lag kein geringer Trost für mich; seine Liebsten mit Sicherheit tot oder mit Sicherheit lebendig zu wissen – was kann es Besseres geben? Ich machte mich flugbereit. Aber Ugle ist noch ein Kind. »Hast du es so eilig?« fragte er – und nach einer kleinen Pause: »Mußt du heute noch nach Hause?« – und nach einer weiteren kleinen Pause: »Hast du genug Benzin?« – Und plötzlich knallte er seinen Trumpf auf den Tisch: »Trader Horn läuft im Alten Kino – den mußt du sehen!« – »Kind, das Vieh«, entgegnete ich. »Ja, das ist wahr«, gab Ugle zu, bereitwillig, doch keineswegs überzeugt. Sollte ich nun die »Fliege« an der Boje vertäuen, an Land gehen, einen Schneider aufsuchen, mir Sachen kaufen und dann mit Ugle ausgehen und mich amüsieren – Fokstad Fokstad sein lassen? Nein – nein – nein ... Es gibt unterschiedliche Wege, auf dem einen kann man umkehren, auf dem anderen nicht. Ich küßte Ugle und flog ab.

Ich flog nach Hause. Oh, nach Hause. Fort von den Menschen. Heraus aus Gesellschaft und Sicherheit. Dorthin, wo mein Platz war. Ich flog wie ein Verrückter. Und nachdem ich mit der »Fliege« in den Schuppen gesaust war, in einer Fahrt, die uns leicht beide hätte zerschmettern können, stiefelte ich dem Haus zu – mit dem Paket unterm Arm, dem dummen, toten Paket, und wußte immer noch nicht, was ich damit anfangen sollte. Ich meinte, ersticken zu müssen, als ich in den Flur trat und das Haus wie ausgestorben vorfand. Aber dann – trippelnde Kinderschritte – und Asdis flog mir um den Hals. Ich preßte sie an mich. Eifrig wollte sie mir etwas sagen, ihre Augen strömten über von Verwunderung und seliger Hingerissenheit – und dann kam sie damit heraus: »Wir haben dich auf deinem Kreuz fortreiten sehen!«

Ich ließ mich in einen Stuhl fallen, das Paket noch im Arm. »ich habe es zuerst gesehen und den anderen gezeigt, daß es ein Kreuz war«, fuhr sie eifrig fort. »Sie glaubten, es wäre ein Drache! Er speie Gift, sagten sie. Aber wie du da ganz hinten schwebtest, sah ich, daß es ein Kreuz war.« Ich ließ wie gelähmt auch dies über mich ergehen. Gibt es etwas Gefährlicheres als die Unschuld? Stammt sie vom Guten oder Bösen? Gibt es etwas Göttlicheres? … Nur dies wußte ich: jetzt begann ich schuldig zu werden. Des Todes schuldig. »Asdis,« sagte ich, »du Kind Gottes – vergiß mich nicht, wenn du in dein Reich kommst.« Sie sah mich nur an, lächelnd und unsicher –

doch das Lächeln überwog – und verstand mich nicht, glücklicherweise.

Dann kam der Winter; er fiel über uns her mit Frost und Schnee und einem Sturm, der mit reißendem Brausen über uns herfiel. Vom Morgen bis zum Abend, vom Abend bis zum Morgen. Er sperrte uns ein wie in eine Schachtel, beschränkte unser Leben auf ein abwartendes Durchhalten in den vier Wänden, wo wir wie in einer Warze aus Stein und Stahl saßen, mitten in einer wahnwitzdurchsausten Welt. Oh, das war unsere beste Zeit. Man wird so fromm, wenn man in der Furcht lebt. Alle waren wir bestrebt, aufeinander Rücksicht zu nehmen, uns gegenseitig kleine Freuden zu machen.

Nikulas und Fridbjörg wurden geradezu menschlich, ja zeitweise kindlich vergnügt. Selbst der Rumpf verhielt sich ruhiger und raste weniger blind begierig als sonst. Frau Torgerd war so recht in ihrem Element; sie hatte für jeden eine Arbeit und saß selbst und spann, wenn sie nicht als Hausfrau umher ging und nach dem Rechten sah. Daß sie etwas bedrückte, merkte ich wohl, wußte aber nicht, was es war. Una hatte noch vor dem Schneefall Weidenruten geschnitten, jetzt flocht sie einen Henkelkorb und fütterte ihn mit Seide aus. Darin trugen wir Grettirs Haupt. Bald kam es so weit, daß ich, wo ich ging und stand, den Korb in der Hand hatte, Asdis in der anderen. Denn Grettir war sehr gesellig und neugierig und immer unternehmungslustig wie ein Kind. Er trug sein Schicksal brav und mit Humor, wenn er auch hin und weder einen bitteren Vers verbrach. Er hatte sich in Una verliebt – wie sollte er auch anders –, und diese Verliebtheit machte ihm viel Kopfzerbrechen; nicht so sehr, weil er nur aus einem Kopf bestand – das schien er allmählich zu vergessen –, sondern weil er damit der Maid »draußen am Fischstrand« untreu wurde, seiner Jahrhunderte alten Geliebten, der Tochter Torfinns von Haramsö, von der die Saga berichtet: »Das einzige Weib, das Grettirs Herz bei lebendigem Leibe entflammte und seine Zunge zähmte«, wie er mir eines Nachts unter vier Augen gestand. »Freund,« sagte er ein ander Mal, »Freund, höre zu: Schlimm ist Erwachen – zu Wankelmut – hart scheint mir – Herzenszauber ...« Und so weiter in Versen wie gewöhnlich. Es ist nicht zu leugnen, daß Una von Grettirs Gefühlen keineswegs unberührt blieb – und begreiflicherweise also auch Torfinn nicht. War das etwa einer der Gründe, warum ich den Korb mit dem Haupt nicht gern aus den Augen ließ, obwohl ich gestehen muß, daß Grettir mich gelegentlich langweilte? Aber auf was alles konnte Torfinn nicht verfallen? Ich traute ihm manches zu, im Guten und Bösen. Auch er war Dichter; sicherlich von ganz anderer Art als Grettir, vielleicht noch brennender, noch weißglühender – noch konsequenter. Und es geht nicht gut, wenn mehrere Dichter zusammenkommen; besonders, falls sie auf mehr als einem Gebiet Rivalen sind. Ich war auf das Schlimmste gefaßt.

Übrigens waren ja Séra Sigvald und sogar Gisli ebenfalls Dichter. Das hatten sie an jenem Neujahrsabend bewiesen – den ich immer nur wie in weiter Ferne sehen konnte. Séra Sigvald, den ließen wir seine Gabe ausleben: er durfte die Messe singen. Und wie er sang. Das Sonderbare war, daß er jetzt bewußt »sang«, um Frau Torgerd zu betören, die im neuen Leben ihr Herz von ihm gewandt hatte – und daß es ihm nicht gelang. Je höher und lieblicher er seine Stimme erhob, um so kälter wurde der Blick ihrer braunen Augen. Er begriff es nicht. Ich ebensowenig. Aber eins begriff ich völlig: die Dinge waren nicht so einfach, wie sie sein sollten und wie man es bei diesen von Leben und Tod schon einmal geprüften Menschen füglich hätte erwarten dürfen. Und ich erschrak darüber.

Gisli – wie ich Gisli schätzen lernte! So ein Kerl, der nur in Schafen dichtet, ist ein trefflicher Geselle. Ich hatte meine Schafe immer sehr gern gehabt. Daß sich aber die Wolle an ihnen zu Verszeilen ringelte, jedes von ihnen ein wandelndes Gedicht war, hatte ich zuvor nicht gemerkt. Oder daß die Riefen auf den Hörnern wie Wellen hinabliefen, süße, leichte Sommerwellen voller Sonnenschein, der einen mit Kinderhänden auf der Heide am Fuß der Hörner empfängt. Ich mußte an meine Jugend denken, wo mir noch alles Leben heilig und wunderbar nahe war; und mußte erkennen, daß ich mich aus dem einfachen Märchen, das »Leben« heißt, entfernt hatte, auf der Suche nach der Wahrheit, die im Augenblick, da man sie sucht, verschwunden ist, die unter dem leichten Flitterzeug der Lüge mit uns Blindekuh spielt und uns in einem wirbelnden Vikivakitanz dreht, der in Tod und Grauen endet.

Der Winter kam von Norden, der Sommer von Südwesten, wie immer in unserer Gegend. Und dieser Sommer folgte dem kurzen Winter, dessen Tage ich nicht gezählt hatte, auf dem Fuß. Er kam mit heißem, hitzigen Wind über die Berge, und sie ließen ihre Schneekappe fallen, daß das Wasser an ihnen herabschoß. »Eigentlich hätte ich es sagen sollen, als noch Schlittenwetter herrschte«, sagte Frau Torgerd, »aber ...« Ich wußte sofort, um was es sich handelte: um Vorräte für unsere vielen Münder. Nebenbei: Schlittenwetter. Vielleicht hatte es einmal einen Tag lang welches gegeben, als der Winter sich wandte, länger nicht. Ich ging mit ihr und sah nach, was wir noch hatten. Herrgott, wir kamen ja noch einen halben Monat aus! Bis dahin war das Schmelzwasser sicherlich abgelaufen oder das Wetter wieder in Frost umgeschlagen. Tryggve Skeß würde schon mit ein paar Sack Korn und was wir sonst noch brauchten, durchkommen. Als wir das Vorhandene durchgesehen hatten, setzten wir uns in das Wohnzimmer. Frau Torgerd war so verlegen wie selten. »Ja, ich bin ja nur ein Mensch und dumm,« sagte sie, »aber zu meiner Zeit kauften wir immer für das ganze Jahr auf einmal ein. Das Korn hatten wir in Kisten, Fisch in Stapeln und Fässern, Eingesäuertes in Fünftonnenfässern, Fleisch in Tonnen und Schinken und Speckseiten zu Dutzenden in der Küche aufgehängt – ja, und Branntwein in Ankern. Es ist so peinlich, sich um diese Dinge zu bekümmern – hier ... Aber ...« Sie wurde glühend rot. Ich half ihr aus der Verlegenheit und sagte lächelnd: »Sei ruhig, Torgerd!« Worauf sie schnell vom Stuhl aufstand, niederkniete und ging.

Was ich dann tat, werden die Unverständigen gewiß einen inneren Widerspruch nennen. Ich griff zum Telephon und bat Tryggve Skeß an den Apparat. Und als ich ihn da hatte, zählte ich auf – schrieb ihm ins Ohr, denn Tryggve Skeß' Gehirn bewahrt jedes Wort so sicher wie Pergament – was an Waren er unbedingt bringen sollte, sobald die Wege es nur irgend zuließen. Eine Bestellung von solchem Umfang war zu meiner Zeit noch nie von Fokstad aufgegeben worden, und mein Freund stotterte denn auch dazwischen: »Ja, aber – ja aber – …« Ich ließ ihn nicht zu Wort kommen. »Hör nur gut zu und vergiß ja nichts!« schnitt ich ihm sein verwundertes Stammeln ab – und Tryggve Skeß gab sich mit einem schüchternen »Ganz, wie du willst, lieber Freund«, zufrieden. Und bei jedem neuen Posten sagte er nur: »Wird besorgt!« Zuallerletzt konnte er es sich aber doch nicht verkneifen, den Vergeßlichen zu spielen und auf den Haufen Bestellungen zurückzukommen: »Sagtest du nicht Kautabak?« – »Stimmt schon. Ich sehe, du hast es gut behalten. Und noch eins, Tryggve Skeß: Diesmal verlasse ich mich auf dich wie noch nie!« – »Ja, verdammt nochmal«, erwiderte Tryggve, und ich sah geradezu, wie er sich mit der freien Hand durch das blonde, alte Haar fuhr. »Das soll wohl heißen, daß ich am besten mit all den Pferden allein kommen soll, lieber Freund?« – »Stell dich nicht dumm«, antwortete ich nur und hängte ein.

»Mit wem redest du, wenn du mit dir selber in das Gehäuse da sprichst, das eine eiserne Zunge hat und manchmal so rasend nach dir pfeift?« fragte Grettir, der bei meinem Gespräch mit Tryggve Skeß zugegen gewesen war. Ich versuchte, ihm das Geheimnis des Fernsprechers so einfach wie möglich zu erklären, soweit ich es selber verstand. Grettir hörte zu. Als ich schloß, sagte er: »Was soll ich glauben ... Die Welt ist merkwürdig geworden. Lebe ich oder träume ich nur?« – »Beides – oder vielleicht keins von beiden.« Und Grettir beschloß dieses Gespräch mit den Worten: »Früher glaubte ich, man würde durch langes Leben klug ...«

Während der drei Tage, die ich auf Tryggve wartete, hatte ich das ärgste – ja, ich kann es nicht anders ausdrükken –, das ärgste Lampenfieber. Wie würde diese Begegnung zwischen meinen Grabgästen und einem richtig lebendigen Menschen ablaufen? Mich selbst betrachtete ich nicht mehr als einen solchen. Und was dann? Würden Untersuchungen folgen, vielleicht ein regelrechter Prozeß? Ich schauderte bei dem Gedanken, aber was konnte ich anderes tun als warten? Nahrung brauchten wir nun einmal. Eines Nachmittags war Tryggve Skeß plötzlich da mit sechs Packpferden voll Waren – und alles ging so ganz anders, als ich es mir vorgestellt hatte. Erstens ließ sich keiner meiner Toten sehen, nicht einmal Asdis, und dabei hatte ich ihnen keinen Wink gegeben, sich fernzuhalten. Sie taten es von selbst. Zweitens waren Tryggves Pferde so unruhig, daß wir beide genug damit zu tun hatten, die Waren unbeschädigt von ihren Rücken herunter zu bekommen, ehe sie, unbändig vor Schreck und Unruhe, mit allerhand Kapriolen in Richtung auf die Talgemeinde davonfegten und hufdonnernd verschwanden, ohne Tryggve abzuwarten. Er mußte mit Aufbietung aller Kraft und Überredungskunst sein Reitpferd davon zurückhalten, sich loszureißen und den Packpferden zu folgen. Sehr viel konnte Tryggve Skeß also nicht sagen, aber er fragte doch: »Du bist weiß geworden?« – »Winterhaar, Tryggve.« Er schwieg eine Weile, dann fuhr er fort: »Ja, lieber Freund, die Sachen mit ins Haus schaffen, das kann ich nicht, so wie die Gäule sich anstellen – aber das ist wohl auch nicht nötig?« – »Nein, danke, das ist nicht nötig«, entgegnete ich, ohne sogleich zu bedenken, was für ein Sinn in seinen Worten liegen könnte. »Nein, nein«, erwiderte Tryggve: »Aber, hör mal – habe ich dich nicht eben noch oben bei Grönlien bei deinen Schafen gesehen? Und jetzt stehst du hier!« – »Bis jetzt bin ich noch nie an zwei Orten zugleich gewesen«, scherzte ich gezwungen. »Ein Mann ging da mit den Schafen – wenn meine Blicke mich nicht getrogen haben«, entgegnete Tryggve bedächtig; »ja, ist es nicht komisch mit diesen Tieren, ich meine mit den Gäulen. Alles wittern sie ... Sag mal, was ist das für ein Brauner, der draußen an der Landspitze bei deinen Pferden grast?« – »Der ist zugelaufen – wollen wir nicht hinausgehen und sehen, ob du ihn vielleicht kennst?« – »Nein, danke, lieber nicht«, antwortete Tryggve und mußte die ganze Zeit pfeifen, um seinen Grauen beruhigen und halten zu können; »Ist – ho-ho – der Hund da auch zugelaufen?« Ich sah Vigi in der Ferne stehen und freundlich mit dem Schwanz wedeln. »Laß doch bloß den Grauen laufen, Tryggve! Und komm mit herein auf eine Tasse Kaffee und einen Schwatz.« –

»Nein, danke schön!« Und mein alter Freund fügte dieser entschiedenen Antwort ausdrücklich hinzu: »Ja, Jaki Sonarson; wir sind zu alte Freunde, um daran noch etwas zu ändern. Was könnte uns zwei trennen? Nichts, das sage ich dir, liebster Freund. Weder Menschen noch – Felsenbewohner, die es in Wärme und Licht bequemer gefunden haben mögen als in Dunkel und Kälte … Hoho … Soso, Grauer … Ich will dir auch gern in vier Wochen noch einmal soviel bringen – ohne zu fragen. Könnte ich die Vorräte nicht draußen bei den Moorhütten abladen? Dann hast du sie sozusagen zur Hand und kannst sie nach Bedarf holen – – und bis dorthin kriege ich die Gäule vielleicht das nächste Mal, aber bestimmt nicht wieder bis auf den Hof. Du siehst ja selber, wie sie sich anstellen.« Aus irgendeinem Grund war ich verstummt, völlig verstummt. Ich nickte nur. Gleich darauf saß mein guter, alter Freund, mein Jugendkamerad – nur wenig älter als ich – zu Pferde, und weg war er; sein Lebwohl ging im Galopp unter.

Eine Weile stand ich und blickte ihm nach, wie er vornübergebeugt in jagendem Ritt am Wasser entlang fegte. Asdis kam zu mir, ehe er noch ganz außer Sicht war, schmiegte ihre Hand in meine und fragte: »War das der Heilige Geist?« Da mußte ich lachen! Und plötzlich fühlte ich eine unglaubliche Erleichterung, so stark, daß mein Herz zu zerspringen drohte: War ich nicht jetzt in Sicherheit? Tryggve Skeß hatte geglaubt, es spuke hier! Ja, dann war ich sicher; von außen würde mir nichts Böses widerfahren – wie ich meine Gemeindegenossen kannte, würde man sich hüten, Fokstad nahe zu kommen, solange es hier nicht geheuer war. Und Tryggve Skeß war zwar ein stiller Mensch, aber dumm war er nicht. Er würde den Leuten gerade so viel zu Ohren kommen lassen, wie zu meinem Schutz nötig war.

In der nächsten Zeit war ein Schwung in den Tagen, der seither nicht mehr hat nachlassen wollen. Alles rollt – rollt – rollt ... Einer meiner Träume, die wie Wolken von Angst einhertreiben und die das milde Morgenlicht verjagt – war, daß ich nachts auf einem geflügelten Rad aus schwarzem Metall ritt. Es zerbrach unter mir in zwei Stücke. Ich ergriff sie und wehrte mich damit, denn ein kleiner Mann schlich im Dunkel umher und hatte Böses vor. Doch fast flüchtiger als irgendein Traum waren die Tage, die mir früher immer so gut und lang erschienen. Ein Zauber band mich an ihren Schwung, ihr Rollen, ihr Abgrundstreben – ich konnte nur versuchen, die Erinnerung an dieses Gefühl der Flüchtigkeit in einem Vikivaki mit dem Kehrreim festzuhalten:

Hier im Haus der Toten
eilten die Zeiten.
Du siehst wie silbern versiegenden Schein
ihr Vergleiten.

Dritter Kommentar des Herausgebers

Jaki Sonarsons Schilderung seiner Begegnung mit Tryggve, dieser letzten Begegnung mit Tryggve Skeß, stimmt merkwürdiger Weise – wirklich sehr merkwürdig, wenn man alles übrige bedenkt – auf den Punkt genau mit dem überein, was Tryggve mir als dem Herausgeber des Buches später berichtet hat. Wort für Wort. Im großen und ganzen muß man es Jaki lassen: wo man ihn kontrollieren kann, hat er aufgepaßt wie ein Heftelmacher Vielleicht also – – nein, nein, das ist unmöglich, auch Tryggve muß Trugbilder gesehen haben. Es kann doch bei und um Jaki zuletzt nicht ganz geheuer gewesen sein. »Den Mann auf Grönlien«, sagte Tryggve, als er mir davon erzählte, »den habe ich soo deutlich gesehen. Ich dachte, es sei Jaki – wenn es auch sonst nicht seine Sache war, Schafe auf der Weide zu hüten – und ich wollte nur eben die Waren nach dem Hof schaffen und dann hinaufreiten, um ihn zu begrüßen. Doch wie ich auf Fokstad ankomme, wer steht auf der Hauswiese, trotz der Wärme im Pelz, mit schneeweißem Haar und Bart? – – Jaki! Ich kannte ihn kaum wieder und wollte meinen eigenen Augen nicht trauen. ›Du bist weiß geworden‹, sagte ich. ›Winterhaar, mein Freund‹, erwiderte er – du hättest sein Lächeln sehen sollen. Aber die Gäule waren fort, siehst du, und der Graue war kaum zu halten. Außerdem sah man hinter den Fenstern wunderliche Wesen – ja, du schüttelst den Kopf. Doch, doch – und merkwürdige, fremde Tiere liefen umher. Und als ich dann wieder am Wasser entlang jagte und Grönlien in Sicht kam, ging doch wahrhaftig immer noch ein Mann mit den Schafen, und beim Haus stand Jaki auf der Wiese – und – du wirst es nicht glauben – hatte ein kleines Mädchen in blauem Kleid an der Hand … Na, mich wunderte das ja nicht weiter. Wie oft habe ich zu Jaki gesagt, als er ein Junge war und ich ein halbwüchsiger Bursche: ›Lauf nicht soviel allein umher,‹ sagte ich zu ihm; ›warum immer auf einem Felsen oder Hügel liegen und träumen?‹ sagte ich; ›Sonne auf Felsen tut nicht immer gut. Sie erhitzt den Kopf und bringt das Blut in Wallung.‹ Wenn du aber glaubst, er hätte auf meinen klugen Rat gehört, dann hast du dich geschnitten. Jaki Sonarson hörte nur auf sich selbst – Gott verzeih es mir und sei ihm gnädig –, darum ging es mit ihm, wie es ging.«

Vielleicht ist etwas dran – jedenfalls habe ich Tryggve Skeß' Auffassung des Falles hier mitgeteilt: So sprach der Mund des Volkes.

War das nun Tryggves wahre Meinung? Oder glaubte er noch etwas anderes?

Fortsetzung von Jaki Sonarsons Papieren

10

An mancherlei kann ich merken, daß die Zeit sich jetzt erfüllen will. Wenn ich erklären sollte, an was ich es merken konnte und welche Zeit sich erfüllen soll, so würde mir das schwer fallen. Aber so ist es; so gewiß die Tage des Schicksals aufgehen wie andere Tage – und so natürlich es ist, daß man die Morgenkühle vorausfühlt.

Und doch kann dieses Vorgefühl von etwas Bevorstehendem sehr wohl ein Selbstbetrug sein, ein begreiflicher Ausdruck der inneren Spannung. Denn es ist schon Herbst geworden, ohne daß ich – oder wir – einen Ausweg gefunden haben, und der Sonntagabend kommt nun eilends näher, wo ich den ersten Besuch der Schaftreiber erwarten muß, die hier zu übernachten pflegen. Und was dann? Werden sie Fokstad diesmal meiden? Das ist undenkbar. Und außerdem praktisch unmöglich. Nicht einmal Tryggve Skeß wird es für möglich halten. Zu zwanzig, dreißig Mann fürchtet man weder Gott noch Teufel, geschweige denn ein bißchen Spuk und Unwesen auf einem Hof. Überdies: dort draußen im Bezirk sitzt mehr als einer, der so nach und nach allzugern einmal nach Fokstad käme, um zu sehen, wie Jaki Sonarson jetzt lebt. Ich habe meine Anzeichen dafür – Telefon und anderes. Versteckte, aber doch deutliche Anzeichen. Die Gedanken der Leute sind nie so durchsichtig, selbst in der Ferne nicht, als wenn sie die Spur zu verwischen meinen.

O ja, es eilt. Und was noch schlimmer ist, es fällt mir jetzt so schwer, zu schreiben. – Ugle ist hier gewesen; ich holte ihn, wie verabredet, ab und habe ihn vor einigen Tagen mit der »Fliege« wieder zurückgebracht. Ob ich ihn jemals wiedersehe? Warum schickte ich ihn einen halben Monat zu früh wieder fort? Unter einem Vorwand. Ach nein, es war wohl eine Notwenigkeit – eine dunkle Notwenigkeit ... Jaki, mein Ältester, kam nicht, hatte zuviel zu tun. Dann findet er wohl darin sein Heil.

Und jetzt sitze ich hier wieder allein mit meinen armen, armen Grabgästen, meinen beklagenswerten Auserwählten, die mit jedem Tag, der vergeht, ärmer und verwirrter werden, düsterer, schattenhafter, gleichsam unter meinen Händen. Oder ist es nur meine Angst, meine eigene Verwirrung, die Dunkelheit über uns malt? – Ja, und wie ein gebundener Blitzstrahl sitzt Arntrude, die Völva, die Seherin, in ihrem Winkel und schweigt; schweigt und schweigt.

Etwas brütet über uns. Erlösung? Verdammnis. Oder auch Erlösung für einige, Verdammnis für andere? Ich weiß es nicht. Weiß nichts mehr, nicht einmal wo ich meine eigene Schuld suchen soll. Gehe ich meiner Wege, suche zu entfliehen, dann lauern die Fußangeln des Hasses und der Verachtung auf mich, des Selbsthasses, der Selbstverachtung, das Dorngestrüpp der Irrtümer und verirrten Gefühle rings um mich. Was kann ich anderes tun als bleiben, hier bleiben, mich in all meiner Ohnmacht festbeißen, die Drachenhaut meiner menschlichen Jämmerlichkeit weiterschleppen, mich hinter dem Schild des Trotzes, der Mauer des Zufalls verschanzen? Bis man, vom Kuß des Todes gesegnet, selig zu Boden sinkt.

Wozu jammern? Was hilft es. Schlimm ists uns gegangen, schlimmer noch wird es werden. Was sonst? Schlimm, schlimm ... Und doch hatten wir einen Sommer, so herrlich, wie es ihn nirgends auf Erden geben kann. Selbst ich alter Graubart habe mich in seiner süßen Herrlichkeit gesonnt. Aber gestärkt hat uns dieser Sommer nicht trotz all seiner Süße. Selbst wenn Trunk und Musik mit ihren Gaukelkünsten hinzukämen, dürfte es heute schwer fallen, meine Gäste zu einem so beglückten – und unbedrückten – Vikivaki zu entzünden, zu einer so ungetrübten Lust, wie wir sie in jener ersten Nacht feierten. Und selbst wenn es glücken sollte, sie in gleichen Schritt zu bringen: die Gesänge würden aus einer bitteren Quelle fließen, dunkleres Blut verströmen.

Ja – Ugle war hier, und ich habe diese Blätter liegen lassen. Und jetzt, da er fort ist, und ich weiß, daß es Ernst wird – jetzt wird mir die Feder so lahm in der Hand. Ugle war hier, und nie vergesse ich den Tag, als ich ihn holte. Wir hatten losgeworfen und trieben auf dem öligen Wasser des Hafens – oh, wie sicher kommt einem ein öliger Hafen vor, wenn man nicht mehr dorthin gehört oder nur noch zum Schein. Ehe ich den Motor in Gang setzte, sagte ich zu Ugle: »Du bist erst dreizehn Jahre, aber ich halte dich für alt genug, um ein Ehrenwort von dir verlangen zu können. Und du mußt es mir geben. Wenn wir jetzt nach Fokstad kommen, wirst du begreifen, warum ich dir im Winter vorschlug, den Sommer im Südland zu bleiben. Du mußt mir versprechen, niemals zu einem lebenden Menschen ein Wort von dem zu erwähnen, was du in diesen Monaten zu Hause zu sehen und zu hören bekommst. Nie ein einziges Wort.« Er reichte mir seine Hand, seine treue, zuverlässige Hand – und wir stiegen auf und flogen heimwärts.

Flog ich dort nicht in einem Triumph, ich Leichtsinniger? Flogen wir nicht durch Wolken und rauhe Böen und waren nichts als froh? Der Frühling war schon da und hatte ringsum sein Grün verschmiert wie ein schlechter, gefühlloser Maler, Grün in allen Schattierungen. Welch herrliches Grün! So saftig unter dem Wolkenhimmel, so üppig nach dem rieselnden Regen. Solch ein Land mit viel Gestein und wenig Grün – wenigem, aber gutem Grün, solch ein Land mit fast nichts als grauem Stein und weißen Gletscherhauben, solch ein junges, kaum geborenes Land, das noch nicht seinen ganzen Felsgrund, seine ganze Seele zu fruchtbarer Erde vermahlen hat, solch ein Land ist schön zu überfliegen. Man gewinnt den Regen so lieb, den öden Regen, der seine Fruchtbarkeit so gut hinter seinem feuchten, rauhen Wesen zu verbergen weiß. Man gewinnt die Steine so lieb, all das noch Unerlöste, die zitternde Sonnensaat auf den Eisfeldern – ach, und jeden Streifen Grün muß man lieben, daß einem das Herz bricht. Genau das: bricht.

Nicht weniger. Hier nicht. Die gutherzige Liebe zum Land ist anderen erlaubt, hoffentlich auch Ugle vergönnt.

Du aber, Jaki Sonarson – so dachte ich im Fliegen – du mußt ganz bewußt mit den Steinen zerfallen, mußt lebendig sterben und ewig leben in all deiner Qual, bis das Land gewonnen ist und Gott und die Saat gesiegt haben, bis deine Visionen Leben geworden sind. So dachte ich: Was gab es da also viel zu freuen? Aber ich hatte ja ein Kind neben mir, ein Kind, das die keimende Zukunft, der kommende Sieg war – und auf das man sich verlassen konnte.

Meine Freude dauerte jedoch nicht lange, denn als wir die »Fliege« im Schuppen hatten, da konnte ich plötzlich nicht mehr. Was hatte ich vor – mit Ugle? Was für eine Last legte ich auf seine jungen Schultern? Ich kannte dieses Gefühl der Machtlosigkeit aus der Zeit, da meine Jungen geboren wurden, als ich sie mit einem Mal im Arm hielt, schon dem Leben und dem Tod überantwortet, der Zeit und der Ewigkeit. Wie durfte ich es wagen, ihn jetzt von neuem zu zeugen, zu gebären, ihn in eine Welt einzuweihen, die ihm hätte fremd bleiben sollen und die es vielleicht gar nicht gab. Würde es ihm nicht gehen wie mir? War er noch Kind genug, um es auszuhalten? Stellte ich ihn am Ende bewußt auf die Probe? Brachte ihn in Gefahr? War ich es schließlich und endlich selbst, mit dem ich experimentierte? Rührte etwa meine Rücksichtslosigkeit daher? Meine Zuversicht? Meine innere Sicherheit – und Zerknirschung? Daß er mich doch niemals verstehen möge! Daß er doch nichts verstünde und zu verstehen begehrte, nur seine Nahrung aus Gott und dem lieben Leben saugte, ganz bliebe in Kern und Schale. Er hatte die Möglichkeiten dazu in sich – er, für den die »Fliege« nur eine andere Art von Pferd, ein Pferd der Lüfte war.

Wir gingen über den Hof zum Haus. Woher ich die Kraft nahm, weiß ich nicht. Als wir einige Schritte gegangen waren, blieb ich stehen, stützte mich – ich war dem Zusammenbrechen nah – schwer auf Ugles Schulter: »Es wird am besten sein, wenn du nicht einmal mit mir über das sprichst, was du zu sehen bekommst.« Er starrte mich nur an … Niemand zeigte sich – wieder zeigte sich niemand. Eine ungekannte Qual stieg in meinem Herzen auf, eine brennende Sehnsucht. War ich so arm – so verlassen? So einsam, daß ich niemanden mehr hatte? … Schließlich kam ich zu meinem Schreibtischstuhl. – Und Ugle stand vor Grettirs bronzeleuchtendem Haupt in Unas niedlichem Korb. Da blitzten Furcht und Verwirrung in Ugles goldbraunen Augen auf. Aber bald wurde sein Blick fester. Und da der Anblick nicht schwand und Grettir lächelte und sprach: »Fürchte einen Fußlosen nicht!«, da spielte als Antwort ein halbes Lächeln um seinen weichen Kindermund. Aber er blieb stumm, nur ganz Auge. Er sah auch mich an – der ich nichts anderes tun konnte, als seinem Blick ohne Wimpernzucken standzuhalten. Stumm sah er sie zur Tür hereinkommen: Klein-Asdis, Frau Torgerd, Una – alle meine Toten der Reihe nach außer dem Rumpf. Der saß wohl wie gewöhnlich in der Küche in seinem Schaukelstuhl und genoß das Dasein, indem er an einer Rolle Kautabak saugte, die ihm gleichsam als Kopf diente. Natürlich hatte Frau Torgerd diese Bequemlichkeit und Beruhigung für den Ärmsten erfunden. Ugle musterte jeden Eintretenden sehr genau, legte seine Hand auf meine Schulter, zog die Stirn hoch, zog sie in Falten; das war alles. Er tat nach meinem Wort – und ich glaube, es fiel ihm nicht weiter schwer –: er schwieg.

Allen, die es hören wollten, legte Séra Sigvald es aus – leise, mit glänzenden Augen – vom Vater und vom Sohne. Wozu sich da noch einmischen. Ich war seiner ewigen Auslegungen nicht nur längst überdrüssig – es hätte auch nichts genützt. Ich konnte ihm die Sache ja so wahr und genau wie möglich erklären – er hätte auch das ausgelegt, darüber Messe gesungen, Töne ausgegossen, Gedichte in Tönen – und in Nebeln. Zudem fühlte ich eine gewisse Sicherheit in dem Bewußtsein, daß Ugle hier von einer außergewöhnlichen Ehrerbietung umgeben war. Das konnte notwendig werden – ihn vielleicht auch beschützen. Und plötzlich sah ich ihn selbst mit anderen Augen, neuen Augen; sah die Würde, die Würde des Kindes über ihm, die Menschenwürde, die wie eine noch unzerstörte göttliche Glorie sein junges Haupt umgab. Der Sohn – gewiß. Der Sohn des Menschen – und Gottes. Der Unvergängliche, der Ewige. Er, den natürliche Tapferkeit, selbstverständliche Einfalt und demütig-stolze Zuversicht, die allein wahrer Glaube ist, endlich vor dem Drachenkleid der Verwirrung von sangesberauschten Vikivakifreuden, von der Todesnacht braver Gemütlichkeit und greller Fratzenhaftigkeit erlösen wird. Um meine Rührung zu verbergen, sagte ich schnell zu ihm: »Sie heißt

Asdis, die Kleine. Nehmt ihr beiden euch nur bei der Hand und geht gleich in die Küche – seht, was da los ist!« Ich hatte so halb und halb erwartet und gefürchtet, er werde gleich wieder in die Stube gestürzt kommen. Aber das geschah nicht; im Gegenteil: ich hörte Gelächter von draußen – Asdis' zwitscherndes, helles und daneben Ugles dunkles, zurückhaltendes Lachen. Bald war mein Arbeitszimmer leer, Grettir und ich blieben allein. Es zog sie dorthin, wo das unmittelbare Leben blühte. Grettir und der Hausherr – das war nur etwas zum Festtagsgebrauch. Grettir blickte Una lange nach und sagte dann: »Weiche Weiden wand sie sanft um mein versehrtes Haupt, doch feine Finger nie freundlich mich streicheln, nur totes, betrübtes Holz.« Ich tat, als höre ich es nicht. Es war mir unmöglich, ganz mit diesem Mann zu fühlen, der selbst als Auferstandener und Rumpfloser nur Verliebtheiten im Kopf hatte.

Außerdem war ich im stillen nicht wenig über Grettir aufgebracht, weil er auf seine Saga so stolz wie ein Hahn war – ich hatte sie ihm schon längst vorgelesen und das mehrmals wiederholen müssen – und sie doch zugleich verachtete. Es war das gewiß ein menschliches Verhalten, ja, vermutlich das einzig menschliche, und wann hätte Vernunft je die Torheit gedämpft? Ja, es war nicht nur verständlich, der Mann hatte überdies recht! Er hatte guten Grund, stolz zu sein und mindestens ebensoviel Grund, dieses literarische Gebilde wegen seiner Mängel und Mißverständnisse und seines ganzen übernatürlichen Apparats von Träumen und Toten zu verachten. Lag in seinem Verhalten etwas, das mich mit besonderer Wucht traf? Vielleicht – lassen wir es auf sich beruhen. Schon diese Sache mit Una ... Es ist keineswegs erbaulich, Zeuge von anderer Leute Verliebtheit zu sein, jedenfalls nicht, wenn sie glücklich oder halbwegs glücklich ist. Aber erst recht nicht, wenn die Geschichte einem selber auch noch Unannehmlichkeiten machen kann. Meine aufrichtige Meinung, die ich ihm aber nicht sagen mochte, unter anderem, weil ich so wütend auf ihn war – ging dahin, daß er Una in Frieden und sie Torfinn lassen sollte. Torfinn würde nicht viel Freude davon haben, gewiß nicht, aber mancherlei Ärger und Qual würde ihm doch erspart bleiben. Man soll sich in Liebesgeschichten nicht einmischen, selbst dann nicht, wenn sie unglücklich sind und unerwidert bleiben. Das führt zu nichts. Torfinn hatte keine Aussicht, Una je ganz zu gewinnen. Aber er hatte sie durch seine Unbändigkeit und sein freiwilliges Lebensopfer so weit gewonnen, daß sie für einen anderen nicht mehr tauglich – oder voll empfänglich war. Das hätte Grettir einsehen sollen. Ich selber bildete mir ein, es sofort begriffen zu haben. Und Frau Torgerd hatte wohl ihre Absicht mit dem Kehrreim gehabt, den sie Torfinn aufgab: »Aus fährst du zu Inseln blau! ...« Gewonnen hatte Torfinn Una nicht, nein; aber er hatte auf seine Weise gesiegt, er hatte sie für alle anderen unerreichbar gemacht. Schon einmal hatte sie die Folgen auf sich genommen, sich ihm im Tode gegeben, war in ihm gestorben. Was wollte also Grettir mit seiner Verliebtheit? Er noch dazu, der vor Hunderten von Jahren in einer anderen gestorben war, sich in einer inselblauenden Sehnsucht aufgelöst hatte, der in glühender Entbehrung, einer markzerfressenden Erinnerung an die Maid »draußen am Fischstrand« zugrunde gegangen war.

Ach – die Torheiten der Menschen. Finden sie nie ein Ende? … Nicht, daß ich urteilen oder mich verwundern dürfte, ich, der größte Dummkopf von allen. Aber gerade weil meine eigene Torheit so hoffnungslos und maßlos ist, quält es mich doppelt, andere ebenso unklug zu sehen. Denn wer bedarf der Weisheit um sich, wenn nicht der Tor? Wer des Schutzes, wenn nicht der Wehrlose, wer der Wände, wenn nicht der überall Heimatlose?

Aber dann kam der Sommer. Kam mit seinem gnädigen Licht zu uns klammen Schatten auf einer unvollkommenen Erde. Und in seinem nachtlosen Tag vergaßen wir – wenigstens wir auf Fokstad – eine Weile alle Bitterkeit und allen Kummer; mir jedenfalls erging es so. Es war so schön, Ugle zu Hause zu haben. So schön, ihn mit Asdis laufen und spielen, Höfe bauen und bewirtschaften oder ihn mit Asdis und Séra Sigvald ein Stück über die Heide reiten zu sehen. Eine Zeit lang lebten wir, als sei der Fokstadhof noch ein wirtlicher Hof, eine Stätte lebendigen Lebens. Wir ernteten Heu und fuhren es ein, arbeiteten die Woche und hielten den Sonntag. Wir gaben uns dem Sonnenschein hin – waren nicht nur Menschen unter dem Himmel, nicht nur Fragende, Suchende: wir waren wandelnde Erde mit einer Spur süßen Seelendufts. Vergängliche Seelen? Vielleicht. Vergänglich wie die Blütenblätter, die sich rings um uns entfalteten und wieder abfielen, wie die purpurdunklen Blätter des Storchschnabels, wie die gelben der Butterblume. Oder vielleicht dahinschwebend mit eingekapseltem Leben, schwanger und tot, tot und lebendig zugleich – wie ein Löwenzahnschirmchen? Und was tat denn ich in diesem Sommer? Ich züchtete Rosen, Rosen und liebliche Blumen, beschwor Nelken aus der Erde, fein wie aus Papier, zog Blumen für meine Toten, füllte jede Stube meines Hauses mit Farben und Duft. Zog auch rote Tomaten, gelbe Melonen und Kartoffeln, die von Erdhauch dunsteten. Ich ging in meinem Gewächshaus umher zwischen hängenden grünen Gurken und war ein Zauberer und war Gott. Ein Zauberer in Pantoffeln, ein Gott in Bart und Bademantel.

Der Sommer verging. Was blieb uns von ihm? Was bleibt einem je von einem Sommer, als daß Verborgenes geschieht, schon Getanes sich vollendet, ohne um Erlaubnis zu fragen. Als daß dein Wesen und Wollen sich zu der mehr oder weniger herrlichen Blüte des Reifens entfaltet. Der Sommer schwand, und der Tag brach an, da ich Ugle wieder zurückbrachte – zurückbringen mußte. Wir nahmen Grettir mit in die Maschine. Mir war nicht wohl dabei, ihn diesmal auf Fokstad zu lassen; außerdem hatte ich meine eigenen Absichten. Ugle war sehr darauf bedacht, daß Grettir möglichst viel zu sehen bekam, ohne doch selbst gesehen zu werden. Als wir an der Boje festgemacht hatten, merkte ich, daß er uns gern baldigst wieder auf den Flügeln gesehen hätte: »Diesmal mußt du mich Weihnachten holen, oder sehe ich dich noch vorher?« – »Kaum, kaum, mein Junge!« – »Paß bloß auf, daß niemand Grettir sieht«, brach er plötzlich aus, »die Leute werden das alles nicht begreifen und mich mit Fragen quälen.« – »Da hast du recht.« Ich lächelte ein wenig über seine Angst. Ich, ich selbst hatte bald nichts mehr zu befürchten. »Da hast du recht, mein Junge – und jetzt haben wir beide uns wohl nur noch Lebewohl zu sagen.« – »Du kommst also Weihnachten?« rief er mir noch von der Jolle aus zu. »Wenn ich dann noch lebe«, erwiderte ich, aber das wird er kaum noch gehört haben. Wir waren schon in Fahrt, drehten eine Runde über der Stadt. Grettir hatte mich, während wir an der Boje lagen, gefragt, ob dies die Hauptstadt der Welt sei. Wir nahmen Kurs nach Norden und Westen, zuerst über den Faxafjord, dann über die Moore, flogen über das Fagerskovfjäll, wo er drei Jahre in einer Höhle gehaust hatte, und dann weiter nordwärts, seiner Heimat zu. Wir kreisten eine Weile über seinem väterlichen Hof Bjarg, steuerten nach Nordosten und kreuzten über Drangey, der kleinen uneinnehmbaren Felseninsel, wo er nur mit seinem Bruder Illuge und einem Knecht seine letzten einsamen Jahre verbracht hatte. Ich versuchte auf der Insel eine Stelle zu finden, wo man eine Landung wagen konnte, gab es aber auf und ging auf das Wasser nieder. »Kennst du die Stelle wieder?«, fragte ich Grettir. Er zögerte gegen seine Gewohnheit, mit der Antwort: »Ja, jetzt, wo ich sie von See aus sehe.« – »Hast du Drangey nicht aus der Luft erkannt?« – »Nein.« – »Auch Bjarg nicht?« – »Sind wir über Bjarg gekommen?« – »Hast du keine der Stätten wiedererkannt, die wir überflogen haben?« – »Doch, manchmal kam mir an den Bergen etwas bekannt vor, aber ehe ich es mir recht klarmachen konnte, wo wir waren, hatten wir sie immer schon hinter uns.« Ich fragte: »Wollen wir landen und auf die Insel gehen?« – »Lieber nicht«, antwortete er endlich. »Dann wollen wir den Weg zurückfliegen, den wir gekommen sind.« – »Wenn ich offen meine Meinung sagen darf, dann laß uns lieber geradewegs nach Fokstad fliegen – und zusehen, daß wir nach Hause kommen«, bat Grettir. Und als ich stutzte fügte er hinzu: »Glaube ja nicht, Freund, daß ich dir nicht dankbar bin. Was du heute für mich getan hast, hatte ich eigentlich von dir erbitten wollen – schon den ganzen Sommer lang. Nun, ich ahnte, daß du meinen Wunsch errietest, darum schwieg ich. Jetzt – jetzt …« Er stockte. Dann kam es leiser: »Man soll nicht wünschen; man soll leben – und sterben.« Plötzlich lachte er: »Und was soll dann aus mir werden – der keins von beiden kann …« Wir stiegen auf und flogen heim nach Fokstad. Wir waren fast den ganzen Tag fort gewesen, und es war zur Heimkehr nicht zu früh. Nein, wirklich nicht zu früh!

11

Der ganze Fokstadhof war in Aufruhr: Fridbjörg und Nikulas waren davongelaufen. Frau Torgerd konnte es nicht fassen. »Habt ihr auch gut in allen Zimmern und Nebengebäuden nachgesehen?« fragte sie immer wieder – obwohl sie ja selbst jeden erdenklichen Winkel durchsucht hatte. »Wo können sie sich bloß versteckt haben, diese Elstern!« Sie lachte – aus Verzweiflung und Verlegenheit; denn es war ja geschehen, als sie allein zu Hause und für den Hof verantwortlich war. »Diese Taugenichtse!« – »Wahr gesprochen, Hausfrau! Diese verdammten Schafdiebe«, stimmte ihr Gisli bei. »Wollen wir sie nicht aufhängen, wenn wir sie erwischen? Aus solchem Pack werden nie anständige Menschen.« Gisli war ganz bleich vor Zorn und unversöhnlicher Rachsucht: zwei seiner Schafe waren mit dem Diebespaar verschwunden. »Wenn wir sie nicht bald finden … Na, sie haben ihnen die Köpfe wohl schon abgeschnitten …« – »Du mußt nicht gleich das Schlimmste annehmen«, beruhigte ihn Frau Torgerd. Ich selbst sagte kein Wort. Was sollte ich auch sagen? Ratlos und gelähmt stand ich inmitten meiner verstörten Schar, hielt, ohne es zu merken, die weinende Asdis an der Hand und wußte weder aus noch ein. Den Korb mit Grettirs Haupt trug ich noch in der anderen Hand. Ich sehe alles noch deutlich vor mir: ich blickte vor mich hin, starrte auf den Boden. Was weiter? Wie *konnte* das nur geschehen? Waren sie wirklich davongelaufen, die beiden? War es denkbar? Ja, ja. Hätte ich nur schon eher, im Frühherbst, ein Schaf geschlachtet. Sie hatten sicherlich Hunger auf Fleisch. Dann wäre es vielleicht nicht so gekommen. Und was nun? Was mußten die anderen denken; was dachten sie wohl schon? Fiel jetzt das Ganze auseinander? Das wäre am Ende vielleicht gar nicht so schlimm. Einmal mußte es ja doch so kommen. Schlimm war nur, daß es mit Aufregung und

Verwirrung einherging. Dem hätte ich vorbauen sollen. Jetzt hatte ich mir selbst eine unnötige Niederlage bereitet, so verständlich sie auch war. Durch meine verdammten Faxen und Künste! Weil ich mich darauf eingelassen hatte, Leben in andere Bahnen lenken zu wollen als in seine eigenen, in erdachte, in Glaubens- und Gedankenbahnen, Wunschbahnen, Dichtungs- und Traumbahnen. Natürlich mußte es mir da so ergehen … Das einzig Merkwürdige war, daß sie nicht alle schon längst geflüchtet waren, meine Toten. Ja, daß nicht alles, was in meine Nähe kam, flüchtete. Doch das tat es wohl auch, wenn man genauer hinsah. Und was nun? Ich stand immer noch und starrte auf die Erde – den edelsten aller Sterne, die launischste aller Orakelkugeln. Sah ich nicht plötzlich einen kleinen Hof vor mir – einen ehemaligen Hof – ein paar verfallene Häuser, aus denen Rauch aufstieg? Aha! … Ich mußte heimlich lächeln, mir fiel ein, daß ich gerade vor der Landung die Ahnung einer Rauchfahne wie ein verräterisches Ausrufungs- oder Fragezeichen über Sandkot gesehen hatte. Da erhob ich endlich mein bedrücktes Gesicht und blickte die empörte Schar um mich her fest an: »Seid getrost, ihr Kleingläubigen!«

Das hätte ich nicht sagen sollen – es entschlüpfte mir nur so. noch schlimmer war etwas anderes. Als ich mich umwandte und wieder zur »Fliege« ging, um sie – ach, wohl zum letzten Mal – für den Luftritt zu zäumen, reichte ich den Korb mit Grettirs Haupt – Una. Das hätte ich keinesfalls tun dürfen! Von allen, die mich umstanden, war sie die letzte, der ich ihn hätte reichen dürfen.

Ich sah es auch sofort an Torfinns Blick. Aber jetzt war keine Zeit, darüber nachzudenken, jetzt galt es erst Fridbjörg und Nikulas heimzuholen. Ich konnte sie nicht auf eigene Faust herumlaufen lassen – das war ganz unmöglich. Warum griff ich nach meiner Reitpeitsche, ehe ich abflog? Ja, danach fragt andere, nicht mich …

Ja wirklich, da war Rauch auf Sandkot! Das sah ich sofort beim Aufsteigen, obwohl ich fast geradewegs auf die untergehende Sonne zufliegen mußte. Und ich muß sagen, wenn das dort mitten in meiner herbstgelben Heide ein Dankopfer war, dann wurde es mit Wohlgefallen aufgenommen. Wie eine Himmelsleiter, eine Strickleiter aus Rauch, knotete er sich aufwärts, Fridbjörgs und Nikulas' Diebesrauch. Einen Augenblick fürchtete und wünschte ich zugleich, sie möchten daran emporklettern, da sie mich jetzt kommen sahen. Fürchtete es, weil ich dann gewissermaßen ein paar Geiseln weniger hatte – wünschte es, um sie los zu sein. Aber, ach, je näher ich kam, um so schwächer wurde die Rauchleiter. Hatten sie mich entdeckt und das Feuer gelöscht? Es sah fast so aus.

Ich kam bei der Landung auf einem flachen Sandhügel lebendig, ja unbeschädigt davon. Aber die »Fliege« bekam etwas ab. Ich nahm mir nicht erst Zeit nachzusehen, was es war, sondern ergriff meine Reitgerte, zog den Hundefellpelz um mich und ging geradewegs auf die grasüberwucherten Hausruinen zu. Die Dächer waren längst eingebrochen, aber hier und da standen Überreste der Wände, in denen sich die Türöffnungen deutlich abhoben. In einer dieser Öffnungen entdeckte ich Nikulas' zottigen Kopf mit einem zugekniffenen Auge; aus der starrenden Fratze ragte wie ein schimmernder Rüssel, nein, wie ein giftiger Stachel – meine eigene Schrotflinte. Ich wurde so fuchsteufelswild, daß ich blindlings auf ihn los ging. Die Salve prasselte um mich, aber ich hatte den Pelzkragen um den Kopf hochgeschlagen; kein Schrotkorn drang hindurch. Nikulas blieb mit offenem Mund liegen, ja, als ich vor ihm stand, wälzte er sich auf den Rücken, Arme und Beine wie zur Abwehr angewinkelt. Erwartete er, daß ich die Peitsche gebrauchen würde? Vielleicht hätte ich es getan, so wütend, wie ich über sein schändliches Betragen war – wenn er nicht gar so jämmerlich gewesen wäre. Ich mochte ihn nicht einmal ansehen, sondern wandte mich an Fridbjörg, die zusammengekrochen in einer Ecke der Ruine neben einem Topf mit dampfendem, duftendem Schaffleisch saß. Hatte ich nicht in diesem Augenblick wahrhaftig Verständnis für meine Diebe? Mir selbst lief ja das Wasser im Mund zusammen. War Fleisch wirklich etwas so Gutes? Aber gerade darum gönnte ich weder ihnen noch mir Spielraum, ließ alles liegen, wie es lag – das gekochte Fleisch und das rohe, zwei Lämmer, den Topf, ja selbst meine Flinte – alles liegen, wie es lag, und trieb die beiden Unglücksraben heim nach Fokstad, wie Schafe vor mir her, stumm und verbittert.

Wir waren nicht vor Morgengrauen zu Hause. Was für ein Morgen! Er kam in Silber, in Gold, ja in perlendem Saphir – eine gnadenlose Pracht. Wie ein Tyrann der Seligkeit ging er über uns auf und peitschte uns zu Lächeln und Glück. Und da gingen wir, meine beiden Diebe und ich; wo wir dem Gras nicht ausweichen konnten, hatten wir die ganze Nacht durch den schweren Herbsttau waten müssen wie durch einen rieselnden Bach. Und doch war mir warm geworden. Ich warf den Pelz ab und ließ ihn liegen, wo er zu Boden fiel. Jetzt ging im Osten die Sonne auf und empfing uns wie Triumphatoren: wir gingen dem Morgenrot wie einem Triumphbogen entgegen unter Schauern von funkelndem Wasser und Licht. Was für ein Morgen! – Ja, das war ein Morgen ... Als ich nämlich mein Diebespaar im Haus los gelassen hatte, wo Frau Torgerd sie stumm und sehr bleich in Empfang nahm – warum mehr als bleich, darüber konnte ich später nachdenken - und hinter das Haus ging, weil ich das Gefühl hatte, es sei nicht alles im Lot, traf ich dort Una und Torfinn. Eng umschlungen? Das wohl, aber nicht in Liebe, sondern im Kampf.

Mit einem wilden Schrei, der mir noch im Ohr klingt, ließ Torfinn unsere rote, atemlose Regenwettermaid los – und lief davon. Zuerst achtete ich nicht darauf, sondern blieb still stehen und betrachtete Una, die niedersank, weinend niedersank. Ach, ein böses Weinen, wie so manches menschliche Weinen. Es währte nicht lang, und doch fast zu lang. Denn plötzlich hob sie ihr Haupt mit dem verwirrten Haar, wandte mir das tränenfeuchte Gesicht zu und lauschte. Jäh sprang sie auf: »Der Fluß!«, rief sie. »Der Fluß!« ... Und starrte mit weit aufgerissenen Augen über die Sandflächen, wo sich der reißende Gletscherstrom durch das Land frißt, ein paar Meilen südlich von Fokstad. Und wirklich – dort lief Torfinn. Sie stürzte zu Boden, als sie ihn entdeckte; ich glaube, sie wurde ohnmächtig. Aber ich konnte mich jetzt nicht darum kümmern. Die »Fliege«, ach Gott – die Pferde? Zu weit weg. Ich rannte zur Garage …

Eine solche Fahrt hatte ich noch nie gemacht. Daß ich den Wagen zu Torfinns Verfolgung benutzen konnte, war nur möglich, weil er in der einzigen befahrbaren Richtung lief; weil ich diese welligen Sandflächen in- und auswendig kannte und von vornherein wußte, wo ich Gefahren ausweichen, wo ich Umwege machen mußte. Ich will diese Verfolgung nicht näher schildern; ich bin noch zu müde. Überdies liegt sie auf mir wie ein Alpdruck – sie und wohl alles, was ich seit Neujahr hier erlebt habe. Eine eigene Sache war es, einen Menschen mit dem Wagen einzukreisen, namentlich einen Menschen wie Torfinn, der sich nicht ergeben wollte. Sich nicht ergab, ehe er mit Schaum vorm Mund dalag und ich ihn halbtot auf den Sitz neben mir verfrachten mußte. Sonderbar, wie die Jagd mir ins Blut ging: mit kaltblütig berechneten, ausbuchtenden Bewegungen spann ich ihn – mit dem plumpen und für diesen Zweck scheinbar ungeeigneten Wagen – in Kreise ein, die nicht zu durchbrechen waren, in die schauerlichen Zauberkreise der Übermacht, erst weit, anscheinend ungefährlich und sozusagen ohne Beziehung zu ihm, dann enger und enger, bis seine und meine Kreuz- und Querzüge ein Netz bildeten, in dem er ohnmächtig zappelte. Bis er dalag und ich ihn auflas, heimfuhr, ins Bett brachte.

Von mir war nicht mehr viel übrig. Und es wurde nicht besser, als ich endlich Frau Torgerd näher mustern konnte. Kein Wunder, daß sie bleich war. Bleich und im Gesicht etwas gedunsen. Wo hatte ich nur meine Augen gehabt? Über kurz oder lang würden wir vierzehn sein hier auf Fokstad.

Anfangs hütete ich mich, über die Zusammenhänge näher nachzudenken. Mit voller Absicht. Warum? Vielleicht, weil, wie so oft, die Ahnung dem Gedanken ans Ziel vorrausgeeilt war. Dachte ich etwa an die Unruhe, die sie ergriffen hatte, als wir am Wasserfall waren und das Elektrizitätswerk bewunderten? Möglich ... Es schießt einem so vieles durch den Kopf. Gut, daß die meisten Gedanken keine anderen Spuren hinterlassen als ein schweifender Vogel.

Ich ging geradewegs zu Grettir. Jetzt, wenn irgendwann, hatte ich ihn nötig. Als ich meine kleine Freundin bemerkte, nahm ich sie aufs Knie, ohne mich im übrigen um sie zu kümmern. »Was nun?« fragte ich ihn. Aber Grettir war diesen Morgen mürrisch; er kniff die Lippen zusammen, so daß sie im Bart verschwanden. Er antwortete mir nicht. »Was nun?« warf ich nochmals hin in meiner ratlosen Verzweiflung, die mich plötzlich zu zerreißen drohte. »Ist Una etwas zugestoßen?« frage er endlich und durchbohrte mich mit mißtrauischen Blicken. »Nein!« Das Haupt sah mich eine Weile an, es saß dort im Korb und dachte nach: »Es ist schon schlimm genug, Schutz von Frauenhänden annehmen zu müssen. Schon hart genug, hier zu liegen und sich nicht verteidigen zu können, sich selbst und die man liebt.« – »Die ›Edle draußen am Fischstrand‹ hast du doch verteidigt, soweit es dir möglich war«, erwiderte ich ihm verbissen und halb von Sinnen. »Gibt es noch andere, die dich etwas angehen?« Das war eine herzlose Bemerkung, eine herzlose Frage. Aber mein Herz war schon längst zermalmt. Ja, es waren harte Worte, aber – zu unserem Glück oder Unglück – sie trafen. Eine Weil blieb es still, dann fragte ich von neuem in meinem Elend und meiner Verwirrung: »Was nun?« Grettir grübelte –: »Wer bist du, Freund Jaki, das weiß ich jetzt weniger denn je. Wie kann ich einem Mann raten, den ich nicht kenne – und in Sachen, die ich nicht verstehe?« Ich bemerkte: »Sehr richtig, verzweifelt richtig. Nur ist mir damit nicht gedient – keinem von uns. Wir können das Dasein im kleinen und großen nicht auf das beschränken, was wir verstehen.« – »Es ist keine Kunst, zu leben, solange man seine Arme noch hat«, sagte Grettir – nicht sonderlich logisch, aber äußerst zutreffend. Jedenfalls lag eine persönliche Wahrheit darin – und er fuhr fort: »Redete sie nicht von einer güldenen Leiter, auf der wir alle in die oberen Himmel klettern sollten? – Sie, die Völva, die Norne – mit ihrem widerwärtigen Wissen?« – »Wir alle, außer einem«, erinnerte ich ihn. »Klammere dich nicht daran«, tröstete er mich. »In solchem neunmalklugen Weibergewäsch steckt immer ein Gran Lüge. Sie sind schadenfroh, die Kröten, und möchten einen gern erschrecken. Die Götter sind nicht kleinlich – gräme dich darum nicht!«

»Nun – und was weiter?« fragte ich. Grettir wollte

sich nicht recht bequemen, seine Gedanken in Worte zu kleiden, aber endlich entgegnete er: »Ja, wenn die Leiter nicht da ist und niemand anders will, dann müssen wir sie bauen – mußt du sie bauen, meine ich – du, der du Hände hast.« – »Bauen?« fragte ich, verblüfft über diese Selbstverständlichkeit: »Und wie ist es mit dem Gold bestellt?« – »Das Gold«, sagte Grettir gedehnt; »– wir sind ein armes Land – ein armes Land unter harten, unverwöhnten Göttern. Baue sie aus Holz!«

Ich fuhr vom Stuhl hoch und riß die Tür auf: »Una«, rief ich, und als sie kam, unsere Regenwettermaid, sagte ich zu ihr: »Una, gib unserem Retter einen Kuß!« Ich hätte es hinterher fast bereut, ich hatte nicht erwartet und nicht verdient, einen heiligen Kuß zu sehen.

Als Una wieder fort war, saßen Grettir und ich eine Weile stumm. Endlich sagte mein Freund, er habe einen Stapel Bretter in meinem Schuppen liegen sehen ... »Ich berechne gerade die Maße im Kopf«, antwortete ich ihm. »Wir vergolden die Leiter, damit sie doch wenigstens golden aussieht.« – »Denke daran – siebenundsiebzig Stufen,« mahnte Grettir, »mit Zauberformeln soll man vorsichtig sein.« – »Keine Angst!« Ich setzte Asdis auf den Boden, hängte den Korb ein, spazierte zu meinem Schuppen hinaus, suchte Axt und Säge, Hammer und Nägel hervor, schleppte die Bretter auf die Hofwiese und machte mich daran, unsere Himmelsleiter zu zimmern, die Wundertreppe, die jetzt gerade fertig geworden ist und draußen in der Abendsonne leuchtend steht - Aber sieh! ...

12

Ich muß sitzen bleiben und schildern, während es geschieht. Das muß zu Papier gebracht werden, jetzt genau so, wie es vor sich geht. Da draußen stehen sie, meine Toten, in Freudengeheul ausbrechend, in jubelndem Geschrei der Wonne und Erwartung. Und jetzt verlassen sie mich. Verlassen mich, ohne sich umzusehen – oder nach mir zurückzublicken. Kann man es ihnen verdenken? Aber wie wird es gehen? Sie drängen sich auf den Stufen, reißen einander herunter. Schon steht Frau Torgerd am Fuß der Leiter, dann wird es schon gehen ... So bald wie möglich muß ich mit Grettir hinaus – ja, und dann der Schädel, der noch unausgepackt in meinem Schreibtisch liegt. Nichts darf zurückbleiben, wofür ich die Verantwortung habe ...

Das wäre erledigt: unterwegs riß ich das Papier von dem Schädel und gab ihn dann Frau Torgerd mit den Worten: »Hier hast du den Kopf zu dem Rumpf – paß gut auf ihn auf!« Das letzte hätte ich nicht zu sagen brauchen; sie sah mich gar nicht, sah nur den Schädel. Und sorgte außerdem für Ordnung auf der Leiter, damit Arntrude als erste bereits ein paar Stufen hinaufgestiegen war, ehe der nächste drankam.

»Nur ruhig, Leutchen«, mahnte sie. »Ihr kommt alle mit. Ich verspreche euch, als letzte hinaufzugehen.« So, da sitze ich also wieder – allein – und habe das Fenster geöffnet, so daß ich jedes Wort hören kann. Arntrude ist schon ein gutes Stück oben ... Wer hat nur meine Leiter so hoch gemacht, so hoch, daß sie weitergeht, empor, ununterbrochen empor, soweit man sehen kann, und noch weiter ... Und was ist das für ein Gesang? Und was für ein Licht? Was das alte Weib klettern kann! Schon schwebt sie wie in einem goldenen Gewebe im sonnigen Blau des sinkenden Tages. Frau Torgerd sagt zu Asdis: »Jetzt du, Kleines!« Aber Klein-Asdis zögert, überlegt es sich – und kommt zu mir hereingestürzt. »Mach nur schnell«, sage ich, ohne von meinem Papier aufzublicken. Ich stelle mich, als ob ich zu tun hätte und nicht gestört werden möchte. »Ich komme nach!« Da küßt sie mich auf die Wange – und fort ist sie. Sie hatte ganz rote Bäckchen vor Spannung, rote Backen und strahlende Augen. Sonnenaugen. Ugle wird sie vermissen. Aber was hilfts? Wir, die wir Menschen sind, haben die Lasten zu tragen, selbst die unverantworteten Wunder, in die wir hineingeraten. Wir haben zu dulden, zu schweigen, zu erfahren und auszuhalten. Schon steht sie auf der Leiter ...

Da kommt Séra Sigvald mit dem Rumpf. Den habe ich seit unendlichen Zeiten nicht mehr gesehen – scheußlich sieht er aus. Er ist in der Küchenwärme gediehen, grauenhaft! Für simple Menschen ist er ehrfurchtgebietend, so schwillt und quillt er. Sie weichen denn auch zur Seite, meine anderen Toten, gönnen ihm den dritten Platz. Einen Augenblick stehen sie sich gegenüber, Frau Torgerd und der Kopflose – einen Augenblick zu lange für mich, für mein Wohl und Wohlbefinden. Ihn werde ich nicht vermissen und sie auch nicht. Jetzt nicht mehr. Dies ist ja auch nichts anderes, als was ich jeden Tag dieses Jahres gewünscht habe: sie los zu werden, sie aufsteigen zu sehen. Jetzt geschieht es. Unter Frau Torgerds hausfraulicher Leitung klettern sie gen Himmel. Kleine Hindernisse stellen sich noch ein, kleine Reibereien. Aus irgendeinem Grund will Séra Sigvald den Rumpf nicht hinaufführen. Frau Torgerd verliert kein Wort darüber. »Gisli«, befiehlt sie nur, und bringt den Rumpf auf den richtigen Weg, schafft dann Platz für Gisli, gibt ihm den Schädel mit. Für diese Anordnung bin ich ihr dankbar, fühle mich erleichtert, wie ich hier sitze. Gisli ist ein vortrefflicher Mensch, gut und stark, und hat in der Erhebung dieser Stunde seine Schafe vergessen. Gut, daß er etwas zu hüten hat, er könnte sonst noch auf halbem Weg umkehren.

Jetzt geht das Ganze immer glatter und besser; an der Leiter beginnt es leer zu werden. Nach Gisli kommt Gudrid dran, danach Torfinn. Frau Torgerd will ihn wohl aus dem Weg haben. »Nimmst du Grettir?« fragt sie Séra Sigvald und reicht inzwischen Torfinn den winselnden Hund. Meine kleine Freundin steht mitten auf der Leiter und weint nach ihm; sie sperrt den Weg. Aber mit Séra Sigvald muß etwas nicht stimmen, so willig und pflichttreu er auch ist. Er schüttelt den Kopf, will sich auch Grettirs nicht annehmen. Torfinn ist jetzt weit genug fort. Frau Torgerd reicht Una den Korb: »Warte nur noch etwas!« sagt sie.

Nein, Séra Sigvald ist in dieser Stunde nicht er selbst. Er ist wohl nicht recht gescheit, erwachsen wie er ist: er fängt an zu rennen. Will er davonlaufen? Oh, du dumme Pfaffenseele! Er steuert auf die Pferde los, will seinem

Braunen Lebewohl sagen. Kann er darauf bauen, daß die Leiter noch da ist, wenn er zurückkommt? Er hat ein gutes Stück zu laufen. Leichtsinnig, sehr leichtsinnig. Immerhin, er hat ein gutes Tempo, hebt den Rock und stolpert auf seinen steifen Beinen davon. Vielleicht schafft er es.

Fridbjörg und Nikulas sind auf die Leiter versessen, aber nicht sehr mutig und zuversichtlich. Nikulas rüttelt an ihr, ob sie fest steht, guckt mit offenem Mund ängstlich an ihr hinauf und läßt dann Fridbjörg vorangehen. Frau Torgerd treibt sie zur Eile an, sie ist jetzt selber nicht mehr ganz ruhig. Es hat Zeit gekostet, diese schwerfälligen Leute hinauf zu bekommen. Spürt sie, daß die Kraft des Wunders nachläßt? Sie drängt Una: »Und halte ihn ordentlich fest!« Sie bleibt freundlich und fürsorglich bis zuletzt. Sie sieht sich um, nicht nach mir, sondern nach Séra Sigvald. Sie ruft ihn sogar: »Sig-val-de!« Aber was nützt das? Séra Sigvald ist gerade bei den Pferden angekommen; jetzt stürzt er auf den Braunen zu, schwingt sich hinauf – in hallendem Galopp jagen sie zurück.

Aber was hilft es, sie sind weit weg. Und was soll ein Pferd vor der Himmelsleiter anfangen? Wohl ist Séra Sigvald stark, ein ganzer Kerl, aber den Braunen unter den Arm nehmen und mit ihm gen Himmel klettern, das wird er denn wohl doch bleiben lassen müssen. Frau Torgerd hat, scheint es, den gleichen Gedanken, jedenfalls schüttelt sie den Kopf und wartet nicht länger, steigt empor, Una auf den Fersen. Wie sie auftreten, ihre festen Knöchel unter dem schweren, faltigen, schwarzen Rock.

Sitze ich nicht allein, recht allein hier? Doch wohl. Aber noch habe ich eine Sorge: wird Séra Sigvald zurecht kommen? Und eine Freude: meine Toten, meine Auserwählten, meine Grabgäste, wie sie emporklettern zur ewigen Seligkeit und einer hoffentlich anderen Erlösung, als ich sie ihnen hier auf Fokstad bieten konnte. Soll ich ihnen folgen? Sehen, was daraus wird? Aber Ann? Ann in ihrer engen Kammer, wo für mich Platz ist. Mein Platz ist.

Daß Séra Sigvald reiten konnte, wußte ich schon vorher – aber was ist jetzt das? Wachsen dem Roß Schwingen? Schlagen schwarze Flammen auf? Oder flimmert es mir nur vor den Augen in dem blendenden Feuer des Abends? So wahr ich lebe: er fliegt – sie fliegen. Und es war gewiß höchste Zeit. Jetzt sehe ich es: die Verbindung ist unterbrochen – ist gelöst, die Verbindung zwischen meiner Holzleiter und den goldenen Sprossen, auf denen meine Gäste klettern, dort weit draußen im Blau, hoch, hoch oben … Wenn sie nur nicht loslassen und fallen! Ich muß hinaus und sehen, wie es mit ihnen geht.

SCHLUSSKOMMENTAR DES HERAUSGEBERS

Soweit seine Worte, und eigentlich ist ihnen nicht viel hinzuzufügen.

Nach dem letzten Satz scheint Jaki seinen Schreibtisch verlassen zu haben, um nicht mehr dahin zurückzukehren. Den Zettel mit der Bitte an mich, seine Papiere herauszugeben, fand ich zwischen den Blättern; er muß ihn schon früher an dem Tag geschrieben haben.

Was ist mit Jaki geschehen, nachdem er vom Schreibtisch aufgestanden war? Was ist überhaupt mit ihm geschehen? Ist er nur hinausgelaufen, um zu sehen, wie es mit seinen »Toten«, seinen »Grabgästen«, seinen »Auserwählten« ging? Oder hat er etwa im letzten Augenblick doch noch versucht, ihnen zu folgen und ungestorben zum Himmel zu klettern: sein Leben in Visionen, in Traumgeflecht und Dichtung zu verwandeln? Wer kann es wissen? Nur so viel ist sicher: Als Tryggve Skeß eine Woche vor dem Schafabtrieb nach Fokstad ritt, um zu sehen, wie es mit Jaki stehe und ob er bereit sei, seine üblichen Herbstgäste aufzunehmen, fand er ihn tot am Fuß seiner »Himmelsleiter«. »Eine Leiter mit vergoldeten Sprossen, ein merkwürdiges Ungetüm,« wie Tryggve Skeß es benannte, »vielleicht um von ihr aus bei wolkigem Himmel oder niedrigem Nebel nach den Sternen zu gucken? … Ja, und auf ihre verkehrte Seite«, schloß er kurz seinen Bericht.

Ein paar Tage später war ich zur Stelle, herbeigerufen durch Tryggves Telegramm:

»Jaki tot. Was tun?« – »Nichts. Warten«, drahtete ich zurück, mietete ein Flugzeug – eine teure Geschichte, aber es geht ja auf Nachlaßkosten; und wie froh war ich, daß ich den Flugschein seinerzeit erworben hatte – flog nach Reykjavik, nahm einen Arzt und einen Geistlichen mit, beides nahe Bekannte von Jaki und mir, und flog nach Fokstad weiter. Dort fanden wir Tryggve Skeß, allein mit unserem toten Freund; er hatte ihn in den Sarg gebettet, der schon mehrere Jahre auf ihn wartete. Was wir sonst fanden, brauche ich nicht zu schildern – Jaki hat es bereits getan. Noch lebten seine Blumen im Gewächshaus, und überall in den Zimmern herrschte leidliche Ordnung. Aber hatte er denn in sämtlichen Betten geschlafen? Und weshalb standen Vasen mit vertrockneten Rosen auf allen Tischen? Warum? Warum? Was für sonderbare Anstalten hatte er in Sandkot getroffen? Warum lag seine »Fliege« mit gebrochenen Beinen dort auf einer Schutthalde? Oder Jakis zottiger Mantel – eingeregnet irgendwo im Gras – wie die Reste eines toten Tieres … Oh, ich kann nicht mehr daran denken. Und als ich versuchte, Ugle auszufragen unter dem Hinweis, sein Vater habe ja doch »das Ganze« niedergeschrieben, erwiderte er: »Steht da nicht auch, daß ich versprochen habe, niemals ein Wort zu sagen?« Und als ich das nicht leugnen konnte, schloß er nur: »Na also …!« Wir vier trugen Jaki Sonarson zur letzten Ruhe an der Seite von Ann; wir wollten nicht noch mehr Leute hineinziehen.

Es war übrigens gut, daß wir den leeren Schuppen zur Verfügung hatten, um unsere Maschine unterzustellen. Denn es kam Sturm, während wir auf Fokstad waren. Ein Sturm, der die Luft mit feinem, fliegendem Staub erfüllte, mit einem flimmernden Perlentanz von Licht und Blau, ein Spiel – ein gefährliches Spiel. In dem denn auch Jakis Leiter dahinging, in Atome zersplitterte. Ja, es kann windig sein auf Fokstad.

Als wir Abschied nahmen, sagte Tryggve Skeß: »Es sind viele Mächte in der Erde und um die Erde. Das ist gewiß. Jetzt hat er doch wohl seine Ruhe … Hoffentlich …« So weit seine Worte.

Nachwort

Gunnar Gunnarsson gilt als einer der bedeutendsten Dichter Islands. Auch viele dänischen Schriftsteller bewundern Gunnarssons Umgang mit dem Dänischen. Denn zunächst erschienen alle Bücher Gunnarssons in dänischer Sprache, er wurde ins Isländische übersetzt, später übersetzte er seine Bücher selbst. Mehrfach ist er für den Literaturnobelpreis vorgeschlagen worden, 1955 war er in der engeren Auswahl der Jury. Letztendlich wurde der Preis allerdings dem befreundeten Kollegen und Landsmann Halldór Laxness zugesprochen.

Seine Werke erreichten in den 20er und 30er Jahren sehr hohe Auflagen, in Deutschland war Gunnarsson ein populärer Autor. Dennoch ist er seit Ende der fünfziger Jahre hierzulande kaum noch bekannt. Das liegt an verschiedenen Gründen – an politischen vor allem, doch auch an Gunnarssons plötzlichem Verstummen.

Gunnarsson stammte aus sehr armen Verhältnissen, 1907 ging er, gerade achtzehnjährig, nach Dänemark, um seine Bildung, für die er bislang selbst gesorgt hatte, gründlich zu vertiefen, er besuchte erstmals regelmäßig eine Schule. Zu dieser Zeit publizierte er bereits in verschiedenen Zeitungen. 1912 erschien der erste Teil seiner Romantetralogie »Die Leute auf Borg«, der seinen Weltruhm begründete. Fortan lebte er als freier Schriftsteller.

Gunnarsson begeisterte sich für die Idee des Nordischen, wollte die sogenannten Nordischen Länder stärker einen. Daher ließ er sich ab 1933 von den Nazis hofieren, obschon er der dänischen KP nahe stand und sich in der dänischen »Jungen Grenzwacht« engagierte, die die bedrohte deutsch-dänische Grenze zu schützen gelobte. Er war in Deutschland schon vor 1933 fälschlicherweise vor allem als erdverbundener Nordmensch gelesen worden, die moderne Erzählweise Gunnarssons und sein Humanismus wurden einfach ignoriert. Dennoch oder gerade deshalb wurden Gunnarssons Bücher in Deutschland zu Bestsellern, und ihm war sehr daran gelegen, sich sein deutsches Publikum gewogen zu halten.

Das war jedoch nicht der einzige Grund für Gunnarssons Opportunismus. Den Kontakt zu den Nazis suchte er auch, weil er einen zu starken angelsächsischen Einfluß auf die nordischen Länder befürchtete. So kam es etwa dazu, daß er 1936 als Deputierter des den Kommunisten nahe stehenden dänischen Antikriegskomitees am internationalen Friedenskongreß zum spanischen Bürgerkrieg in Amsterdam teilnahm und direkt danach als »Ehrengast des Führers« zum Reichsparteitag der NSDAP nach Nürnberg reiste. Privat äußerte er sich gegen die Nazis, öffentlich hingegen ließ er sich umgarnen, ließ sich von der nationalsozialistischen Propaganda benutzen, auch wenn er selbst es vor allem bei Sympathiebekundungen für seine deutschen Leserinnen und Leser beließ. Bald verschlechterte sich sein Verhältnis zu Nazideutschland. Spätestens nach dem Angriff auf Dänemark im Jahr 1940 – den Gunnarsson in völliger Überschätzung seiner Rolle durch eine Audienz bei Adolf Hitler noch abzuwenden versuchte – brach er mit dem Regime.

Doch die Dänen sahen in ihm inzwischen einen Kollaborateur, und auf Island, wohin Gunnarsson 1938 zurückgekehrt war, durchsuchte man 1945 sein Haus, da seine Nachbarn annahmen, er würde flüchtige Nazis bei sich beherbergen. Der Autor reagierte entsetzt.

Gunnarsson entschuldigte sich öffentlich nicht für seine Verstrickung in die Politik der NSDAP, doch anders als Knut Hamsun verteidigte er sie auch nicht. Im Gegenteil, ab 1940 veröffentlichte der einst so produktive Autor nur noch eine Handvoll neue Bücher, lieber beließ er es dabei, sein bisheriges Werk ins Isländische zu übersetzen. Man kann dies als schamvolle Geste ansehen.

Als Gunnarsson 1975 starb, war er durch seine politischen Verfehlungen in vielen Ländern zur persona non grata geworden. Seine Bücher stehen immer noch im Ruch, die eines Nazis zu sein. Als vor wenigen Jahren sein Roman »Schwarze Vögel« in neuer Übersetzung auf Deutsch erschien, wurde dies erneut in Besprechungen hervorgehoben. Dies übrigens in Zeitungen, die an Riefenstahl, Heesters, Schmitt, Benn und anderen, die sich auch nach 1945 ihres Engagements für die Nazis nicht schämten, verhältnismäßig wenig auszusetzen haben.

Die Wiederveröffentlichung von »Vikivaki« soll uns Gelegenheit geben, diesen fantastischen Schriftsteller, der Gunnarsson war, neu zu entdecken.

Jörg Sundermeier, Berlin im September 2011